Tod im Kilt

John Mackenzies zweiter Fall

Emma Goodwyn

Im Gegensatz zu den Schauplätzen
sind alle Personen und Ereignisse der Handlung rein fiktiv,
mögliche Ähnlichkeiten zu echten Personen und Geschehnissen
keinesfalls beabsichtigt.

Die Idee zu Johns zweitem Fall entstand bereits 2009 beim bis dahin größten Treffen der schottischen Clans, „The Gathering“, in Edinburgh.
Das Festival gehörte zu einer Vielzahl von Veranstaltungen unter dem Motto „Homecoming Scotland“, die vor allem zum Ziel hatten, Menschen mit schottischen Wurzeln zurück in die Heimat ihrer Vorfahren zu führen.
An die 50.000 Besucher aus über 40 Ländern waren mit uns gemeinsam an jenem Juliwochenende im Holyrood Park versammelt und genossen die einzigartige Atmosphäre.
Vor dem Hintergrund dieses Erlebnisses beschloss ich, John und seine Familie nach seinem Debüt in „Tod im Tower“ auf die Reise nach Schottland zu schicken.

E. Goodwyn

Kapitel 1

Staunend beäugt von einer Reihe Touristen folgten zwei Dutzend Frauen John Mackenzie unter ausgelassenem Gelächter aus dem White Tower hinaus in den Innenhof des Towers. Die Damen, allesamt nicht mehr ganz jung, bildeten mit ihren lila Gewändern und roten Hüten eine auffallende Truppe. Offensichtlich genossen sie das Aufsehen, das sie erregten, weidlich. John konnte ein Schmunzeln nicht unterdrücken, als seine Mutter, die sich an die Spitze der Gruppe gesetzt hatte, einer Gruppe von Japanern huldvoll zuwinkte und sich dann kess in Positur stellte, als diese ihre Kameras zückten.

„Wetten, dass das Amerikaner sind, Sabine? Bestimmt irgendein verrückter Rentner-Club aus Florida.“, brummte ein deutscher Tourist hinter Johns Rücken seiner Begleiterin zu. John wandte sich um, lüpfte höflich seine blau-rote Beefeater-Mütze und sprach das Paar auf Deutsch an.

„Sir, Madam, ich darf Ihnen versichern, es handelt sich um britische Staatsangehörige. Die Ladies gehören der Red Hat Society an, einem sozialen Netzwerk, das sich in erster Linie an Frauen mit Lebenserfahrung wendet. Die Vereinigung hat sich auf die Fahnen geschrieben, gemeinsam die schönen Seiten des Lebens zu genießen.“ Der Mann starrte ihn verblüfft an. Die Frau lachte.

„Mir gefällt das, Klaus. Wer sagt schon, dass wir Frauen im besten Alter damit zufrieden sein müssen, uns auf Kaffeefahrten neue Rheumadecken andrehen zu lassen? So einen Verein könnten wir zu Hause auch brauchen.“

Während er zum Tower Green voranschritt, dachte John zurück, wie belustigt er selbst und seine Geschwister noch vor einigen Monaten reagiert hatten, als seine Mutter ihnen von ihren neuen Aktivitäten berichtet hatte. Mittlerweile hatte sich die Familie an Emmelines gelegentliche Ausflüge gewöhnt.

„Und warum sollten die Frauen sich nicht mal eine Auszeit nehmen von ihrem üblichen Alltag? Grandmas Leben hat sich doch jahrelang nur um die Familie und ihren Gartenclub gedreht. Ich finde es gut, dass sie mal ein bisschen rauskommt und einfach Spaß hat.“, hatte Renie, Johns älteste Nichte, bei der Neujahrsparade festgestellt.

Wenige Tage nach dem dramatischen Ende einer Mörderjagd, bei der drei der Mackenzies in tödlicher Gefahr schwebten, hatte sich die ganze Familie am Trafalgar Square versammelt, um Emmeline zuzuwinken. Mit über hundert rot behüteten Gefährtinnen war sie in einem Doppeldeckerbus bei der großen Parade mitgefahren und hatte sich sichtlich prächtig amüsiert.

Als die Frauentruppe sich um ihn versammelt hatte, fuhr John mit seiner Führung fort. Er wies auf die südwestliche Ecke des Innenhofs, wo sich die fachwerkbekränzte Fassade des Queen´s House befand.

„Meine Damen, an dieser Stelle möchte ich Ihnen von einer äußerst entschlossenen und couragierten Frau erzählen: Winifred Maxwell.

In Frankreich, wo der Stuart-König James II im Exil lebte, lernte Winifred 1699 Lord William Maxwell kennen, der wie sie Katholik und treuer Anhänger der Familie Stuart war. Sie verliebten sich, heirateten und zogen in ihre schottische Heimat zurück, wo sie auf dem Familiensitz der Maxwells lebten und zwei Kinder bekamen. So weit, so gut. Vermutlich hätten sie bis ans Ende ihrer Tage glücklich dort gelebt, wenn sich nicht im Jahr 1715 die Stuart-Getreuen, die sich Jakobiten nannten, zusammengeschlossen hätten, um den neuen englischen König George I zu stürzen und statt dessen mit dem Sohn von James II der Stuart-Monarchie wieder zur Herrschaft zu verhelfen. Winifreds Mann schloss sich den Rebellen an. Allerdings dauerte es nur wenige Monate, bis die Engländer den Aufstand niedergeschlagen hatten. Lord Maxwell wurde gefangen genommen und wie eine ganze Reihe anderer hier im Tower interniert. Als Winifred davon erfuhr, machte sie sich, begleitet nur von ihrer Zofe Evans, auf den langen Weg hierher. Der schlimmste Winter seit Menschengedenken machte es unmöglich, in der Familienkutsche zu reisen, aber die beiden Frauen kämpften sich unerschrocken auf Pferden durch und erreichten nach fünfzehn Tagen London. In der Zwischenzeit hatte das Parlament beschlossen, alle Aufständischen zu begnadigen – mit Ausnahme einer Handvoll ihrer Anführer. Darunter war auch Winifreds Mann. In ihrer Verzweiflung beschloss sie, an den König persönlich zu appellieren. Da sie nicht zu ihm vorgelassen wurde, verkleidete sie sich als Dienstbote und schaffte es so tatsächlich bis in die Privatgemächer von George I. Aber auch ihr Bitten und die Petition, die sie aufgesetzt hatte, brachten nichts. Weitere Männer wurden zwar freigelassen, aber ihr Mann gehörte zu den dreien, die exekutiert werden sollten.

Während William sich gottergeben auf sein Schicksal vorbereitete und bereits die Rede verfasste, die er auf dem Schafott halten wollte, fasste seine Frau einen wagemutigen Plan. Am Tag vor der geplanten Hinrichtung betrat sie den Tower mit einigen anderen Frauen, die sie für ihre Absichten gewinnen konnte, und einer Flasche Cognac. Eine ihrer Begleiterinnen hatte unbemerkt ein zweites Gewand übergezogen. Die Wachen der Gefangenen vertrieben sich die Zeit meist mit ihren Frauen und dem Kartenspiel in der Wachstube in dem Gebäude gleich hinter uns. Den Alkohol nahmen sie freudig an und sie ließen Lady Maxwell und eine weitere der Frauen zu William. In der Zelle wurde der Gefangene unbemerkt in das Frauengewand gesteckt und geschminkt. Die Frauen schafften es mit Hilfe des Alkohols und einiger Ablenkungstaktiken, die Wachen soweit zu verwirren, dass diesen nicht auffiel, dass am Ende eine „Frau" mehr den Tower verließ. Erst als William am Folgetag zur Hinrichtung geführt werden sollte, wurde sein Fehlen bemerkt. Trotz einer großen Suchaktion gelang es dem Paar, aus England zu fliehen. Winifred lebte mit ihrem Mann, um dessen Leben sie so mutig und listenreich gekämpft hatte, noch an die dreißig Jahre lang in Italien. Das Kleid, in dem Lord Maxwell die Flucht gelang, ist übrigens bis heute im Besitz der Familie."

John sah lächelnd in die Runde. „Eine solch bemerkenswerte Frau wie Winifred Maxwell würde sicher gut in die Reihen der Red Hat Society passen. Und damit sind wir am Ende der Führung angelangt. Ich hoffe, sie hat Ihnen gefallen. Sollten Sie noch Fragen haben, stehe ich gern zu Ihrer Verfügung."

Die Frauen klatschten Beifall und zerstreuten sich dann, um noch ein paar Fotos zu schießen. Während John seinen Kollegen und Freund George Campbell entdeckte und über den Hof zu ihm hinüberging, scharten sich einige der Frauen um Emmeline Mackenzie.

„Dein Sohn ist ja ein fescher Bursche. Die Uniform steht ihm gut." Joan Cummings, mit neunundsiebzig Jahren die Älteste der Gruppe, warf über den Hof hinweg einen Blick auf John und pfiff anerkennend. Die anderen Frauen kicherten. Emmeline lächelte geschmeichelt. „Naja, ein junger Bursche ist er ja mit seinen vierundvierzig Jahren nicht gerade. Aber ich finde auch, dass er sich ganz hübsch herausgewachsen hat. Und ich bin sehr froh, dass er nach all den Jahren im Ausland nun endlich wieder in England ist. Er besucht uns auch regelmäßig draußen in Kew und hat sogar begonnen, mir bei meiner ehrenamtlichen Arbeit in den Königlichen Gärten zur Hand zu gehen.“

„Er war lange beim Militär, nicht wahr?“

„Ja. Als Psychologe hat er unsere Soldaten im Ausland betreut. Er war lange in Deutschland, aber in den letzten Jahren wurde er hauptsächlich bei den kämpfenden Einheiten in Afghanistan und im Irak eingesetzt. Irgendwann wurde es ihm zuviel und nach einem Gehörsturz hat er sich entschieden, den Dienst aufzugeben. Glücklicherweise hat er über eine Empfehlung seines Kommandanten die Stelle hier bei den Beefeatern bekommen. In der ersten Zeit war es hier, glaube ich, nicht immer leicht für ihn. Er hat zwar nie direkt mit uns darüber gesprochen, aber es hat wohl eine Weile gedauert, bis er sich den Respekt seiner Kollegen erkämpft hatte. Am Anfang hatten die wohl Angst, dass da so ein verschrobener Psycho-Onkel zur Truppe stößt. Mittlerweile scheint er hier sehr glücklich zu sein.“

Mary Iverson, die gerade ihren fünfzigsten gefeiert und damit das Eintrittsalter für die Red Hatters erreicht hatte, schob sich heran.

„Du sagtest, er wäre unverheiratet?“ Wieder Gekichere.

„Er gefällt dir wohl, Mary? Meinst du nicht, er ist ein wenig jung für dich?“, kam gutmütiger Spott aus den Reihen der Frauen. Emmeline winkte ab.

„Ach, ich bezweifle es mittlerweile schon, dass ich John einmal zum Traualtar werde schreiten sehen. Seine Schwester Maggie ist schon über zwanzig Jahre verheiratet und auch unser jüngster, David, ist mit seiner Annie auch schon ewig zusammen. Aber was das mit John noch werden soll…“ Mary Iverson machte ein enttäuschtes Gesicht.

„Du … meinst aber nicht, dass er … du weißt schon … gar nichts von Frauen wissen will?“ Emmeline warf ihr einen scharfen Blick zu.

„Unsinn. Als junger Mann hatte er eine sehr nette Freundin. Und kürzlich hat er mir erzählt, dass er manchmal mit der Sekretärin des Kommandanten ausgeht. Aber das sei rein freundschaftlich, sagte er. Sie haben sich wohl ein wenig kennen gelernt, nachdem dieser furchtbare Mord hier passiert ist.“

Während die Frauen Emmelines dramatischer Schilderung der Geschehnisse im letzten Jahr lauschten, sah John auf die Uhr.

„Der Bus müsste eigentlich gleich da sein, um die Damen abzuholen. Bis später, George.“ Lächelnd ging er zu der Gruppe hinüber, um sie hinauszugeleiten.

Auf dem Weg zum Ausgang fragte seine Mutter, „Hast du in den letzten Tagen von Renie gehört?“

Ihre Enkelin befand sich seit einigen Monaten in Schottland. Dort half sie Isabel Mackenzie, der Patriarchin des Clans, aus dem Johns Vater stammte, bei den Vorbereitungen für das große Clantreffen in Edinburgh, das in zwei Wochen stattfinden sollte. Dazu würde die gesamte Familie nach Schottland reisen. Renie sollte mit ihnen danach wieder zurückkehren, um ihr Anthropologiestudium an der London School of Economics fortzuführen.

John nickte. „Sie rief mich gestern Abend kurz an. Ich habe das Gefühl, dass sie sich sehr wohl fühlt, obwohl das ganze Team jetzt in der heißen Phase vor Beginn des Festivals sehr viel zu tun hat und ständig etwas kurzfristig umdisponiert werden muss.“

Seine Mutter lächelte. „Unser Mädchen. Ich denke, diese Zeit in Schottland hat ihr gut getan. Auch wenn ich mir nicht vorstellen kann, über Monate hinweg mit Isabel zusammenarbeiten zu müssen.“ Sie rümpfte ein wenig die Nase. Emmeline und die über neunzigjährige, aber immer noch sehr tatkräftige Tante ihres Mannes hatten nach Jahrzehnten des Gezänks am letzten Weihnachtsfest einen vorläufigen Waffenstillstand geschlossen. Noch ganz unter dem Eindruck ihres knappen Entrinnens hatte Johns Mutter damals vorgeschlagen, das Kriegsbeil zu begraben. John und seine Geschwister warteten nun mit Spannung darauf, wie lange der Frieden bestehen bleiben würde, sobald die beiden Frauen in Edinburgh wieder aufeinander trafen.

Er gab seiner Mutter einen Abschiedskuss.

„Vielen Dank für die interessante Führung, John. Meine Red Hat Sisters waren sehr angetan.“ Emmeline Mackenzie tätschelte ihrem Sohn liebevoll die Wange. John fühlte sich unversehens wie ein Erstklässler, der den Buchstabierwettbewerb gewonnen hatte.

„Keine Ursache, Mum. Ich wünsche euch noch einen schönen Nachmittag.“

Emmeline drehte sich noch einmal um. „Grüße Maggie, Alan, Tommy und Bella herzlich von mir, wenn du sie heute Abend besuchst, hörst du, mein Junge?“

John nickte und winkte den Frauen zu, die bereits in den Bus eingestiegen waren. Joan Cummings warf ihm keck eine Kusshand zu. Als der Bus abfuhr, schnaufte er erleichtert auf.

„Wie sehe ich aus, John? Fühlt sich voll krass an, im Rock rumzulaufen.“ Unsicher sah Tommy seinen Onkel an. Maggie hatte Kilts, Hemden und Jacketts für ihren vierzehnjährigen Sohn und für John im Schlafzimmer bereitgelegt. Tante Isabel hatte einen Schneider in Inverness beauftragt, die traditionelle Ausstattung für die Männer der Familie zu fertigen. Dazu hatte Maggie ihre Maße genommen und vor Monaten nach Schottland übermittelt. Die kompletten Outfits hatte Renie vor wenigen Tagen hergeschickt.

„Das Gefühl ist wirklich ungewohnt. Zieh die Strümpfe hoch. Dann steckst du den Dolch, den Sgian Dubh, außen in den rechten Strumpf. Der Sporran wird vorne getragen, sieh mal.“ John zeigte seinem Neffen, wo der Fellbeutel platziert wurde. Dann zog er selbst sein Jackett gerade und nickte Tommy aufmunternd zu.

„So, jetzt wollen wir den anderen mal zeigen, wie gut uns der Mackenzie-Tartan steht.“ Er zog seinen Neffen die Treppe ins Erdgeschoss hinunter, wo Maggie, ihr Mann Alan und Tommys jüngere Schwester Bella bei der Nachspeise saßen und auf ihren Auftritt warteten. Bella prustete los, als sie ins Wohnzimmer traten. „Tommy, du siehst aus wie ein - “ Sie quiekte und verstummte. „…echter Highlander!“, fuhr Maggie nahtlos fort. Aber es war zu spät. Tommy drehte sich um und rannte die Treppe wieder hinauf.

„Das könnt ihr vergessen, dass ich in diesem Kasperkostüm rumlaufe.“, rief er über die Schulter zurück und warf die Tür seines Zimmers hinter sich zu. Maggie wollte sich schon erheben, aber ihr Mann hielt sie zurück.

„Lass mich mit ihm reden. In seinem Alter hätte ich genauso reagiert.“ Maggie ließ sich in ihren Stuhl zurücksinken und warf ihrer jüngsten Tochter einen grimmigen Blick zu.

„Du hättest wirklich ein wenig zartfühlender reagieren können.“

Bella gluckste unbeeindruckt. „Aber Tommy sieht wirklich wie ein Idiot aus in der Tracht, mit seinem blöden neuen Punker-Haarschnitt und dem Nasenring noch dazu.“

Ihre Mutter seufzte. John ergriff das Wort.

„Ich glaube, die Kleidung wirkt nur deshalb so komisch, weil sie für uns ungewohnt ist. Aber glaub mir, Bella, nach ein paar Tagen in Edinburgh wird dir dieser Aufzug ganz normal vorkommen. Dort werden Tausende von Leuten sein, die dieselbe Tracht tragen, nur eben in unterschiedlichen Tartans, den Farben und Karos, die für ihren Clan stehen.“

Bella sah ihren Onkel prüfend von oben bis unten an. „Ich finde, bei alten Leuten wie dir sieht es gar nicht so übel aus.“, sagte sie dann großzügig. Damit stand sie auf und hüpfte durch die offene Terrassentür in den Garten hinaus. John starrte hinterher. Dann setzte er sich und vergrub das Gesicht in den Händen, während seine Schwester kicherte. Sie tätschelte ihrem Bruder, der zwei Jahre jünger als sie war, tröstend den Rücken.

„Ach, John-Boy, mach dir nichts draus. Für eine Neunjährige wirkt jeder Mensch über Dreißig, als stünde er schon mit einem Fuß im Grab. Aber ich bin sicher, es gibt genügend reifere Frauen, für die du durchaus attraktiv bist.“

„Reifere Frauen!“ John stöhnte und hob den Kopf. „Da könntest du Recht haben. Heute habe ich Mum und ihre Kumpaninnen durch den Tower geführt. Als wir alle vor der Vitrine standen, in der die letzte Rüstung von Heinrich dem Achten ausgestellt ist – du weißt schon, die, die seiner Leibesfülle in den späteren Jahren angepasst war – gab es zuerst ein paar derbe Bemerkungen, so sinngemäß, dass er offensichtlich in jeder Hinsicht überragend ausgestattet gewesen wäre. Und dann hatte ich in dem dichten Gedränge definitiv das Gefühl, dass mich eine von den Ladies in den Hintern gekniffen hat.“

Maggie lachte schallend los, während ihr Bruder sie mit gespielter Empörung ansah. Als sie sich wieder gefasst hatte, brachte sie hervor, „Möchtest du vielleicht Anzeige wegen sexueller Belästigung gegen Unbekannt erstatten? Ich würde die Ermittlungen in diesem Fall persönlich führen, das verspreche ich dir.“

Maggie arbeitete seit vielen Jahren als Staatsanwältin für die Londoner Justiz.

„He, was gibt es bei euch Lustiges? Ich leiste Schwerstarbeit bei der Erziehung unseres halbwüchsigen Sohnes, während ihr euch hier köstlich amüsiert.“ Alan war wieder hereingekommen.

„Hast du mit Tommy geredet? Denkst du, er wird das Tragen des Kilts tatsächlich verweigern? Dann kriegt Tante Isabel einen Tobsuchtsanfall, befürchte ich.“

Gespannt sah Maggie ihren Mann an. Alan winkte ab.

„Er wird ihn schon anziehen, sobald wir dort sind, keine Sorge. Mein Argument, dass die schottischen Mädels das traditionelle Outfit sicher cooler finden werden, als wenn er mit seinen üblichen ausgebeulten Jeans dort auftaucht, hat ihn wohl überzeugt. Außerdem kann er dann den Strumpfdolch tragen, auf den er so steht." Alan ließ sich auf das Sofa fallen.

„Bei allem Respekt vor euren schottischen Traditionen – ich bin ganz froh, dass eure formidable Tante Isabel mir nahegelegt hat, als Engländer ohne einen Tropfen schottischen Bluts auf das Tragen der Tracht zu verzichten. Sie sagte mir zwar, dass ich als sozusagen angeheiratetes Mitglied des Mackenzie-Clans theoretisch auch den Kilt tragen könnte, aber in meinen normalen Beinkleidern fühle ich mich doch entschieden wohler."

Tante Isabel war nicht nur eine glühende Patriotin, sondern auch Vorsitzende des Komitees, welches das seit vielen Generationen größte Treffen schottischer Clans organisierte.

Maggie lachte. „Isabel ist wirklich trotz ihres Alters eine beeindruckende Frau, die es gewöhnt ist, ihren Willen durchzusetzen. Stellt euch vor, nun hat sie David dazu verdonnert, seinen alten Dudelsack wieder vorzuholen und seine eingerosteten Kenntnisse aufzufrischen. Die Pipe Band von Inverness wird die acht Finalisten der Weltmeisterschaft in den Highland Games ins Stadion geleiten. Sie möchte partout, dass David dabei mitmarschiert, und natürlich auch beim feierlichen Einzug aller Dudelsackbläser. Es sollen über tausend sein. Nun übt er schon seit Tagen wie ein Wilder Scotland the Brave und noch irgendein Stück."

Alan grinste. „Ja, eurer Tante schlägt man eben nichts ab. Aber nun erzählt – was habe ich vorhin verpasst?" Maggie setzte ein ernstes Gesicht auf.

„Mein Bruder wurde heute das Opfer eines unverzeihlichen, erniedrigenden Übergriffs mit eindeutig sexuellen Absichten. Ich denke, ich werde morgen sofort ein Sonderermittlungsteam zusammenstellen, das diese fidele Frauentruppe, der unsere Mutter sich angeschlossen hat, unter die Lupe nimmt. Wir werden nicht ruhen, bis wir die infame Person gefunden haben, die es wagt, einem königlichen Beefeater an den Hintern zu fassen. Und wisst ihr, wem ich die Leitung des Teams übertragen werde?"

Als beide Männer sie verständnislos anstarrten, breitete sie die Arme aus, wie ein Moderator, der einen Stargast präsentiert.

„Niemand geringerem als Superintendent Simon Whittington, dem Star der Metropolitan Police!", schloss sie enthusiastisch. Alle drei brachen in Gelächter aus. Schließlich schüttelte John den Kopf.

„Unser liebster Cousin beschäftigt sich nur mit Kapitalverbrechen, alles andere wäre unter seiner Würde. Abgesehen davon ist er sicher vollauf damit beschäftigt, sich auf das große Golfturnier in St. Andrews vorzubereiten."

Simon und seine Ehefrau, die Ehrenwerte Patricia Whittington-Armsworth, waren im August zu einem prestigeträchtigen Wohltätigkeitsturnier an der schottischen Ostküste eingeladen. Maggie nickte.

„Sie fahren in den nächsten Tagen los. Patricia sagte mir kürzlich, sie würden vielleicht auf einen Sprung nach Edinburgh kommen, um sich auch etwas vom Clan Festival anzusehen. Von St. Andrews ist es ja nicht weit." John und sein Schwager sahen sich an und gaben dann beide Geräusche von sich, als müssten sie sich übergeben. Maggie maß die beiden mit einem strafenden Blick und hob an, „Wir hatten doch vereinbart…"

John winkte ab. „Ja, ja, du hast ja Recht. Alte Gewohnheiten sterben nun mal langsam. Wenn sich jemand seit jüngster Kindheit als intriganter Widerling, als skrupelloser Egomane, schlicht als veritables Ekel erwiesen hat, ist es schwer, von diesem Bild abzurücken. Auch wenn ohne ihn unsere Mörderjagd letztes Jahr ein tragisches Ende genommen hätte."

Alan sah seine Frau mit betretenem Gesicht an und ergriff das Wort.

„Wir haben ihm viel zu verdanken, Liebling, ich weiß. Also gebe ich hiermit zu Protokoll, dass euer Cousin ein großartiger Mensch, ein hochintelligenter Ermittler und der bestaussehende Mann in ganz England ist."

„Na, nun übertreib nicht gleich.", gab Maggie zurück. „Übrigens hat Renie sich heute gemeldet. Sie kann es kaum noch erwarten, dass wir kommen. Und sie sagte, sie hätte eine Überraschung für uns." Sie runzelte die Stirn. „Was das wohl sein mag?"

John stand auf und streckte sich. „Du wirst es erfahren. Bei Renie stehen Überraschungen sowieso immer auf der Tagesordnung. Ich danke dir für das vorzügliche Abendessen. Nun muss ich mich umziehen und zurück in den Tower."

Als sie sich an der Haustür verabschiedeten, mahnte Maggie ihren Bruder scherzhaft, „Wir sind Mittwoch früh um acht Uhr vor dem Tower – wehe, du kommst wieder mal zu spät." John grinste. „Ich verspreche dir, ich werde ab 7.45 Uhr gestiefelt und gespornt vor dem Tor stehen."

Während seine Eltern sowie David und Annie mit ihrem Söhnchen Christopher nach Edinburgh fliegen wollten, würde John mit Maggie und ihrer Familie in deren geräumigem Wagen nach Norden fahren.

Kapitel 2

Nachdem die U-Bahn ihn von Belgravia zum Tower Hill gebracht hatte, nutzte John den außergewöhnlich lauen Sommerabend zu einem Spaziergang an der Themse entlang, bevor er in seine Wohnung im Tower zurückkehrte. Das Ufer war dicht bevölkert. Nachdem er ein halbes Dutzend mal gebeten worden war, Touristenpärchen vor der beleuchteten Silhouette der Tower Bridge zu fotografieren, beschloss er, hinter den Festungsmauern zu verschwinden. „N´Abend, John.“, begrüßte ihn Michael Conners, einer seiner Beefeater-Kollegen, freundlich am Tor.

„Hallo Michael. Hast du heute die Nachtschicht erwischt?“

Jeweils drei Beefeater schoben zusammen mit einigen Mitgliedern der Militärgarde jede Nacht im Tower Wache. John war froh, dass er diesen Dienst wegen seiner Zusatzaufgaben in der Pflege der Tower-Raben nur noch an zwei Nächten pro Monat übernehmen musste. Conners nickte und hob ein Buch hoch. „Sieh mal, was ich mir zum Lesen mitgebracht habe.“

„Gefiederte Freunde – Aufzucht und Pflege.“ John pfiff anerkennend durch die Zähne. „Du bereitest dich schon gewissenhaft darauf vor, für zwei Tage unser Ravenmaster zu sein.“

Er klopfte seinem Kollegen auf die Schulter. „Bei dir werden die Raben in den besten Händen sein, Michael. Nächste Woche wird George dich genau einweisen und du kannst schon mal ein paar von meinen Aufgaben übernehmen, wenn ich abgereist bin. Außerdem weißt du ja, dass du immer anrufen kannst, falls es doch ein Problem geben sollte.“

George Campbell, der seit über zwanzig Jahren Chefpfleger der Raben war, hatte John vor einigen Monaten zu seinem Assistenten gemacht. Normalerweise war immer gewährleistet, dass einer der beiden im Tower war, um die Raben zu versorgen. Der Kommandant der Beefeater, Chief Patrick Mullins hatte für ein paar Tage im August ausnahmsweise beiden Männern frei gegeben. Campbells Familie stammte genauso wie Johns Vater aus Schottland. George und seine Frau Marcia wollten das große Clanfestival wenigstens für zwei Tage ebenfalls besuchen.

„George fliegt am Samstag früh nach Edinburgh und kommt bereits am Sonntag Abend wieder zurück. In der Zwischenzeit schaffst du das auf jeden Fall allein mit den Tieren."

Conners grinste ihn an und warf einen bedeutsamen Blick auf Johns linke Hand, die eine lange Narbe zierte.

„Na, na, nun tu mal nicht so, als wäre dieser Job so einfach."

John musste lachen.

„Mit kleineren Verlusten muss man immer rechnen. Aber jemand wie du, der zwanzig Jahre lang Einsätze in der Royal Air Force geflogen hat, wird ja wohl keine Furcht vor einem kleinen Vogel haben, oder doch?" Conners brummte.

„Auf jeden Fall beneide ich dich nicht um deinen Trip nach Norden. Wer will schon da hinauf, wo die dort noch viel schlechteres Wetter haben als wir hier? Und dann noch zusammen mit der ganzen Familie." Er schüttelte sich theatralisch. „Das würde ich keine zwei Tage aushalten. Die Blagen von meiner Schwester könnten den Sanftmütigsten auf die Palme bringen. Und mein Schwager erst, dieser geschniegelte Typ – Investmentbanker – lauter Gauner sind das, sage ich dir…"

Bevor Conners sich weiter für dieses Thema erwärmen konnte, verabschiedete John sich hastig. Da die Raben es gewöhnt waren, im Morgengrauen gefüttert und aus ihrer Voliere gelassen zu werden, musste er in den Sommermonaten früh aus den Federn.

Als er am nächsten Morgen das Fleisch für die Raben klein schnitt, vernahm er Laufschritte draußen. Neugierig, wer um fünf Uhr früh schon unterwegs war, trat er aus dem Rabenhaus. Chief Mullins kam von seiner Wohnung hinter dem White Tower herüber und winkte.

„Donnerwetter, Chief, Sie sind ja früh auf den Beinen."

Mullins trabte auf der Stelle. „Jetzt ist die beste Zeit zum Joggen, Mackenzie." Er klopfte sich auf den Bauch. „Im Urlaub in Italien habe ich ein wenig zugelegt, dagegen muss sofort was unternommen werden." Während John seinen durchtrainierten, hochgewachsenen Kommandanten, bei dem keinerlei Bauchansatz zu erkennen war, etwas zweifelnd ansah, erschien auf Mullins´ Gesicht ein Grinsen.

„An Ihrem Urlaubsziel werden Sie wohl kaum zunehmen. Der Fraß da oben muss ja die Hölle sein. Cheerio." Mit federnden Schritten lief er in Richtung Tor davon.

Aus der Voliere ertönte unwilliges Kreischen. Die Vögel hatten wenig Verständnis für Verzögerungen, wenn sie auf ihr Futter warteten. John beeilte sich, das Fleisch abzuwiegen – die Ration für jeden Vogel war genau festgelegt – und etwas Trockenfutter darüber zu streuen. Dann ergriff er die ersten vier Näpfe und öffnete das Gittertor zur Voliere. „Herrschaften, hier kommt euer Frühstück. Lasst es euch schmecken."

Die beiden ranghöchsten Tiere, Bran und Florrie, bekamen als erste ihr Futter. Den jüngsten der Raben, Gworran, schien es nicht zu stören, dass er am längsten warten musste. Geduldig saß er auf seinem Lieblingsast und verfolgte jede von Johns Bewegungen mit schief gelegtem Kopf. Als John das Futter auf einem Brett deponierte, das auf dem Ast befestigt war, hopste Gworran herzu und rieb seinen Schnabel an Johns Hand. Dann pfiff er die ersten Töne der britischen Nationalhymne und stürzte sich auf das Fleisch. Mit den unterschiedlichen Geräuschen, die er nachahmen konnte, entwickelte er sich allmählich zu einer Attraktion für die Touristen, die sich häufig um ihn scharten, wenn er wie die anderen Vögel tagsüber im Gelände des Towers herumstrolchte.

Nachdem die anderen Vögel die Voliere verlassen hatten, schloss John eilig das Tor. Gworran musste heute noch ein wenig ausharren, bevor er hinauskonnte. Sein Flügel mussten wieder einmal gestutzt werden. Diese Prozedur war alle paar Monate fällig, damit die Vögel nicht fortfliegen konnten. Da König Charles II im 17. Jahrhundert eine Prophezeiung erhalten hatte, dass das britische Königreich fallen würde, sollten keine Raben mehr im Tower leben, hatte er sicherheitshalber verfügt, dass zu jeder Zeit mindestens ein halbes Dutzend der Tiere hier gehalten werden mussten. Momentan lebten neun der intelligenten Vögel im Tower of London. Über die Jahrhunderte hatte es unter den wachsamen Augen der Rabenpfleger nur eine Handvoll der Tiere geschafft, das Weite zu suchen, was jedes Mal für landesweite Aufmerksamkeit sorgte. George Campbell achtete daher peinlich genau darauf, dass seine kleine Truppe vollständig blieb.

„Guten Morgen, John.", begrüßte er seinen Assistenten, als er in das Rabenhaus trat. „Bist du bereit für deinen ersten Flügelschnitt?"

John schluckte. „Morgen, George. Denkst du nicht, ich sollte dir heute noch einmal zusehen? Ich bin mir wirklich nicht sicher -"

„Unsinn.“, schnitt ihm der Ältere freundlich, aber bestimmt das Wort ab. „Du hast mir doch schon etliche Male assistiert und weißt, was zu tun ist. Außerdem ist Gworran das geeignete Tier für deinen ersten Einsatz, da er dich sehr gern hat und die ganze Sache bestimmt friedlich über sich ergehen lassen wird.“

John seufzte und zog sich ebenso wie George zur Sicherheit ein Paar widerstandsfähige Handschuhe an. Dann holte er Gworran aus der Voliere, der sich bereitwillig von ihm aufnehmen ließ. Als er jedoch die Schere erblickte, die George in diesem Moment aus dem Wandschrank hervorholte, zuckte der Vogel zusammen und brach in lautes Keckern aus.

„Gut zupacken, John, sonst entwischt er dir.“, riet George. „Und jetzt setz dich hierher und spreiz ihm den rechten Flügel ab.“ John standen bereits die Schweißtropfen auf der Stirn. „Aber vielleicht tue ich ihm weh -“

„Zum Donnerwetter, junger Mann. Nun mach schon, dann ist es gleich vorbei und Gworran hat wieder seine Ruhe.“

Behutsam ergriff John den Flügel und spreizte ihn so weit ab, dass er die Schwungfedern gut erreichen konnte. Während George ihm half, den Vogel festzuhalten, schnitt er sorgfältig die Federn ab und achtete darauf, keinen der durchbluteten Kiele zu verletzen. So verursachte das Flügelstutzen dem Tier genauso wenig Schmerzen wie das Haareschneiden einem Menschen. In wenigen Minuten war alles geschafft. John war froh, dass es ausreichte, den Vögeln immer nur jeweils einen Flügel zu stutzen.

„Fertig. Nun lass ihn hinaus.“ John tat, wie ihm geheißen. Gworran hüpfte hastig ein Stück fort, warf ihm noch einen vorwurfsvollen Blick zu und stapfte dann davon. John schnaufte tief durch und ging zurück in das Rabenhaus. George klopfte ihm schmunzelnd auf die Schulter.

„Für deinen ersten Versuch war das doch ganz ordentlich. Gworran wird dir jetzt sicher für ein, zwei Tage aus dem Weg gehen, aber bis du aus Schottland zurück bist, hat er sich wieder beruhigt.“

Gemeinsam machten sie sich daran, die Voliere zu reinigen und plauderten über die bevorstehende Zusammenkunft der schottischen Clans.

„Das wird ein Fest, John. Allein von uns werden über hundert aus der ganzen Welt anreisen. Ah, ich freue mich schon, das Campbell-Banner über dem Zelt flattern zu sehen.“

Jeder Clan bekam in dem riesigen Festivalgelände hinter Holyroodhouse, der königlichen Residenz in Edinburgh, ein eigenes Großzelt zur Verfügung gestellt, wo die Familienmitglieder sich treffen konnten.

„Über hundert Verwandte? Da habt ihr ja vielleicht sogar eine Chance auf den Preis für den Clan mit den meisten Teilnehmern, den das Komitee ausgesetzt hat.“ John war beeindruckt, aber George winkte ab.

„MacDonald – das ist die Familie mit den heute weltweit meisten Mitgliedern. Mehr als fünf Millionen sollen es sein. Ich wette, die werden das größte Kontingent bei unserem Treffen bilden. Aber einen Preis könnten die Campbells durchaus für sich verbuchen: Beim Highland Fling – da hat Erin, eine Großnichte von mir, sicher eine Siegchance. Sie ist in ihrer Altersklasse schottische Vizemeisterin.“

John hörte den Stolz in Georges Stimme. „Highland Fling? Das ist doch einer der Tänze, die Teil der Highland Games sind?“

Statt einer Antwort stützte George einen Arm auf die Hüfte, nahm den anderen Arm nach oben und winkelte unter einigem Ächzen das Knie an, so dass sein rechter Fuß an der linken Wade auflag. Dann summte er fröhlich eine Melodie und hüpfte erstaunlich graziös auf einem Bein herum. John applaudierte lachend. George beendete seine Darbietung mit einer Verbeugung und setzte sich dann schnaufend.

„Ich bin auch nicht mehr der Jüngste. Aber vor vielen Jahren war ich mal ein ganz passabler Tänzer. Und nicht zu vergessen Hammerwerfer.“ Er lächelte versonnen. „Bei dieser Disziplin war ich meistens unschlagbar. Kugelstoßen ging auch noch ganz gut, aber beim Baumstammwerfen, da war ich meistens Letzter. Aber das ist alles lange her. Heutzutage schaue ich mir die großen Wettbewerbe nur noch im Fernsehen an.“

John schrubbte den letzten Futternapf sauber und griff nach einem Geschirrtuch.

„Dann wirst du dir in Edinburgh sicher die Endrunde der Weltmeisterschaft nicht entgehen lassen.“

George nickte nachdrücklich. „Auf keinen Fall. Das trifft sich hervorragend, dass das Finale beim Clantreffen ausgetragen werden wird. Allerdings glaube ich nicht, dass unser Mann, Tim Carlisle, eine Chance haben wird. Unser bester Wettkämpfer, Rory McAllister, liegt mit einer Lebensmittelvergiftung im Krankenhaus, habe ich gestern in der Zeitung gelesen. Das ist schade, denn er hätte mit Sicherheit eine

Chance auf den Sieg gehabt. In den letzten zehn, fünfzehn Jahren haben fast immer Amerikaner oder Australier gewonnen. Eine Schande, das.“ Er schüttelte den Kopf. „Mittlerweile gibt es in Amerika mehr Highland Games als in Schottland, das muss man sich mal vorstellen. Bei denen ist das richtiges Big Business, mit Profis und Sponsoren und Werbeverträgen. Pah, damals bei uns ging es um die Ehre – und vielleicht mal um ein Fässchen Whisky für den Sieger.“ Seufzend erhob er sich und fasste sich sogleich mit einem unterdrückten Fluch ans Knie. „Herrjeh, die alten Knochen wollen auch nicht mehr so richtig. Das Tanzen überlasse ich wohl doch lieber dem Nachwuchs.“

Nach getaner Arbeit ging John durch die stille Festung zurück in seine Wohnung. Da sein Dienst heute erst am späten Vormittag begann, überlegte er flüchtig, sich noch einmal aufs Ohr zu legen, verwarf diesen Gedanken aber wieder. Er konnte die Zeit nutzen und seinen Koffer für Schottland packen.

Nach einer Stunde starrte er auf einen riesigen Haufen aus Kleidungsstücken, Schuhen, Büchern und allerlei Krimskrams. Damals, als ich für ein halbes Jahr zum Auslandseinsatz flog, hatte ich auch nicht mehr dabei, dachte er erheitert. Aber schließlich musste man bei dem berüchtigten schottischen August-Wetter ebenso auf heiße Sommertage wie auf sintflutartige Regenfälle bei kühlen Temperaturen gefasst sein. Nachdem er es geschafft hatte, alles in den Koffer hineinzuzwängen, ging er in die Küche, um sich eine Tasse Darjeeling-Tees zu gönnen. Er hatte gerade den ersten Schluck genommen und war im Begriff, sich genüsslich über die Times herzumachen, als das Telefon klingelte. Er runzelte die Stirn. Es war immer noch früh am Morgen. In den vielen Jahren bei der Truppenbetreuung hatte er die Erfahrung gemacht, dass Anrufe zu ungewöhnlichen Zeiten selten etwas Gutes bedeuteten. Als er abhob und die aufgeregte Stimme seiner Mutter hörte, schlug sein Herz schneller.

„Mum, was ist los? Ist irgendwas mit Dad?“

„Unsinn, John, deinem Vater geht es gut.“, kam es etwas unwirsch zurück. Dann hörte er, wie Emmeline tief Atem holte. Danach klang ihre Stimme ruhiger. „Ich wollte dich nicht erschrecken mit meinem frühen Anruf, John, tut mir leid. Aber ich musste mich gerade fürchterlich über Isabel aufregen.“

„Isabel? Was ist mit ihr?“

„Dieses Weib hat unsere Hotelreservierung vermasselt. Wir sollten doch alle im Riddick´s untergebracht sein. Das wäre wunderbar zentral gewesen und überhaupt soll das ein sehr angenehmes Haus sein. Und nun hat sie mich gerade angerufen, dass das Hotel überbucht ist und sie uns deshalb woanders Zimmer besorgen musste.“

„Aber Mum, wenn das mit der Überbuchung stimmt, dann kannst du den Fehler ja wohl kaum Tante Isabel ankreiden.“, wandte John ein. Seine Mutter ließ ein unwilliges Schnauben hören.

„Hm. Ich denke, man hätte doch von der Cheforganisatorin dieses Clanfestivals erwarten können, dass sie in unserem Sinne auf die Hotelleitung einwirkt. Wenn sie sich etwas mehr Mühe gegeben hätte, hätten wir unsere Zimmer mit Sicherheit behalten können.“

John seufzte innerlich. „In welchem Hotel sind wir denn nun?“ Wieder machte seine Mutter ein abfälliges Geräusch.

„Stell dir vor, die ganze Stadt ist angeblich ausgebucht, so dass wir nur noch in der Universität etwas bekommen konnten. Nun müssen wir in einer Art Studentenwohnheim hausen, mit Essen in der Mensa, ist das nicht scheußlich?“

John bemühte sich, Emmeline zu beruhigen. „Ach, Mum, das ist doch nicht so schlimm. Für die paar Tage wird´s schon gehen - “ Weiter kam er nicht. Hörbar verstimmt unterbrach seine Mutter ihn, indem sie ankündigte, sie müsste jetzt seinen Geschwistern Bescheid geben. Kopfschüttelnd legte John auf und kehrte zu seiner Zeitung zurück.

Für den Abend vor der Abreise hatte er Bonnie Sedgwick zum Abendessen eingeladen. Bonnie regierte das Vorzimmer von Chief Mullins. Obwohl sie nicht im Tower lebte, wusste sie stets bestens über alles Bescheid, was hier vor sich ging. Sie und John waren in seinem ersten Jahr hier gute Freunde geworden und Bonnie hatte sich gerne bereit erklärt, nach seinen Pflanzen zu sehen, so lange John fort war.

„Donnerwetter, seit meinem letzten Besuch hier ist das Grünzeug ja förmlich explodiert, John. Du musst wirklich ein Händchen für Pflanzen haben.“ Bonnie stand staunend in der Tür des Arbeitszimmers, in dem Johns Bücher und sein Computer schon fast hinter der überbordenden Flora verschwanden. Zu Johns Leidwesen ließen die recht kleinen Fenster der massiven Towergebäude trotz der

Südseite nicht viel Licht herein. So hatte er probeweise ein paar spezielle Pflanzenleuchten installiert, die zu ungeahntem Wachstum geführt hatten.

Er nickte schmunzelnd. „Du hast Recht. Die grünen Kerlchen hier halten mich ganz schön auf Trab. Ständig bin ich am Umtopfen. Wahrscheinlich werden sie mich eines Nachts wie dieses Monster aus Little Shop of Horrors mit Haut und Haar auffressen.“

Bonnie lachte. „Ach ja, Audrey hieß sie, glaube ich. Wenn das so weitergeht, werden sie zumindest irgendwann deine ganze Wohnung einnehmen. Was ist das überhaupt alles? Manches habe ich noch nie gesehen.“

Hier war John in seinem Element. „Also das hier ist eine Kiwano, eine Horngurke, die eigentlich in Australien und Teilen von Afrika kultiviert wird. Angeblich schmecken die Früchte wie eine Mischung aus Banane, Maracuja und Zitrone. Ich weiß allerdings noch nicht, ob die Früchte hier zur Reife kommen werden. Dann haben wir hier den Austrieb eines Kapokbaums, den ich aus einem Samen herangezogen habe. Er wächst beängstigend schnell und muss wohl bald umquartiert werden. Vielleicht findet meine Mutter einen Platz in einem der Gewächshäuser in Kew für ihn. Er hat nämlich wunderbare rosafarbene Blüten und produziert eine Art Baumwolle. Dann haben wir hier eine Reihe Chilisorten, z.B. Bangalore Torpedo oder die recht süße Chocolate Beauty, natürlich auch die berühmte Tabasco…“ Nach einer Weile bemerkte John, dass Bonnies Augen zunehmend glasig wurden.

„Entschuldige, ich könnte noch stundenlang weiter erzählen. Ich scheine von meiner Mutter das Faible für alles Grünzeug geerbt zu haben. Und ich finde es jedes Mal wieder faszinierend zu beobachten, was mit etwas Licht, Erde und Wasser aus einem unscheinbaren kleinen Samenkorn heranwächst. Aber keine Sorge, Bonnie, um die meisten der Pflanzen brauchst du dich nicht kümmern, die überstehen die paar Tage problemlos. Sieh her, ich habe die, die täglich Wasser brauchen, in diese Ecke gestellt.“

Nachdem er ihr alles erklärt hatte, nickte Bonnie erleichtert. „Na, das werde ich schaffen. Ich verspreche dir, ich werde mich so gut ich kann um die Pflanzen kümmern und jeden Tag ein Schwätzchen mit ihnen halten.“

John lachte. „Bonnie, du bist ein Goldstück. Aber jetzt essen wir. Es gibt Huhn mit Cashewnüssen.“

„Hmm, das klingt lecker. Dann erzähle ich dir erst nach dem Essen von dem Kind, das sich heute mitten auf dem Tower Green übergeben hat…“

Kapitel 3

Am Dienstag Morgen starteten sie pünktlich auf die rund 400 Meilen lange Reise.

„Wie gut, dass ihr diesen Achtsitzer habt. Bei der Menge an Gepäck hätten wir sonst mit zwei Autos fahren müssen, um alle Platz zu haben.“ John lehnte sich behaglich in seinem Sitz zurück und sah durch den Nieselregen die Vorstädte Londons an sich vorüberziehen.

„Was schätzt du, wie lange wir brauchen werden, Alan?“

Alan Hughes, der am Steuer saß, grinste seinem Schwager im Rückspiegel zu.

„Wenn Maggie und ich uns mit dem Fahren abwechseln, müssten wir es in sieben bis acht Stunden schaffen. Mit dir am Steuer - “

„- wären wir wohl doppelt so lange unterwegs.“, fuhr Maggie nahtlos fort und kicherte. Bella sah neugierig von dem Buch auf, in dem sie las.

„Onkel John, verfährst du dich immer oder was? Wir haben ein Navigationssystem, sieh mal. Damit würdest auch du nach Edinburgh finden.“ Sie strahlte ihn an.

John schmunzelte. „Danke für den Hinweis, Bella. Was deine Eltern meinen, ist aber wohl eher, dass ich nicht gerade als Schnellfahrer bekannt bin.“

Nun prustete Maggie los.

„Nicht gerade als Schnellfahrer! Dass ich nicht lache.“ Sie drehte sich zu ihrer Tochter nach hinten. „Dein Onkel ist die größte Schnecke, die Großbritannien je gesehen hat. Er fährt sogar mit dem Fahrrad schneller als mit dem Auto. Sag mal, Schätzchen, wird dir auch nicht schlecht, wenn du im Auto liest?“

„Ich lese doch immer im Auto, Mummy. Kein Problem.“

Zwölf Stunden später öffnete John die hintere Wagentür und atmete tief durch. Er fühlte sich ein wenig wie ein Häftling, der soeben wieder in die Freiheit entlassen worden war. Nicht nur, dass Bella sich kurz hinter Birmingham übergeben hatte, nein, einige lange Staus hatten die Hauptverkehrsadern nach Norden verstopft. Alan hatte daraufhin beschlossen, über Ausweichrouten zu fahren, während Maggie der Meinung war, sie sollten auf dem Motorway bleiben. Während sie also unter stetigem Gezänk über endlose kleine Landstraßen gekurvt waren, hatte John sich bemüht, die grüngesichtige Bella von ihrem Leid abzulenken. Währenddessen hatte sein Neffe, der mit Ohrstöpseln und geschlossenen Augen in der hintersten Sitzreihe lümmelte, seinen iPod so laut aufgedreht, dass der Punkrock selbst die Fahrgeräusche übertönte.

„Hey, hier ist es ja cool.“ Bella war ebenfalls ausgestiegen und sah sich neugierig um. „Das sieht ja aus wie ein Gruselschloss. Werden wir da wohnen?“ Sie deutete auf ein dunkles Gebäude mit einer Vielzahl von Erkern und Türmen.

„Darin ist die Verwaltung des Studentenwohnheims, Bella. Unsere Zimmer werden sicher in einem der modernen Häuser da hinten sein.“ Maggie war wie immer perfekt vorbereitet. Während ihre Tochter eine enttäuschte Schnute zog, fischte Johns Schwester ihr Handy aus der Tasche. „Ich versuche gleich mal, David zu erreichen. Die anderen müssten ja längst hier sein.“

Als die Männer das gesammelte Gepäck der Familie ausgeladen hatten, trat Maggie herzu und rollte mit den Augen.

„Oh je, David sagt, dass Mum auf dem Kriegspfad ist. Der Flieger hatte wohl Verspätung und dann mussten sie ewig auf das Gepäck warten und als Krönung scheinen die Zimmer hier nicht ganz, sagen wir, den modernen Standards zu entsprechen.“

„Das kannst du laut sagen, Schwesterherz. Hallo alle miteinander.“ David war offensichtlich im Lauftempo hergeeilt, um die Familie zu begrüßen. „Lasst uns erst mal zur Rezeption gehen. Ihr werdet sehen, die Leute hier sind wirklich sehr nett und bemüht, aber offensichtlich ist jede Unterkunft in Edinburgh total ausgebucht und die Reservierung für unsere Zimmer hier ist so kurzfristig gewesen, dass sie uns nur noch in einem Haus unterbringen konnten, das zur Renovierung ansteht. Außerdem konnten wir statt der bestellten fünf Zimmer nur vier kriegen. Eins für Mum und Dad, eins für Annie, Christopher und mich und zwei bleiben für euch.“

„Na, das ist doch kein Problem. Dann teile ich mir mit Tommy ein Zimmer und Bella bleibt bei Maggie und Alan.“, meinte John. „Für die paar Tage wird das schon gehen.“

David grinste. „Wart´s ab, John. Aber da du ja an das Leben in Kasernen gewöhnt bist, wirst du dich hier bestimmt wohlfühlen.“

„Gibt’s wenigstens ´nen Fernseher?“, krähte Bella.

Maggie bedachte ihre Tochter mit einem strengen Blick. „Das ist nun wirklich nicht so wichtig. Mal ein paar Tage auf die Kiste zu verzichten, das schadet euch keinesfalls."

„Aber W-LAN, das gibt's doch hoffentlich?" Beinahe flehentlich sah Tommy seinen Onkel an und war sichtlich erleichtert, als David nickte. Maggie schickte sich gerade an, wieder eine mütterliche Ermahnung zum Medienkonsum loszuwerden, als John zwei Koffer ergriff und sich in Richtung Rezeption aufmachte.

„Los, jetzt kommt schon. Lasst uns endlich die Zimmer beziehen und dann einen Happen zum Essen finden. Mir knurrt schon der Magen."

Wenig später standen John und sein Neffe in dem kleinen Raum, den sie sich nun für fünf Tage teilen würden. Das Mobiliar hatte offensichtlich etliche Studentengenerationen kommen und gehen sehen. Alles war zwar sauber, aber abgewetzt und leicht windschief. An den olivgrünen Vorhängen hatten schon zu viele Hände ungeduldig gezerrt und die ehemals weißen Wände waren verkratzt und gesprenkelt.

John bemühte sich um ein Lächeln. „Äh, naja, das sieht doch ganz … gemütlich aus." Aber Tommy hörte ihm überhaupt nicht zu. Er hatte seinen Rucksack auf eines der schmalen Betten geworfen und seinen Laptop schon hochgefahren. Nun grunzte er zufrieden.

„Alles klar, wir haben Verbindung zur Außenwelt."

John beobachtete einige Momente lang, wie Tommys Finger über die Tastatur flitzten. „Ich bin online, also bin ich", brummte er dann kopfschüttelnd und machte sich auf, seine Eltern zu suchen.

Im Nebenzimmer versuchte der nette Junge von der Rezeption gerade schwitzend, ein drittes Bett zwischen die beiden anderen zu bugsieren. Man konnte sich dort drin kaum noch umdrehen. Alan, der als Inhaber einer florierenden Computersoftwarefirma gewöhnt war, auf seinen Geschäftsreisen in Fünfsternehotels zu logieren, nahm es mit Humor.

„Das erinnert mich an meine Anfangszeiten, als ich mit meinem Commodore-Rechner in einem winzigen Einzimmerapartment in Brixton saß, das ich mir mit einer Kakerlakenfamilie teilte. Im Vergleich dazu ist das hier doch ganz komfortabel."

Maggie sagte nichts, aber ihr mühsam kontrollierter Gesichtsausdruck sprach Bände. Bella dagegen warf ihr Plüschpferd, das sie überall hin begleitete, auf das Bett und hopste hinterher.

„Ich finds ganz kuschlig hier. Da können wir uns abends noch Geschichten erzählen, das ist wie im Zeltlager." Vergessen war der Fernseher. Maggies Gesichtszüge klarten sich auf und sie rief, „Kommt, alle miteinander, wir holen jetzt die anderen ab und dann gehen wir etwas essen, ich sterbe bald vor Hunger."

Annie, David und Christopher hatten ihr Zimmer ein Stockwerk tiefer.

Nachdem sich alle begrüßt hatten – auf dem Flur, denn in das Zimmer hätten nicht alle auf einmal hineingekonnt – deutete David nach links. „Unsere Eltern sind hier den Gang runter, um die Ecke. Ich bin gespannt, wie Mum jetzt drauf ist. Vorhin war sie ganz schön angesäuert. Ich habe keine Ahnung, ob die beiden noch etwas essen wollen, es ist ja schon ganz schön spät. Wahrscheinlich ist es am einfachsten, gleich hier auf dem Campus in die Studentenmensa zu gehen statt lange nach einem Lokal zu suchen."

„Geht ihr mal, ich bleibe bei Christopher. Für ihn war es ein langer Tag und ich lege mich lieber bald mit ihm hin."

„Aber Annie, ihr könnt doch nicht ohne Abendessen zu Bett gehen.", wandte Maggie mit einem Blick auf ihren dreijährigen Neffen ein.

„Keine Sorge. Ich habe Obst und ein paar Brote von zu Hause eingesteckt, das reicht uns für heute Abend. Wir sehen uns dann morgen zum Frühstück."

Also bewegte sich der Mackenzie-Tross weiter den trostlosen, in Beige gehaltenen Gang hinab. Noch bevor David anklopfen konnte, stand Emmeline Mackenzie schon in der Tür.

„Kinder! Da seid ihr ja endlich! Ich habe euch schon den Flur herunterkommen hören. Man hört hier überhaupt alles – ihr könnt euch nicht vorstellen, was die jungen Leute neben uns für einen Höllenlärm veranstalten, Australier sind das glaube ich. Ich habe sie schon höflich gebeten, doch leiser zu sein, aber das interessiert die gar nicht, was so eine alte Frau sagt - "

„Hallo, Grandma! Wie schön, dass ihr da seid!"

„Renie!" Johns älteste Nichte, die unbemerkt herangekommen war, flog förmlich an den Hals ihrer Großmutter, der vor Wiedersehensfreude die Tränen in die Augen stiegen.

„Meine Güte, lass dich ansehen, Kind. Du bist ja ganz mager – geben sie dir hier oben nichts zu essen?"

Renie lachte und drückte Emmeline einen Kuss auf die Wange. „Ach Grandma, das sagst du doch immer, wenn du mich siehst. Hallo Grandpa!" Lächelnd schloss James Mackenzie seine Enkelin in die Arme und zwinkerte dabei verstohlen seinen Kindern zu. Renie hatte wieder einmal erfolgreich für eine Ablenkung gesorgt. Für den Moment hatte Emmeline ihren Ärger vergessen. Nachdem Renie auch allen anderen um den Hals gefallen war, hakte sie sich bei ihrer Großmutter unter und ging ohne weitere Umstände voraus.

„Jetzt gehen wir essen. Die Verpflegung hier soll sehr lecker sein, habe ich gehört. Ist zwar Selbstbedienung, aber du setzt dich einfach gemütlich hin, Grandma, und ich bringe dir alles, was du dir wünschst."

„Aber Renie, wir müssen zumindest noch den Geldbeutel holen, sonst können wir doch gar nicht bezahlen", protestierte Emmeline schwach.

„Eben nicht, Grandma! Ist schon alles organisiert. Das funktioniert hier alles mit dieser Plastikkarte, auf die werden alle Essen der Familie gebucht, und bezahlen braucht ihr gar nichts, weil Tante Isabel alle Kosten für Übernachtung und Essen hier übernimmt."

Jäh blieb Emmeline stehen.

„Das kommt ja gar nicht in Frage. Wir können für unsere Ausgaben sehr gut selbst aufkommen. Da braucht sie sich gar nicht als noble Gastgeberin aufzuspielen."

John seufzte unhörbar, während Maggie hinter ihm unverhohlen kicherte und raunte, „Es geht wieder los." Renie aber zog ihre Großmutter resolut weiter.

„So ein Quatsch, das will sie doch gar nicht. Aber sie hatte so ein schlechtes Gewissen wegen der vermasselten Hotelreservierung, obwohl sie eigentlich gar nichts dafür konnte, dass sie mir aufgetragen hat, das so zu organisieren. Also tu ihr doch den Gefallen und lass sie bezahlen, sie kann sich´s leisten.", meinte sie unbekümmert.

„Na, darüber ist das letzte Wort noch nicht gesprochen.", grummelte Emmeline, ließ sich aber über den Hof des Campus führen und hinein in den Beton- und Glas-Bau der Mensa. Drinnen scharten sich hauptsächlich junge Leute um zwei enorme Ausgabetheken, zwei weitere waren geschlossen. „Wow, das ist ja riesig", staunte Bella.

„Muss es auch sein, Bella. Während des Trimesters werden hier täglich tausende von Studenten verpflegt. Nur jetzt, während der Sommerferien, können hier Touristen unterkommen. Also ist hier alles für den Ansturm in den nächsten Tagen bestens gerüstet."

Renie hatte ein paar freie Tische erspäht, die sie kurzerhand mit Alans und Johns Hilfe zusammenschob. Dann platzierte sie ihre Großeltern auf zwei der Plastikstühle und während Maggie schnell mit einigen Servietten die leicht angeschmierten Tische abwischte, hatte ihre Tochter auch schon herausbekommen, was es gab.

„Es gibt Roastbeef, Lammkeule, irgendeinen Eintopf und gebackenes Fischfilet, dazu alle möglichen Beilagen und Salate und natürlich für die Fastfood-Fans unter uns Chicken Wings und Pommes."

„Die will ich!" Schon war Bella losgestartet.

Es dauerte eine Weile, bis alle mit ihren mehr oder weniger vollen Tabletts wieder da waren.

„Hmm, diese Minzsauce ist wirklich köstlich.", lobte James Mackenzie. „Aber natürlich kein Vergleich zu deiner, Em.", beeilte er sich hinzuzufügen. Seine Frau hatte das fetttriefende Fischfilet nach einigen Bissen von sich geschoben.

„Soll ich dir etwas anderes holen, Mum?", erkundigte sich Maggie.

„Danke, nein. Aber vielleicht könnte ich eine Tasse Tee bekommen?"

„Ah, da hole ich mir auch eine, Mum. Ich bringe dir eine mit." John stand auf. „Sonst noch jemand?" Alle verneinten.

Beim Heißgetränkeautomaten sah John erleichtert, dass es eine gute Auswahl an Schwarztees im Beutel gab. So würde seine Mutter wenigstens die Sorte bekommen, die sie beide bevorzugten, Darjeeling.

Als er wieder zum Tisch zurückkam, fragte seine Mutter gerade, „Wann werden wir Isabel sehen? Sie wird wohl die Zeit finden, ihre Familie zu begrüßen?"

„Sie hofft, dass sie es morgen einrichten kann. Jetzt in den letzten Tagen vor dem Festival ist bei uns im Organisationsbüro der Teufel los, kann ich euch sagen. Isabel ist für die Ausrichtung des Balls am Donnerstag verantwortlich, mit dem Empfang der Clan Chiefs. Über hundert werden da sein, das ist die größte Versammlung der Familienoberhäupter auf schottischem Boden seit Menschengedenken.

Das wird ein richtig historischer Moment.“, erzählte Renie enthusiastisch.

„Du klingst schon wie Isabel“, merkte ihre Großmutter spitz an.

„Em, bitte.“ James Mackenzie sah seine Frau nachsichtig an. Renie grinste nur.

„Tante Isabel hat mich gebeten, euch zu fragen, ob ihr morgen Mittag in unsere Zentrale kommen möchtet. Dann soll ich uns etwas zu essen bestellen und euch alles zeigen. Das Komitee hat ein ganzes Haus gemietet. Im obersten Stock sind ein paar Zimmer, die die Studenten und anderen Hilfskräfte bewohnen. Dort hat auch Isabel ein kleines Apartment, da sie die letzten Monate die meiste Zeit hier in Edinburgh verbracht hat. Das Hin- und Herfahren nach Inverness war irgendwann zu aufwändig. Sie ist schließlich auch nicht mehr die Jüngste. Und sie rackert wirklich wie ein Tier, um alles perfekt vorzubereiten. Allerdings erwartet sie das auch von ihren Mitarbeitern. Eine ruhige Kugel schieben kann bei uns im Team keiner.“

„Was sind deine Aufgaben bei der ganzen Geschichte, Renie?“, erkundigte sich David.

„Hauptsächlich kümmere ich mich um die Musikgruppen. Von Freitag bis Sonntag werden rund zwanzig Bands auf unseren beiden Bühnen stehen. Headliner ist Kyla Macpherson - “ Renie verdrehte die Augen und gab würgende Geräusche von sich.

„Auf die freue ich mich besonders. Seit ich auf BBC Vier ein Konzert mit ihr gesehen habe, bin ich ein Fan von ihr. Das ist eine tolle Frau und die Musik ist spitze. Dabei kann ich mich nach einem Tag im Büro so richtig schön entspannen.“, warf David ein.

Annie stöhnte theatralisch. „Die CDs von ihr nudeln bei ihm rauf und runter. Mir geht sie schon mittlerweile auf den Wecker.“

„Kyla, das bedeutet im Gälischen die Liebreizende.“, merkte James Mackenzie augenzwinkernd an.

„Hah, liebreizend! Also, ihre Melodien sind ja vielleicht nicht schlecht, wenn man das ewige Geigengefiedel mag, aber die Frau selbst, die ist echt ´ne Zumutung. Ihre Managerin schickt mir quasi stündlich neue Emails, was die Gnädige alles für Wünsche für ihr Hotelzimmer und für ihre Garderobe hat. Die treibt mich noch in den Wahnsinn. Außerdem geht sie nirgendwo hin ohne ihre blöde Töle.“

„Renie! Solche Töne passen gar nicht zu dir. Und lass so etwas schon gar nicht Tante Isabel hören.“ Maggie sah ihre Tochter scharf an.

Isabel Mackenzie war eine landesweit bekannte Züchterin von Scotch Terriern. Ihr letzter Champion, Walter – mit vollem Namen Sir Walter Scott – war wie seine Besitzerin in Ehren ergraut und begleitete sie überall hin.

„Ach, das ist doch ganz was anderes. Kylas Hündchen ist so ein Handtaschenformat und braucht jeden Tag frisch gekochtes Essen. Ich musste schon eine Liste mit seinen bevorzugten Menüs an den Küchenchef im Hotel weiterleiten. Und ein spezielles weiches Einstreu für sein Reise-Hundeklo, für sein empfindsames Popöchen…“ Renie geriet zunehmend in Fahrt. John bemerkte, dass einige der Gäste an den umliegenden Tischen bereits mehr oder minder offen lauschten. Wahrscheinlich würde es dem Organisationskomitee nicht gefallen, wenn Renie lautstark Interna über die Stars des Festivals ausplauderte.

„Was ist musikalisch sonst noch geboten?“, unterbrach er die Schimpftiraden seiner Nichte.

„Das geht querbeet. Wir haben traditionelle Gruppen und auch ganz moderne. Am coolsten finde ich die Atomic Pipers, die spielen Punkrock auf Dudelsäcken. Hier in der Szene in Edinburgh haben sie sich schon einen Namen gemacht.“

„Krass“, ließ sich Tommy beeindruckt vernehmen. In den letzten Monaten hatte er in der Musiksammlung seines Vaters alte Alben von den Sex Pistols und The Clash entdeckt, mit denen er seither das Haus beschallte. Seine Mutter hoffte, dass diese Welle bald wieder abebben würde und mit ihr auch Nasenring und Haartracht wieder verschwinden würden.

Flugs zog Renie ihren iPod aus der Jackentasche und reichte ihn ihrem Bruder hinüber.

„Da sind ein paar Demotracks von denen drauf, hör doch mal in den letzten rein, Fields of blood.“ Dann holte sie tief Luft. „Ja, Leute, da wir gerade beim Thema sind, da wollte ich euch sowieso noch was sagen.“ Alle sahen sie gespannt an.

„Andy, das ist der Drummer der Atomic Pipers, und ich, also wir haben uns bei der Vorbereitung des Auftritts kennengelernt und jetzt - sind wir zusammen.“

Für einen Moment sagte niemand etwas. John bemerkte amüsiert, wie Alan schon Luft holte, um etwas zu sagen, als Maggie ihrem Mann einen Blick zuwarf und beinahe unmerklich den Kopf schüttelte.

„Das freut mich für dich, Kleines. Dürfen wir den jungen Mann in den nächsten Tagen kennenlernen?“, fragte Maggie ihre älteste Tochter lächelnd.

Renie, die scheinbar nicht sicher gewesen war, welche Reaktion ihre Neuigkeit auslösen würde, atmete erleichtert auf.

„Natürlich, Mum. Ihr sollt ihn auf jeden Fall kennenlernen, denn…“ Sie verstummte einen Moment und fuhr dann wild entschlossen fort.

„Wir möchten hier in Edinburgh zusammenziehen und ich werde die Band managen.“

Nun war es an Alan, seine Frau zurückzuhalten. Maggie war aufgesprungen und hatte dabei Johns Teetasse umgeworfen. Sie achtete gar nicht darauf. Aufgebracht funkelte sie ihre Tochter an.

„Was soll das heißen, Maureen? Was ist mit deinem Studium? Du wirst doch nicht deinen Studienplatz an der LSE einfach hinschmeißen wollen wegen irgend so einem dahergelaufenen - “

Alan legte seine Hand auf Maggies. „Setz dich, Maggie. Lass uns in Ruhe darüber reden.“ Nun aber sprang Renie ebenfalls auf und brachte wiederum das Geschirr zum Klirren.

„Mum, du hast immer erzählt, dass damals, als ihr geheiratet habt, auch keiner an Dads Erfolg geglaubt hat. Was war er denn, als ihr euch kennengelernt habt? Ein Freak, der die Schule abgebrochen hatte und auf dem Speicher irgendwelche Computerprogramme schrieb.“

Ein Punkt für Renie, dachte John bei sich. Das Mädchen war zwar hitzköpfig, aber argumentieren konnte sie genauso gut wie ihre Mutter, die Staatsanwältin.

Diese wiederum ließ sich davon nicht beeindrucken und schoss zurück, „Ich habe damals mein Studium nicht abgebrochen und mir die ganze Zukunft versaut - “

An dieser Stelle erhob sich James Mackenzie würdevoll.

„Emmeline, Liebes, wir ziehen uns zurück. Es war ein langer Tag. Ich würde vorschlagen, wir treffen uns um acht Uhr zum Frühstück. Und nun gute Nacht allerseits.“ Er reichte seiner Frau, der angesichts dieses Zwists sichtlich das Herz blutete, galant den Arm und die beiden gingen. Maggie bemerkte, dass viele der Gäste offen zum Tisch der Mackenzies herüberstarrten. Sie setzte sich wieder. Nach einem Moment griff Renie nach ihrer Jacke und ihrem Tablett, drehte sich wortlos um und entfernte sich. Als ihre Eltern Anstalten machten, ihr nachzugehen, mischte John sich ein.

„Ich glaube, es ist besser, ihr lasst sie. Wahrscheinlich tut es allen gut, erstmal eine Nacht darüber zu schlafen. Sonst werft ihr euch weiter gegenseitig Dinge an den Kopf, die ihr gar nicht so meint." Nach kurzem Zögern stimmte Alan ihm zu und auch Maggie nickte widerstrebend. „Vielleicht könntest du sie anrufen, John? Ihr beide seid immer schon gut miteinander ausgekommen, dir wird sie zuhören."

John nickte. „Was soll ich ihr sagen?"

„Wir möchten diesen Andy gerne gleich morgen treffen. Vielleicht können wir ihn zum Essen einladen?"

„Gut, ich schlage ihr das vor. Und jetzt ist es an der Zeit für uns alle, zu Bett zu gehen, nicht wahr, Bella?" John zog seine jüngste Nichte, die dem Wortwechsel stumm und mit ängstlichem Gesicht gelauscht hatte, von ihrem Stuhl hoch. „Das wird schon wieder, Bella. Mach dir keine Sorgen. Pass auf, morgen oder übermorgen gehen wir in den Zoo.", flüsterte er ihr zu. Bellas Miene hellte sich auf. „Oh, ja. Haben die auch Faultiere?" Im Londoner Zoo gehörten diese zu Bellas Lieblingen.

„Keine Ahnung. Ich glaube aber, dass es einen Ameisenbären gibt." Während Maggie, Alan und David die Tabletts abräumten, rüttelte John seinen Neffen an der Schulter. Tommy nahm die Ohrstöpsel ab.

„Oi, Alter, da fahr ich voll drauf ab, sag ich dir. Gehen wir schon? Wo ist Renie überhaupt?"

Bella schnaubte. „Mann, Tommy, du hast ja wieder mal gar nichts mitgekriegt. Renie will einen Freak heiraten und in Schottland bleiben. Mum und Dad sind am Explodieren."

Tommy sah seine kleine Schwester einen Moment verständnislos an, zuckte dann mit den Achseln und setzte die Ohrstöpsel wieder ein.

Als die Familie sich zum Frühstück wieder traf, war Emmeline schon aus der Ferne anzusehen, dass sie übel gelaunt war.

„Wie hast du geschlafen, Mum?", erkundigte sich John vorsichtig.

„Hah! Frag mich lieber, ob ich überhaupt geschlafen habe. Es war entsetzlich stickig und diese Radaubrüder im Zimmer neben uns haben die ganze Nacht Lärm gemacht und als ich in den frühen Morgenstunden endlich eingenickt war, hat irgend so ein Verrückter angefangen, draußen diesen grässlichen Dudelsack zu spielen."

„Das war Farewell to Aberdeen.", warf ihr Mann hilfreich ein, der gerade mit seinem voll beladenen Tablett zum Tisch kam. „Seht euch an, was ich gefunden habe!“ Ohne den mörderischen Blick seiner Frau zu bemerken, stellte James Mackenzie sein Tablett auf dem Frühstückstisch der Familie ab. „Black Pudding! Das hatte ich seit Jahren nicht.“

Skeptisch sah Bella auf eine runde, glänzende, rotschwarze Scheibe mit undefinierbaren hellen Stückchen darin auf dem Teller ihres Großvaters. „Was ist das denn? Sieht ja eklig aus.“

„Das ist etwas ganz Feines, mein Mädchen. Man macht es aus Schweineblut, Hafer und ein paar anderen Zutaten. Möchtest du ein Stück probieren?“

„Igitt! Da esse ich lieber meine Pancakes mit Sirup.“ Bella schüttelte sich. „Was machen wir heute? Gehen wir jetzt gleich in den Zoo?“, wollte sie wissen.

„Nein, Schatz, das machen wir morgen, da haben wir mehr Zeit. Heute Vormittag schauen wir uns die Innenstadt und die Burg an und dann besuchen wir Renie in ihrem Büro. Was wir hernach machen, machen wir vom Wetter abhängig, würde ich sagen.“, antwortete Maggie ihr.

Während sich alle auf das herzhafte Frühstück stürzten und Emmeline fortfuhr, an allem herumzukritteln, wandte Maggie sich halblaut an John. „Hatte sich Renie wieder beruhigt, als du mit ihr telefoniert hast? Das war ja eine peinliche Szene, die wir beide da gestern aufgeführt haben, aber das Kind treibt mich noch in den Wahnsinn mit ihren fixen Ideen und ihrem Sturschädel.“

„Maggie, das Kind ist jetzt 20 Jahre alt“, merkte John milde an. Maggie winkte ab.

„Ich weiß, ich weiß. Alan sagt das auch. Natürlich muss sie ihre eigenen Entscheidungen fällen, aber wir wissen doch alle, dass sie sich immer wieder Hals über Kopf in irgendwelche Abenteuer hineinstürzt, ohne Rücksicht auf Verluste.“

Sie sah John aufgewühlt an und für einen Augenblick fühlten sich beide Geschwister an den Abend vor nicht einmal einem Jahr zurückversetzt, als sie stundenlang gemeinsam im St. Bartholomew´s Krankenhaus in London auf die Nachricht des Arztes gewartet hatten.

Damals hatte Renie sich ohne nachzudenken in eine gefährliche Situation gebracht, um John bei der Jagd nach einem Mörder zu helfen. Während die körperlichen Narben, die sie davongetragen hatte, ihr wohl für immer bleiben würden, hatte sie sich ansonsten aber in ihrer typischen Gummiballmanier von diesem Erlebnis kaum beeindrucken lassen.

John drückte die Hand seiner Schwester.

„Ich verstehe deine Sorgen. Aber wenn wir sie vor den Kopf stoßen und sie sich nicht ernst genommen fühlt, erreichen wir gar nichts. Gestern war sie noch sehr aufgebracht, aber ich bin sicher, dass sie sich heute wieder beruhigt hat. Du kennst ja deine Tochter, sie ist schnell auf der Palme, aber auch schnell wieder unten."

Maggie sah ihren Bruder an und atmete tief durch. Dann musste sie lächeln.

„Manchmal ist es doch gut, einen Psycho-Onkel in der Familie zu haben. Du bist einfach der geborene Vermittler."

„Prellbock trifft es wohl besser", brummelte John gutmütig.

Da schob Alan seinen leeren Teller von sich und sah auffordernd in die Runde. „Kommt, Leute, lasst uns das schöne Wetter ausnutzen. Ziehen wir los."

Beim Hinausgehen nahm John seinen Neffen beiseite.

„Tommy, hättest du etwas dagegen, wenn ich deiner Großmutter anbiete, mit uns das Zimmer zu tauschen? Dann hätte sie wenigstens Ruhe in der Nacht."

Tommy grinste ihn an. „Klar, John. Sag´s nicht Mum, aber ich kann sogar in Mr. Frears´ Chemieunterricht pennen. Also stören mich ein paar laute Zimmernachbarn nicht."

Als John seiner Mutter den Vorschlag machte, umzuziehen, lehnte sie zunächst vehement ab. „Nein, nein, mein Junge, das möchte ich euch auf keinen Fall zumuten. Dein Vater und ich, wir werden das schon durchstehen." Sie setzte ein märtyrerhaftes Gesicht auf, ließ sich aber schließlich doch überzeugen. Da alle zusammenhalfen, war der Zimmertausch schnell geschehen und so zogen sie in bester Laune los.

Einige Stunden später ließ sich die ganze Familie verschwitzt und geschafft auf die Stühle im Besprechungsraum der Organisationszentrale fallen.

„Donnerwetter, ihr seht ja aus, als hättet ihr einen ganz schönen Marsch hinter euch.", nahm Renie sie in Empfang. Sie schien ihren Ärger tatsächlich überwunden zu haben und begrüßte sogar ihre Mutter mit einem Kuss auf die Wange. „Ich bringe euch gleich etwas zu trinken, Sandwiches habe ich auch schon bestellt.“ Schon war sie wieder hinaus. Maggie warf ihrem Bruder einen erleichterten Blick zu.

An der Wand hinter dem Konferenztisch hingen Flipcharts mit Erledigungslisten, detaillierten Ablaufplänen und Zuständigkeiten. Alan stand auf, ging hinüber und besah sich alles mit kritischem Blick. Dann hob er anerkennend eine Augenbraue. „Sehr professionell, muss ich sagen. Meine Leute in der Firma, die unsere Entwicklungsvorhaben koordinieren, legen mir manchmal schlechtere Projektpläne vor.“

John trat dazu und gemeinsam sahen sie sich das Organigramm an, das auch Fotos des gesamten Teams zeigte. Ganz oben thronte eine Aufnahme von Isabel Mackenzie, die als Gesamtverantwortliche und zusätzlich Komiteechefin für den Bereich Clan-Kontakte genannt wurde. In der Reihe darunter gab es ein halbes Dutzend gleichberechtigter Komiteechefs für alle möglichen Aufgaben, von der Bewirtung über die Organisation der Highlandspiele bis hin zu allgemeinen Verwaltungsaufgaben wie der Anmietung von Räumen und beweglichen Bauteilen wie Bühnen. Darunter fächerte sich der Plan stark auf. John fand Renies Namen unter der Komiteeleiterin für die Organisation der Bühnenprogramme, einer gewissen Florence Jamison. In Renies Verantwortungsbereich fiel nicht nur die Kontaktpflege zu den Musikern, sie war auch mit einem Extrapfeil noch Isabel Mackenzie direkt als Assistentin zugeordnet.

„Nicht schlecht, was?“ Renie war wieder hereingekommen. Sie stellte ein Tablett mit Gläsern und Wasserflaschen ab und trat ebenfalls vor die Wand.

„In der Theorie läuft bei uns alles total strukturiert ab, jeder hat sein klar abgegrenztes Aufgabenfeld und seinen übergeordneten Verantwortlichen, dem man zu berichten hat…“ Sie lachte. „Praktisch sieht es natürlich anders aus. Es gibt ein paar Komiteebosse, die arbeiten wirklich aktiv mit, andere lassen sich nur selten sehen. Die haben sich nur in dieses Amt bringen lassen, weil es sich hier in Edinburgh gut macht, an der Organisation dieses Treffens beteiligt zu sein. Bald werden wieder die Stadtverordneten gewählt und einige von denen hier sind sehr aktiv in der Kommunalpolitik. Meine Vorgesetzte hier, Flo Jamison, zum Beispiel, hält sich ziemlich aus der ganzen Geschichte heraus. Sie kommt zu den monatlichen Sitzungen der Führungsebene, aber ansonsten überlässt sie das Arbeiten uns kleinen

Lichtern. Der hier dagegen“, sie wies auf den Verantwortlichen für den Bereich Bewirtung, „Sir Robert Grant, der hängt sich wirklich rein. Ist zwar auch ein Politiker, aber für sein Alter – ich schätze, er ist so Anfang bis Mitte Fünfzig - ein ganz cooler Typ und mit Herzblut dabei. Der macht auch das meiste selbst und wälzt nicht alles auf die niederen Chargen ab. Nur schreiben kann er seit Wochen kaum, seit er sich den Arm gebrochen hat. Aber das ist ja kein Problem, zum Tippen sind wir ja da.“

Sie wies durch die Glastür des Konferenzraums, durch die man ein Großraumbüro sehen konnte, in dem ein gutes Dutzend Leute offensichtlich eifrig am Arbeiten war. „Am liebsten lässt er allerdings seine Aufträge von unserer Beauty Queen hier erledigen.“ Sie zeigte auf das Foto einer attraktiven jungen Dame mit langem blondem Haar.

John grinste. „Du magst Miss Selena Rawlins – *Empfang und besondere Aufgaben* - wohl nicht, was?“

„Pah, Selena. Ich habe mal zufällig ihren Führerschein gesehen. Ihr Name ist schlicht und einfach Sally. Aber das ist ihr wohl nicht glamourös genug.“ Sie verdrehte die Augen. „Aber schließlich wurde sie wohl hauptsächlich für Dekorationszwecke angeheuert. Und wer weiß, was sie für *besondere Aufgaben* für die männlichen Komiteemitglieder erfüllt.“

„Maureen Hughes! Wie sprichst du denn über deine Kolleginnen! Das gefällt mir ganz und gar nicht.“ Maggie war entsetzt über den gehässigen Ton ihrer ältesten Tochter.

„Reg dich ab, Mum. Ich musste oft genug die Fehler von dieser blonden … Dame ausbügeln. Und nun hat sie sich auch noch heute früh auf unbestimmte Zeit krank gemeldet. So kurz vor Beginn des Festivals, wo wir hier ohnehin alle am Limit arbeiten!“

Sie atmete tief durch. „Aber nun genug davon. Jetzt erzählt mal, was habt ihr alles gesehen?“

„Sie haben uns den Calton Hill hinaufgesprengt, bei der Hitze.“ Tommy wischte sich theatralisch die Stirn.

Sein Vater lachte. „Aber die Aussicht war toll, das musst du zugeben, Faulpelz.“ Er wandte sich Renie zu. „Wir sind dann die Royal Mile hinauf bis zur Burg. Die Schlangen am Eingang waren zwar ewig lang, aber wir haben die Burg trotzdem besichtigt. Sehr beeindruckend.“

„Aber am besten hat mir die Statue von Greyfriars Bobby gefallen!“, ließ sich Bella vernehmen. „Stell dir vor, Renie, das war ein Terrier, der nach dem Tod seines Herrchens über zehn Jahre jeden Tag an dessen Grab saß – so lange, bis er selbst gestorben ist."

Renie nickte amüsiert. „Den kenne ich, Bella. Ganz in der Nähe ist eine Kneipe, in die wir öfter mal gehen."

Eifrig zog Bella ihren kleinen Fotoapparat aus der Tasche. „Schau, Mum hat ein Foto von mir mit Bobby gemacht."

Als Renie nach der Digitalkamera griff, ertönte hinter ihr eine kräftige Stimme. „Ah, ich sehe, ihr habt das Denkmal für Bobby besucht – das Tier war wirklich eine Zierde der Terrierrasse. Willkommen in Edinburgh!"

Tante Isabel war hereingekommen und hatte über Renies Schulter gelugt. Ihr treuer Begleiter Walter, der Scotch Terrier, folgte ihr auf dem Fuß, freundlich mit seinem kurzen Schwanz wedelnd. Auch wenn sein imposanter Schnauzbart mittlerweile grau geworden war, glänzte sein gepflegtes schwarzes Fell immer noch und er betrat das Zimmer mit derselben Würde, mit der er in seinen jüngeren Jahren die Wettkampfrichter auf der gesamten Insel überzeugt hatte.

Als alle einander begrüßt hatten, nahm Tante Isabel leise ächzend am Kopfende des Konferenztischs Platz. John dachte bei sich, dass sie zwar erfreut wirkte, ihre Familie zu sehen, gleichzeitig aber auch müde aussah. Maggie schien das Gleiche zu denken. Besorgt erkundigte sie sich, „Wie geht es dir, Tante Isabel? Es wird dir doch nicht zu viel?"

Da blitzte es in Isabels Augen auf und sie richtete sich kerzengerade auf. „Unsinn, Margaret. Natürlich waren die letzten Tage anstrengend, aber bis jetzt klappt alles bestens. Natürlich auch dank meinem hervorragenden Team." Sie lächelte Renie zu. „Maureen leistet großartige Arbeit." Sie sah zu Maggie und Alan hinüber. „Ihr könnt sehr stolz sein auf eure Tochter. Sie -"

Da platzte ein junger Mann herein, in den Armen eine große Schachtel. „Ms. Mackenzie, es tut mir leid, Sie zu stören, aber gerade sind die Tischstandarten für den Ball geliefert worden und die Tartans einiger Clans haben eindeutig Farbfehler."

„Wie bitte?", donnerte Isabel. „Zeigen Sie mal her." Als sie einige der taschentuchgroßen Stoffstücke in Händen hielt, stöhnte sie. „Das ist ja eine Katastrophe. Hier ist das Grün zu hell und hier ist das Blau zu dunkel geraten – wie ungeheuer peinlich. Was sollen die Clan Chiefs denken?" Sie stand mit grimmiger Miene auf. „Ich muss mich sofort darum kümmern und der Weberei Beine machen. Ihr entschuldigt mich." In der Tür fiel ihr noch etwas ein. „Ach, David, morgen Nachmittag um fünf Uhr ist die erste Probe für den Einmarsch der Dudelsackpfeifer. Du beherrschst doch mittlerweile die Stücke, die ich dir geschickt habe?“

David zog schuldbewusst den Kopf ein. „Äh, Tante Isabel, ich muss die nächsten Tage noch üben. So ganz bekomme ich sie auswendig noch nicht hin. Es ist doch lange her -“

Isabel warf ihm einen erzürnten Blick zu. „Also ich muss doch sehr bitten. Ein wenig mehr Einsatz für dein Vaterland hätte ich schon erwartet, junger Mann.“

Das brachte Emmeline auf die Barrikaden, die ohne zu zögern ihrem Jüngsten beisprang. „Nun mach mal halblang, Isabel. Erstens hat David nicht unbegrenzt Zeit, dieses unerträgliche Dudelsackgepfeife zu trainieren – schließlich hat er einen Beruf, der ihn voll ausfüllt und dazu noch Frau und Kind.“

John meinte, Isabel mit den Zähnen knirschen zu hören, da feuerte Emmeline noch eine Breitseite ab. „Und zweitens ist das Vaterland meiner Kinder immer noch England.“ Tante Isabel zuckte zurück, als wäre sie geschlagen worden. Dann drehte sie sich wortlos um und warf im Gehen die Tür hinter sich zu.

Einen Moment lang herrschte Schweigen. Dann entkam Maggie etwas wie ein Schluchzen. Erstaunt sah John seine Schwester an und merkte, dass sie damit kämpfte, sich das Lachen zu verbeißen. Dann platzte sie doch heraus. „David und der Dudelsack, im Dienst Ihrer Majestät – das ist ja Stoff für ein Heldenepos“, japste sie.

Da prustete auch Annie los. „Ich wüsste schon einen Titel: Der Mann mit dem goldenen Dudelsack oder Man pfeift nur zweimal.“ David stimmte in das Gelächter ein und bat dann Renie, „Miss, bitte reichen Sie mir ein Wasser. Geschüttelt, nicht gerührt.“

Sogar Emmeline verzog das Gesicht zu einem Lächeln, brummelte aber dann erbost, „Was denkt die Frau sich? Kanzelt eins meiner Kinder ab wie einen Schuljungen. Und das alles für ihr überdimensionales Trachtenfest.“

Das war für nun wieder für James Mackenzie zu viel. Er warf seiner Frau einen ungewohnt strengen Blick zu. „Für dich als Engländerin wird in den kommenden Tagen manches schwer zu verstehen sein. Aber für uns Schotten sind die Clans genauso wie unsere althergebrachten Traditionen eben mehr als Folklore - “

Bevor die englisch-schottischen Differenzen in einen handfesten Ehekrach münden konnten, ging die Tür auf und ein junger Mann mit langem Haar lugte herein. In den Händen trug er ein Tablett mit einem Berg Sandwiches. „Hallo zusammen."

„Andy! Komm rein!" Renie sprang auf, nahm das Tablett entgegen und deponierte es auf dem Tisch. Dann fiel sie dem jungen Mann um den Hals und küsste ihn herzhaft, während der Rest der Familie den Neuankömmling unverhohlen kritisch musterte.

Einzig Tommy wirkte begeistert. „Wow, du bist der Drummer von den Atomic Pipers? Ihr seid voll krass."

Da löste Renie sich lachend aus der Umarmung und stellte sie einander vor. „Das ist also mein Freund Andy Gordon. Andy, das sind meine Großeltern, David, Christopher und Annie, Mum und Dad, Bella, Tommy und John."

Andy winkte lässig in die Runde. „Hallo Leute."

„Gordon? Stammen Sie aus Moray?", fragte James Mackenzie interessiert.

„Mhm. Meine Familie wohnt in Dufftown."

„Die Gordons haben im vierzehnten Jahrhundert an der Seite unseres ruhmreichen Königs Robert the Bruce gekämpft. Eine sehr bedeutende Familie, bis heute.", äußerte James Mackenzie anerkennend.

„Jaja, die Schlacht von Inverurie – das höre ich von meinem Großvater seit meiner Kinderzeit. Olle Kamellen sind das." Andy winkte ab. Während James nun verdutzt dreinsah und Emmeline ihrerseits amüsiert lächelte, wandte sich Andy an Renies Bruder. „Ey, Mann, wenn dir unsere Musik gefällt, kannst du morgen gern zur Bandprobe kommen."

„Oh, ja", hob Tommy enthusiastisch an, bemühte sich dann aber um Coolness. „Da hätte ich schon Bock drauf." Er schielte zu seinen Eltern hinüber.

„Ich kann ihn mitnehmen, ich sehe mir die letzte Probe vor dem Auftritt sowieso an.", sprang Renie ihm bei. Maggie warf ihrem Mann einen kurzen Blick zu und meinte dann zurückhaltend, „Hm. Darüber reden wir noch. Sagen Sie, junger Mann, darf ich Sie etwas fragen?"

Andy grinste. „Schießen Sie los, Lady."

„Was tun Sie eigentlich beruflich? Sind Sie – Sandwichlieferant?"

Renie fuhr hoch. „Mum! Willst du Andy jetzt ins Kreuzverhör nehmen oder was?"

Der junge Mann aber lachte. „Lass mal, Renie. Für die Alten sind solche Sachen einfach wichtig." Die Alten! John sah den entrüsteten

Gesichtsausdruck seiner Schwester und musste sich das Lachen verbeißen.

Bevor Maggie etwas sagen konnte, fuhr Andy fort. „Meine Eltern haben darauf bestanden, dass ich etwas Vernünftiges lerne, für den Fall, dass es mit der Musikkarriere nichts wird. Ich bin jetzt im vierten Jahr meines Physikstudiums hier an der Uni in Edinburgh, nächstes Jahr habe ich meinen Master in der Tasche. Nebenher arbeite ich noch im Red Lion, der Kneipe eines Kumpels.“ Er wies auf die Sandwiches. „Die stammen von unserem Koch. Ich hoffe, sie munden.“ Er verbeugte sich ein wenig spöttisch. „Und nun muss ich wieder los. Ciao, Süße.“ Mit einem Kuss für Renie war er wieder weg.

Kaum war die Tür hinter ihm zugegangen, ging Renie auf ihre Mutter los. „Also das war ja total peinlich. Sind Sie Sandwichlieferant?“, äffte sie Maggie nach. „Total antiquiert, also echt.“

Nun mischte Alan sich ein. „Jetzt komm mal runter von deinem hohen Ross, Fräulein. Du wirst es deiner Familie schon nachsehen müssen, wenn wir uns dafür interessieren, für wen du dein Studium aufgeben und hier in Edinburgh bleiben willst.“

Renie, die diesen strengen Ton von ihrem liberalen Vater nicht gewöhnt war, blieb für einen Moment still. „Aber - “

„Renie, bitte komm schnell. Ich habe die Managerin von Kyla Macpherson am Apparat, jetzt will sie ihre Garderobe auch noch in Hellblau gestrichen haben, die spinnt doch komplett - “ Das Mädchen, das hereingestürmt war, schlug sich plötzlich die Hand vor den Mund und sah entsetzt das Telefon an, das sie trug.

„Scheiße, ich hab schon wieder vergessen, die Stummtaste zu drücken“, flüsterte sie. Schon war Renie bei ihr und griff nach dem Hörer. „Jill? Sie müssen meine unqualifizierte Assistentin entschuldigen. Was kann ich für Sie tun?“ Mit einem entschuldigenden Blick für das Mädchen wandte sie sich ab und sprach in geschäftsmäßigem Ton weiter. „Selbstverständlich. Ich werde mich sofort darum kümmern. Vergissmeinnicht-Blau, sagen Sie? Ich werde sehen, was ich tun kann.“ Sie bedeutete dem unglückseligen Mädchen, ihr zu folgen und beide verließen eilig den Raum.

Kapitel 4

Einige Stunden später stand John leicht schnaufend auf dem Gipfel von Edinburghs Hausberg, dem Arthur´s Seat. Vom dem Studentenheim, wo die Mackenzies untergebracht waren, war er zu Fuß gelaufen und hatten den gut achthundert Fuß hohen Hügel erklommen. Zufrieden ließ er sich ins warme Gras fallen und genoss den Rundblick. Die Innenstadt mit der Burganlage, der Meeresarm des Firth of Forth und auch der Park von Holyrood breiteten sich vor ihm aus. In dem Park würde das Clan Festival stattfinden, dort konnte John emsige Betriebsamkeit beobachten. Letzte Zelte wurden aufgestellt, auf den Bühnen wurde gewerkelt, Lieferwagen bahnten sich einen Weg zu den Ausschankbuden.

Nur wenige Schritte vor John fielen die Klippen der Salisbury Crags über hundertdreißig Fuß senkrecht in die Tiefe. Dem Abgrund kam er lieber nicht zu nahe. Lieber legte er sich auf den Rücken und sah in den strahlendblauen Himmel.

Während der Rest der Mackenzies sich nach einem anstrengenden Nachmittag in der Einkaufsmeile Princes Street in der Unterkunft ausruhte – und David sich pflichtschuldig zum Üben mitsamt seinem Dudelsack an ein stilles Plätzchen verzogen hatte – hatte John dringend das Bedürfnis nach etwas Alleinsein verspürt und sich auf den Weg hier herauf gemacht. Wie gut die Ruhe nun tat, nach zwei Tagen dicht an dicht mit der Familie. Auch in den kommenden Tagen würde es sicher noch genug Anlässe für Zwistigkeiten zwischen Isabel und seiner Mutter geben und auch Renies Auseinandersetzungen mit ihren Eltern würden weitergehen. John hatte immer schon ein offenes Ohr für die Probleme anderer gehabt, aber manchmal musste er sich eingestehen, dass er rundheraus gesagt die Schnauze gestrichen voll hatte. Nun wollte er für ein paar Stunden von niemandem, von absolut niemandem etwas hören. Er schloss die Augen und ließ sich genussvoll von der Sonne bescheinen.

Er erwachte, als ihm Regen ins Gesicht schlug. Verwirrt setzte er sich auf und überlegte einen Moment, wo er überhaupt war. Ein Blick auf die Uhr sagte ihm, dass er weit über eine Stunde geschlafen hatte und nun türmten sich über ihm stahlgraue Wolken. Obwohl es kurz vor sechs noch taghell sein sollte, wirkte alles duster und verhangen.

Hastig zog er die Regenjacke an, die er sich um die Hüften gebunden hatte, eingedenk der Mahnung seines Vaters, „Vier Jahreszeiten an einem Tag – das ist Schottland.“ Während er sich vorsichtig den glitschig gewordenen Weg hinunterarbeitete, setzte ein immer stärker werdender Wind ein. Die Böen klatschten die Regentropfen mal von vorn, mal von hinten an seinen Körper und seine Hosenbeine klebten an ihm. Schlotternd erreichte er das Studentenwohnheim, nur um festzustellen, dass sein Zimmer verschlossen und Tommy verschwunden war. Zähneknirschend machte er sich auf die Suche und fand ihn schließlich im Zimmer von Maggie, Alan und Bella, wo die Kinder sich mit einer Spielekonsole vergnügten, die Tommy ins Gepäck geschmuggelt hatte.

„Mum und Dad sind irgendwohin gegangen. Zum Abendessen sind sie wieder zurück, haben sie gesagt.“, antwortete Bella abwesend auf Johns Frage. Tommy zog den Zimmerschlüssel aus der Hosentasche, ohne den Blick vom Monitor zu nehmen. John nahm den Schlüssel an sich und zog sich zurück.

Auch wenn der Wasserstrahl in der Dusche dürftig war und sich der widerliche Duschvorhang beständig an seinen Körper heften wollte – das heiße Wasser war eine Wohltat und John ließ sich so lange berieseln, bis er durch und durch aufgewärmt war. Mit einem zufriedenen Grunzen trocknete er sich ab. Das brettharte, viel zu kleine Badetuch erinnerte ihn lebhaft an die Handtücher in den Kasernen der Britischen Armee. Einen Fön gab es hier nicht, aber er hatte einen in seinem Koffer. Er schlang sich notdürftig das kratzige Frotteeteil um die Hüften, trat aus dem Badezimmer – und sah sich seiner Mutter gegenüber. „Mum! Äh, ich hätte dich hier gar nicht, äh, erwartet“, brachte er heraus und hielt ein wenig verlegen das Handtuch fest.

„Die Tür war offen“, antwortete Emmeline und ging zu dem kleinen Fenster hinüber, an dem der Sturm rüttelte. Sie starrte in die Dunkelheit hinaus. John kramte eilig seinen Bademantel aus dem Koffer heraus und warf ihn sich über. Ein wenig unsicher setzte er sich auf sein Bett.

„Ist irgendwas, Mum?“ Seine Mutter drehte sich zu ihm um und schien ihn zum ersten Mal richtig wahrzunehmen. „Deine Haare sind ja ganz nass, Junge. Fön sie dir lieber, du erkältest dich sonst noch in diesem - “, sie sah verachtungsvoll im Zimmer herum, „- Rattenloch.“

„Ach, Mum, so schlimm ist es nun auch wieder nicht - “, hob John an, aber seine Mutter winkte müde ab und setzte sich neben ihn.

„Ich wünschte, wir wären nicht hergekommen. Dieser ganze schottische Mumpitz geht mir auf die Nerven und dann sagt dein Vater auch noch, ich als Engländerin würde das eben nicht verstehen. Nach bald fünfzig Jahren Ehe – wie kann er da so etwas sagen? Und dann noch Isabel! Dieses Weib wird sich nie ändern, und wenn sie hundert Jahre alt wird.“

John wollte etwas sagen, aber Emmeline ließ ihn nicht zu Wort kommen. „Und nun auch noch Renie mit ihrem merkwürdigen Freund. Ich verstehe ja, dass deine Schwester gegen den jungen Mann eingenommen ist, aber diese Streitereien in der Familie, die ... machen mich ganz krank.“ Ihre Stimme zitterte. John bemühte sich, sein Erstaunen zu verbergen. Seine Mutter war so lange er denken konnte, in jeder Lage ein Fels in der Brandung gewesen, eine Frau, die getreu dem Motto „stiff upper lip“ allen Herausforderungen die Stirn bot. Dass sie ihm nun ihr Herz ausschüttete, zeigte ihm, wie sehr ihr die Situation an die Nieren ging. Wortlos legte er einen Arm um ihre Schultern und drückte sie an sich.

Nach einer Weile sagte er leise, „Weißt du noch, was du früher immer zu uns gesagt hast, wenn wir mit größeren und kleineren Wehwehchen angelaufen kamen und Zeter und Mordio geschrieen haben?“ Emmeline schniefte und blinzelte eine Träne fort. „Wenn das Leben dir hundert Gründe gibt, traurig zu sein, zeige ihm tausend, um zu lächeln.“

John stand auf und reichte ihr ein Taschentuch. „Ich ziehe mich schnell an und hole uns einen Tee. Dann reden wir weiter.“

„Das wäre schön, John.“ Dankbar sah Emmeline ihren Sohn an.

Wenig später war John wieder da. Zur Cafeteria des Studentenwohnheims hatte er nur ein kurzes Stück über den Hof laufen müssen, dennoch war er völlig windzerzaust.

„Es hat aufgehört, zu regnen, aber der Sturm ist unglaublich.“, vermeldete er, als er sich aus seiner Regenjacke schälte und ein Tablett mit einer Thermoskanne und zwei Tassen abstellte. Aus der Jackentasche fischte er ein paar Zuckerpäckchen und Milchdöschen.

„Ich habe heute Nachmittag ein paar Shortcakes gekauft, die würden gut zum Tee passen.“, fiel es Emmeline ein.

„Bleib sitzen, Mum, ich hole sie. Was macht Dad eigentlich?“

„Vorhin hat er mit einem Bekannten hier an der Universität telefoniert, irgendeinem Paläontologen, mit dem er sich morgen treffen will.“

John ging den Gang hinunter zum Zimmer seiner Eltern und klopfte an. Sein Vater öffnete, sah ihn einen Moment verwirrt an und fragte dann, „Hast du Emmeline gesehen, John? Ich habe mit Dr. Bradley telefoniert – er hat mir versprochen, mir morgen gegen Abend die Ergebnisse seiner letzten Ausgrabungen in Utah zu zeigen, sie haben einen gut erhaltenen Schädel eines Tyrannosaurus Rex gefunden – und jetzt merke ich, dass sie irgendwie verschwunden ist.“

John seufzte. Wenn es um Dinosaurierknochen ging, vergaß sein Vater alles andere um sich herum. Vor einigen Jahren hatte er seinen Posten als Kurator im Natural History Museum nur mit blutendem Herzen aufgegeben, um in Rente zu gehen. Er war aber immer noch ehrenamtlich im Museum engagiert und verbrachte mindestens einen Tag pro Woche dort.

In knappen Worten versuchte John, seinem Vater beizubringen, dass Emmeline sich unglücklich fühlte. Betroffen sah James Mackenzie seinen Sohn an. „Naja, vielleicht habe ich mich etwas hinreißen lassen.“ John sah schmunzelnd auf den neuen Bademantel seines Vaters, der wie seine Pantoffeln im Mackenzie-Tartan gemustert war, und nickte unverbindlich.

„Was könnte ich tun, John?“

John überlegte. „Wie wäre es, wenn du morgen mit Mum in die Botanischen Gärten hier gehst? Das würde sie bestimmt freuen.“

„Eine gute Idee. Wir gehen gleich vormittags hin und dann führe ich sie zu einem schönen Essen nur für uns beide aus.“ James´ Miene hellte sich auf.

„Komm doch mit in mein Zimmer, Dad. Ich habe eine Kanne Tee besorgt. Bring die Shortcakes mit.“ Während sein Vater den Gang hinunter ging, schlenderte John noch einmal hinüber in die Cafeteria und holte eine zusätzliche Tasse. Er ließ sich Zeit dabei und hoffte, sein Vater würde in der Zwischenzeit die richtigen Worte finden.

Als er wieder zurück kam, hatten sich seine Eltern offensichtlich zumindest für den Moment ausgesöhnt und so tranken die drei einträchtig Tee und plauderten über Belangloses. Emmeline schien sich nach ihrem Ausbruch wieder gefasst zu haben.

„Nach dem langen Tag heute bin ich ziemlich kaputt. Essen gehen möchte ich eigentlich nicht. James, wie wäre es, wenn du uns später eine Kleinigkeit aus der Cafeteria holst?“

„Gern, Emmeline. Dann sehen wir uns zum Frühstück, John. Grüß die anderen von uns." Johns Eltern zogen sich in ihr Zimmer zurück. Kurz darauf kam Tommy herein.

„Hey, John. Mum und Dad sind wieder da und haben versprochen, heute Abend mit uns zu McDonald´s zu gehen. David, Annie und Christopher sind auch dabei. Kommst du mit?"

John hatte nichts gegen gelegentliches Fastfood einzuwenden, aber die Aussicht auf einen ruhigen Leseabend schien im heute verlockender. So streckte er sich genüsslich auf dem Bett aus und machte sich über das neueste Buch von Donna Andrews her, während draußen weiter der Wind heulte.

Gegen neun hörte er laute Stimmen auf dem Flur und gleich darauf dröhnte irgendein Musiksender aus dem Nachbarzimmer, untermalt von Gelächter und Gläserklirren. Kein Wunder, dass seine Mutter bei dem Radau hier nicht schlafen hatte können. Glücklicherweise hatte John seine Hochleistungs-Ohrstöpsel immer im Gepäck, mit denen alle Angehörigen der Britischen Streitkräfte ausgerüstet waren. Sie hatten ihm bei seinen Auslandseinsätzen in der Truppenbetreuung gute Dienste geleistet. Selbst in der Kaserne im umkämpften Kabul hatte er mit den Dingern das Artilleriefeuer in den umgebenden Straßen ausblenden können, um wenigstens ein paar Stunden Schlaf zu ergattern.

Nur das Dröhnen in seinem Kopf, das Kreischen in seinen Ohren, das hatte er damit nicht betäuben können. Der Tinnitus war in den letzten Monaten seiner Dienstzeit immer schlimmer geworden und hätte ihn fast wahnsinnig gemacht. Es war ihm schwer gefallen, um seine Entlassung zu bitten, da er seinen Beruf liebte, aber irgendwann hatte er einsehen müssen, dass er so nicht weiterleben konnte.

Nun, nach einem Jahr bei der Truppe der Yeoman Warder im Tower, gemeinhin Beefeater genannt, war er sich sicher, dass es die richtige Entscheidung gewesen war. Er lächelte in sich hinein, steckte sich die Stöpsel in die Ohren und kehrte zu seinem Buch zurück.

Im Morgengrauen wurde er von Tommy wachgerüttelt. „John! Bist du taub? Dein Handy klingelt wie verrückt." Erst als John die Ohrstöpsel abnahm, bemerkte er das penetrante Läuten, das aus seiner Jackentasche kam. Im Display konnte er sehen, dass Renie die Anruferin war. Ein Blick auf die Uhr sagte ihm, dass es kurz vor sechs

Uhr war. Was mag jetzt wieder los sein, fragte er sich besorgt, als er sich meldete.

„John! Na endlich. Du musst ja schlafen wie ein Murmeltier. Pass auf, schwing dich aus dem Bett und mobilisier die Familientruppe. Wir brauchen jeden verfügbaren Helfer auf dem Festivalgelände, sonst schaffen wir die Aufräumarbeiten nicht bis morgen. Der Sturm hat reihenweise Zelte weggeblasen und auch sonst fette Schäden angerichtet."

„Ich komme so schnell es geht, Renie.", versicherte ihr John und dachte fieberhaft nach. „Ich werde sehen, was wir organisieren können, damit wir zu mehreren anrücken können. Ich melde mich nachher noch mal bei dir."

Während er sich eilig wusch und anzog, erklärte er Tommy, was passiert war. Der war Feuer und Flamme, auch mitzuhelfen und ging sogleich los, um seine Eltern aufzuwecken. John weckte David und Annie so schonend wie möglich auf. Wenig später hatten sich alle versammelt. Maggie als die geborene Organisatorin nahm das Heft in die Hand.

„Wie sehen unsere Pläne für heute aus? Erstmal Mum und Dad: Was haben die beiden heute vor?" John vermeldete, dass die beiden ihren Tag mit den Botanischen Gärten und den Dinosaurierknochen bereits verplant hatten.

„Gut, dann brauchen wir uns um die beiden nicht zu kümmern.", meinte Maggie zufrieden. „Was machen wir mit den Kindern?"

Bella, die schlaftrunken hinter ihren Eltern hergetapst war, meldete sich zu Wort. „Wir wollten doch heute in den Zoo gehen!"

„Dann gehe ich mit Bella, Tommy und Christopher in den Zoo.", schlug Annie gähnend vor.

„Auf keinen Fall gehe ich in den Zoo. Ich helfe auch mit." Tommy verschränkte die Arme und sah herausfordernd in die Runde.

„Dann will ich auch", muckte Bella auf. Maggie strich ihrer Tochter über das verstrubbelte Haar. „Das ist lieb, Schätzchen. Leider dürfen Kinder unter vierzehn Jahren nicht arbeiten. Außerdem hast du dich doch schon auf die Faultiere gefreut, nicht wahr?" Bella nickte.

„Dann ist das abgemacht. Bella und Christopher verbringen den Tag mit Annie – ihr könnt euch ja dann erst mal gemütlich wieder hinlegen – und der Rest macht sich fertig, frühstückt und zischt los." Sie sah auf die Uhr. „Weiß jemand, wann die Mensa morgens öffnet?"

„Sechs Uhr dreißig."

„Okay, das passt. John, du kannst Renie Bescheid geben, dass wir gegen halb acht Uhr fünf Mann hoch anrücken werden.“ John salutierte grinsend. „Jawohl, Major Maggie. Wird erledigt.“

Das Festivalgelände war nicht weit vom Studentenwohnheim entfernt, aber um Zeit zu sparen nahmen sie sich ein Taxi. Renie erwartete sie im Eingangspavillon des Geländes, wo sie etliche Helfer, die bereits angekommen waren, zu verschiedenen Aufgaben dirigierte.

„Schön, dass ihr da seid!“, rief sie ihnen entgegen. „Wir können wirklich jede verfügbare Hand brauchen.“

„Das ist doch selbstverständlich, Schatz.“, meinte Maggie und umarmte ihre Tochter kurz.

„Wo sollen wir anfangen?“

„Am schlimmsten hat es das Zeltdorf getroffen, wo jeder Clan seinen Pavillon hat. Es hat so gut wie alle Zelte weggeweht. Ein Glück, dass wir unsere mobile Kommandozentrale hier in ein paar Wohncontainern untergebracht haben. So ist wenigstens die heil geblieben.“ Sie unterbrach sich, um einem Mann mit einer Lieferung von „Jacks Bühnenequipment“ den Weg zu weisen und wandte sich ihnen dann nahtlos wieder zu. „Gott sei Dank ist vorhin schon ein Mann von der Firma, die die Zelte geliefert hat, angekommen. Der kann euch sagen, wo ihr anpacken sollt.“

Als gleichzeitig zwei Mobiltelefone klingelten, lächelte sie entschuldigend, nahm einen Anruf an und deutete nach hinten.

„Also auf geht's!“ Tommy setzte sich tatendurstig in Bewegung, um gleich darauf „Ach du Scheiße!“ auszurufen, als sie aus der rückwärtigen Tür des Eingangpavillons auf das riesige Festivalgelände hinaustraten, über dem heute Morgen wieder die Sonne lachte. Links von ihnen begann das riesige Zeltdorf mit über hundert weißen Pavillons. Vor ihnen lag das von erhöhten Zuschauerrängen umgebene Stadion, in dem die Highland Games und ein Teil des Showprogramms stattfinden würden. Im hinteren Teil befanden sich die Buden, wo schottische Spezialitäten und Kunsthandwerk angeboten wurden. Für die schottische Spezialität Nummer Eins, Single Malt Whisky, gab es ein besonders großes Zelt.

Überall lagen Zeltteile herum, dazwischen Klappstühle und anderes Mobiliar. Die beiden großen Bühnen hatten den Sturm dagegen besser überstanden, lediglich ein paar Lautsprecher hingen schief. Aber in dem großen Zelt, in dem die Tanzwettbewerbe stattfinden würden, klaffte ein langer Riss und eine der zahlreichen mobilen Verpflegungsstationen war umgeweht worden. Bierflaschen lagen verstreut herum. Bei deren Anblick schaubte David verächtlich.

„Tss. Da legen sie hier so viel Wert auf die schottische Eigenart und Heimatverbundenheit und so fort und dann schenken sie auf dem großen Clantreffen amerikanisches Bier aus. Das finde ich ja seltsam."

John, der als überzeugter Teetrinker keine Ahnung von Biermarken hatte, sah genauer hin. „Van de Beer – der Name klingt ja eher holländisch."

„Soweit ich weiß, steht da ein holländisch-amerikanisches Konsortium dahinter.", meinte Alan nachdenklich. „Wirklich schade, dass die Veranstalter nicht einer lokalen Brauerei den Vorzug gegeben haben. Naja, es ist überall das gleiche: Modemarken, Fastfoodketten, Coffeeshops – überall auf der Welt springen einem die gleichen Namen ins Gesicht."

„Packen wirs an, Männer, über die Globalisierung könnt ihr ein anderes Mal philosophieren." Maggie ging zu einem Mann hinüber, der damit beschäftigt war, die herumliegenden Zeltteile aufzuheben und auf Schäden zu prüfen. Sichtlich froh über die Helfer erklärte er ihnen, was zu tun war.

Während der nächsten Stunden gab es keine Ruhepause für die wachsende Schar der Freiwilligen. Nach einigen Fehlversuchen gelang es ihnen bald, die Pavillons, die noch brauchbar waren, wieder aufzustellen. Da etliche Zeltwände und –dächer jedoch verschmutzt oder zerrissen waren, mussten sie gegen Mittag eine Zwangspause einlegen, bis Ersatzteile geliefert wurden. Tommy ließ sich japsend auf einen Stuhl fallen und wischte sich den Schweiß von der Stirn. „Mensch, bin ich fertig. Mir tut alles weh."

Sein Vater klopfte ihm anerkennend auf die Schulter. „Du hast dich gut gehalten, Sohn. Kannst schon anpacken wie ein Erwachsener. Aber jetzt hätte ich Kohldampf. Ob man hier wohl etwas zu essen bekommen kann?" Wie aufs Stichwort tauchte Renie auf und meinte munter, „Ihr habt ja schon ein Menge geschafft, Respekt. Im Eingangszelt haben wir ein Essensbuffet für unsere fleißigen Helfer aufgebaut, kommt doch rein."

Das ließen sie sich nicht zweimal sagen. Drinnen stapelten sich an langen Tischen Berge von Sandwiches. Tante Isabel dirigierte die Mitarbeiter einer Cateringfirma, die noch Obst und Gebäckteile hereinschafften, dazu ein paar Paletten mit Getränken. Auch Renies

Freund Andy war da und schleppte noch weitere Klappstühle heran, damit die vielen Hungrigen, die jetzt hereindrängten, Platz fanden. Er winkte ihnen lässig zu und erntete einen eisigen Blick von Maggie.

Nachdem alles zu ihrer Zufriedenheit arrangiert war, kam Tante Isabel zu ihnen herüber. Sie sah abgespannt aus, schenkte ihnen aber ein warmes Lächeln. „Ich danke euch von Herzen für euren Einsatz. Am Nachmittag werden hoffentlich noch mehr Helfer kommen. Ich habe vorhin im Lokalradio einen Aufruf gestartet, dass Freiwillige sich hier melden sollen -“

„Tante Isabel, da ist jemand vom Hotel Splendid am Telefon. Es geht um irgendein Problem mit dem Essen für heute Abend.“, unterbrach Renie. Isabel ließ einen gepfefferten Fluch hören und sprach dann kurz mit dem Anrufer.

Ärgerlich gab sie Renie das Mobiltelefon zurück. „Für den ganzen Bereich der Verpflegung ist eigentlich Bobby Grant zuständig. Aber er scheint verschwunden zu sein und ich kann ihn auch telefonisch nicht erreichen. Dabei hatte er sogar für heute Vormittag noch um ein Gespräch mit mir gebeten.“ Mit gerunzelter Stirn wandte sie sich zum Gehen. „Na, wie dem auch sei, ich muss jetzt in die Zentrale zurück. Es ist noch so viel zu tun vor dem Ball für die Clanchefs heute Abend. Renie, du hast hier die Sache im Griff, nicht wahr?“

„Klar, wir kriegen das schon hin.“, erwiderte Renie.

Im Weggehen wandte Isabel sich noch einmal um.

„Egal, wie lange es dauert: Bis morgen hier das Festival eröffnet wird, muss alles wieder picobello sein. Ich komme heute vor dem Ball noch einmal vorbei, um alles zu inspizieren.“, schärfte sie ihrer Urgroßnichte noch einmal ein.

„Alles klar, Tante Isabel. Du kannst dich auf mich verlassen.“, rief Renie ihr nach und seufzte dann ein wenig. „Sie ist wirklich eine tolle Frau. Was sie in ihrem Alter noch alles schafft. Aber sie kann einem auch ordentlich Feuer unter dem Hintern machen.“

Renie schnappte sich einen Apfel und einen Muffin und setzte sich ein wenig zu ihnen. „Ich muss gleich wieder los, aber zwischendurch brauche ich jetzt auch mal was hinter die Kiemen.“

Während sie aßen, schwatzte sie unaufhörlich und John fragte sich wieder einmal, woher das Mädchen seinen scheinbar unerschöpflichen Energievorrat hatte. Der Rest der Familie hing geschafft auf den Stühlen und mampfte relativ einsilbig vor sich hin. Auf einmal aber sagte Tommy, „John, da hinten ist eine Frau, die hat jetzt schon ein paar Mal zu dir herübergesehen. Kennst du die?“ John drehte sich um und versuchte in der Menschenmenge ein bekanntes Gesicht zu erkennen. „Wo? Welche Frau meinst du?“

Tommy deutete ungeniert zu einem Tisch in der gegenüberliegenden Ecke. „Jetzt schaut sie wieder weg. Sie hat rote Haare, so ähnlich wie Renie, bloß ein bisschen länger.“ Nun stand Renie auf, um einen besseren Blick über die Leute hinweg zu haben.

„Setz dich, Renie. Und du, Tommy, merk dir endlich, dass man nicht mit dem Finger auf Leute zeigt.“ Auf Maggies Ermahnung reagierten beide nur mit Augenrollen.

„Ich glaube, an dem Tisch dort hinten sitzen lauter Leute aus dem Murray-Clan.“, meinte Renie und ließ sich wieder auf den Stuhl fallen. „Denen habe ich vorhin die Festivalpässe ausgestellt.“

Murray. John kramte in seinem Gedächtnis. Er hatte eine hervorragendes Merkfähigkeit für Gesichter, konnte sich Namen aber nur schlecht einprägen. Doch plötzlich funkte es.

„Murray! Ja natürlich, das könnte die Lehrerin sein, für deren Klasse ich letztes Jahr eine Sonderführung im Tower gemacht habe. Könnt ihr euch erinnern? Eine ihrer Schülerinnen hat dann eine Weihnachtskarte und ein Foto von mir und Ms. Murray geschickt.“

„Hallo Leute. Wir könnten noch ein, zwei Helfer für die Bühne brauchen. Tommy, hast du Lust?“ Andy stand hinter Renies Stuhl. Mit einem provokativen Grinsen im Gesicht beugte er sich nach vorn, murmelte „Hey, Süße“, umfing sie mit den Armen und drückte ihr einen langen Kuss seitlich auf den Hals. Renie quiekte vergnügt, während ihre Eltern ein Gesicht machten, als hätten sie eine Kröte verschluckt. Das romantische Intermezzo fand ein schnelles Ende, als eines von Renies Mobiltelefonen klingelte. Seufzend befreite sie sich und scheuchte Andy spielerisch davon. „Zurück an die Arbeit. Es ist noch viel zu tun.“

Tommy zischte hinter Andy her, bevor seine Mutter eine Chance hatte, es ihm zu verbieten. Stirnrunzelnd sah sie ihm nach. „Diese Typen werden ihm da oben hoffentlich nichts Gefährliches zu tun geben. Nicht, dass er etwa auf den Bühnenaufbauten rumklettert.“

„Ach, Mum, mach dir nicht ins Hemd. Andy passt schon auf ihn auf.“ Renie hatte ihr Telefonat beendet. „Die Lieferung mit den neuen Zeltteilen ist angekommen. Wenn ihr mit dem Essen fertig seid, könnt ihr also weiterarbeiten.“ Sie eilte davon.

Beim Hinausgehen sah John sich noch einmal um, aber der Tisch des Murray-Clans war nun leer.

„Wie gut, dass ich heute um fünf zur Probe der Dudelsackpfeifer muss. Länger würde ich diese Schufterei nicht durchhalten.“, brummte David auf dem Weg zum Zeltdorf.

„Du sitzt zuviel hinter deinem Schreibtisch, David. Sieh dich an, du gerätst ja ganz außer Form.“, neckte Maggie ihren jüngsten Bruder, der gemeinsam mit seiner Frau eine Steuerberatungskanzlei führte.

Der seufzte, „Ich weiß. Seit Annie Christophers wegen ihre Stunden zurückgefahren hat, verbringe ich zu viel Zeit im Büro. Als ich angefangen habe, wieder mit dem Dudelsack zu üben, ist mir auch schon aufgefallen, dass es mit meiner Puste nicht mehr weit her ist. Annie hat sich in den ersten Wochen immer kaputt gelacht, weil ich einen ganz roten Kopf bekam vor lauter Anstrengung.“

Unter Gelächter erreichten sie die Zelte. Ein Lastwagen stand dort mit geöffneter Heckklappe. Stöhnend schauten sie auf den Berg an weißem Zelttuch, der bereits abgeladen war. Bevor sie jedoch beginnen konnten, ertönte hinter ihnen ein Rufen und Renie kam angelaufen.

„Tante Isabels Aufruf im Lokalradio hat tatsächlich eine Menge Leute aktiviert, die jetzt bei mir am Eingang stehen. Ungefähr zwanzig schicke ich euch hierher. Vielleicht könnt ihr Teams bilden und die Leute einweisen, wie das mit dem Aufbau der Zelte funktioniert.“

David grinste. „Eine sehr gute Idee, Renie. Immer nur her mit den frischen Hilfstruppen. Major Maggie übernimmt das Oberkommando.“

„Und die Corporals David, John und Alan führen je eine Einheit.“, fuhr Maggie nahtlos fort. „Antreten, Männer. Operation: Zelt-Offensive.“

Mit der vergrößerten Helferschar ging die Arbeit gut voran. Neben jedem Zelt wurde eine kleine Fahnenstange in der Erde verankert, an deren Ende eine Flagge mit dem Abzeichen des jeweiligen Clans wehen würde.

Gegen halb vier ertönte Renies muntere Stimme über die Lautsprecher. „Teepause für alle! Im Eingangszelt sind Erfrischungen aufgebaut. Also kommt alle nach vorn und stärkt euch.“

Erleichtert streckte John den schmerzenden Rücken und winkte David und Alan zu, die mit ihren jeweiligen Gruppen in der Nähe werkelten. Gemeinsam trotteten sie zum Eingang. Maggie war schon vor einiger Zeit nach vorn gegangen, um Renie bei der Organisation der ganzen Aktion zu unterstützen. Als sie das Zelt betraten, rief sie, „Kommt hier rüber! Ich habe für euch drei Stühle an dem Tisch da belegt und schon mal eine Kanne Tee und Sandwiches hingestellt." David und Alan strebten schnurstracks zum Tisch, um sich schwer auf die Stühle fallen zu lassen. John dagegen hatte das Gefühl, allmählich keine Sandwiches mehr sehen zu können und besah sich die Auswahl an Gebäck. Er nahm sich einen Heidelbeermuffin und wollte gerade nach einem Scone greifen, als er seinen Namen hörte.

„Mr. Mackenzie?" Er drehte sich um.

„Ms. Murray! Schön, Sie wiederzusehen." Sie schüttelten sich die Hand.

„Ich habe Sie heute Mittag schon gesehen, war mir aber nicht sicher, ob Sie sich noch an mich erinnern würden.", meinte Ms. Murray etwas verlegen.

John lachte leise. „Tatsächlich habe ich die Führung, die ich für Sie und Ihre Schülerinnen gemacht habe, noch ganz gut im Gedächtnis. Wie geht es Ihnen?"

Bevor sie jedoch antworten konnte, zupfte Renie an Johns Ärmel und meinte drängend, „Kommst du bitte mal, John? Es ist was passiert." Ihr Onkel seufzte innerlich. Er hätte sich gern noch ein Weilchen mit der Lehrerin unterhalten. Entschuldigend lächelte er sie an.

„Wir sehen uns bestimmt noch in den nächsten Tagen. Aber so wie es aussieht, muss ich jetzt los." Er stampfte innerlich grollend hinter Renie her, während Ms. Murray ihm zaghaft nachwinkte.

Sie zog ihn in eine mit Regalen abgetrennte Ecke des Zeltes und holte tief Luft. „John, es ist furchtbar. Tante Isabel hat angerufen – Sir Robert ist heute Vormittag tot aufgefunden worden."

John wurde schlagartig ernst.

„Sir Robert? Ist das der, der heute früh ein Gespräch mit Isabel vereinbart hatte? Um Himmels willen. Wie ist er gestorben?"

„Es ist hier ganz in der Nähe passiert. Er ist am Fuß der Salisbury Crags gefunden worden. Es sieht aus, als wäre er ausgerutscht und hinuntergestürzt, ausgerechnet an einer Stelle, wo es über hundert Fuß senkrecht nach unten geht."

John nickte. „Ich war gestern Nachmittag dort oben auf dem Arthur´s Seat und habe mir schon gedacht, dass man sich vom Rand fernhalten sollte. Bestimmt ist da oben nach den Regenfällen gestern alles glitschig, so dass man leicht den Halt verlieren kann." Dann kam ihm ein anderer Gedanke. „Oder könnte es sein, dass er sich absichtlich hinuntergestürzt hat?“

Renie schüttelte entschieden den Kopf. „Tante Isabel meint, so etwas hätte er nie getan. Die Polizei hat sich bei ihr gemeldet, weil er ihre Verabredung für heute Morgen in seinem Kalender eingetragen hatte. Scheinbar ermitteln sie in alle Richtungen. Es könnte also auch Mord gewesen sein.“

Sie sah ihren Onkel einen Moment lang schweigend an. „Tante Isabel ist außer sich, so habe ich sie noch nie erlebt. John, ich habe Angst, dass sie zusammenklappt. Es ist sowieso alles so hektisch und jetzt noch dieser Schock dazu…“ John hörte die Angst in Renies Stimme und legte ihr den Arm um die Schulter.

„Wir kümmern uns um Isabel, Renie. Möchtest du gleich zu ihr fahren? Maggie und ich könnten versuchen, hier die Stellung zu halten.“

„Nein, John. Tante Isabel hat ausdrücklich nach dir verlangt. Ich muss hier auf dem Posten bleiben, weil jetzt dann zu allem Überfluss auch noch Horden von Dudelsackpfeifern und Trommlern hier eintreffen werden, um im Stadion ihre erste Probe abzuhalten. Und mit den Aufräumarbeiten sind wir auch noch nicht fertig. Ach, John…“ Mit einem Mal brachen Tränen aus ihr heraus. In Sekundenschnelle hatte sich die unerschütterliche Eventmanagerin in ein junges Mädchen verwandelt, dem alles über den Kopf wuchs.

Maggie, deren mütterliches Radar das Schluchzen eines ihrer Kinder trotz des Lärmpegels wahrnahm, stand plötzlich vor ihnen und schloss Renie in ihre Arme.

John erzählte ihr schnell, was passiert war. Maggie stimmte ihm zu, dass es das Beste wäre, wenn er gleich losführe. Also machte er sich sofort auf den Weg. Draußen traf er auf Annie, die gerade bewaffnet mit Davids Dudelsack aus einem Taxi stieg.

„Hallo, John. Na, wart ihr fleißig? Ich habe die Kinder bei Mum gelassen. Die sind geschafft von unserem Ausflug in den Zoo.“ Nun erst nahm sie seinen Gesichtsausdruck wahr. „Was ist los, John?“

John wies auf das Eingangszelt. „Alle sind da drin. Maggie wird dir alles erklären, aber ich muss jetzt los zu Tante Isabel. Sind Sie frei? Ich müsste in die Hanover Street.“, wandte er sich an den Taxifahrer. Dieser grunzte zustimmend. Erst als John im Wagen saß und noch einmal zu Annie zurückwinkte, die ihm verdutzt nachsah, bemerkte er, dass er immer noch den bereits reichlich zerdrückten Muffin in der

Hand hielt. Im gleichen Moment ging ihm auf, dass er seine Jacke mitsamt Geld und Handy in Renies Obhut gelassen hatte, als der Tag heiß geworden war. Dort lag sie immer noch. Er schlug sich an die Stirn. Der Muffin würde als Bezahlung für die Taxifahrt wohl nicht ausreichen. Er überlegte kurz, ob er ihn aufessen sollte, wollte aber keine Krümel auf den Sitz machen.

„Ahem, könnten Sie am Ziel bitte kurz warten? Ich muss erstmal in das Büro hinauf und Geld holen.“ Misstrauisch sah ihn der Fahrer im Rückspiegel an und knurrte etwas Unverständliches. Dann fragte er, „Wo soll ich Sie überhaupt genau hinbringen?“

„Die Hausnummer habe ich nicht im Kopf, aber es handelt sich um das Organisationsbüro des Clantreffens. Kennen Sie das Gebäude?“ Nun sah der Fahrer wesentlich freundlicher aus.

„Natürlich. Ich werde am Wochenende mit der ganzen Familie auf dem Treffen sein. Das lasse ich mir nicht nehmen.“ Er wies stolz auf eine kleine Flagge mit rot-grün-blau-gelbem Tartan, die er am Rückspiegel befestigt hatte und sah seinen Passagier erwartungsvoll an. John, der von der riesigen Zahl an Tartans nur eine Handvoll kannte, schluckte. Da erspähte er einen kleinen Aufkleber auf dem Handschuhfach, der neben einem Foto des Fahrers auch seine Gewerkschaftsnummer und seinen Namen trug. Angus MacInnes.

„Ah, Sie gehören zum Clan der MacInnes.“

Der Fahrer nickte stolz.

„Arbeiten Sie für das Organisations-Komitee, junger Mann?“

„Nein, aber meine Großtante Isabel.“

Der Fahrer merkte auf. „Isabel Mackenzie?“

„Ja, genau. Kennen Sie sie?“

Der Fahrer sah ihn nun mit etwas wie Hochachtung an. „Jeder hier kennt Ms. Mackenzie. Dass wir nun endlich unser eigenes Regionalparlament haben, ist zu einem guten Teil ihr Verdienst. Sie hat diesen gottverdammten Besatzern unten aus dem Süden ganz schön eingeheizt.“ Er hieb vergnügt mit der Faust auf das Lenkrad.

„Wissen Sie was, Junge? Sie brauchen für die Fuhre nicht zu bezahlen. Sagen Sie Ihrer Großtante, es war mir eine Ehre, ein Mitglied ihres Clans zu kutschieren. So, da sind wir schon. Raus mit Ihnen – und nächstes Mal schauen Sie, dass Sie das Fahrtgeld auch dabeihaben, bevor Sie ein Taxi besteigen. Cheers.“

Kapitel 5

Mit langen Schritten eilte John die Treppen hinauf und stopfte dabei hastig den Muffin in sich hinein. In dem Großraumbüro herrschte Chaos. Große Teile der Organisationsmannschaft waren auf dem Festivalgelände, um beim Aufbau mitzuhelfen. Lediglich ein älterer Herr und zwei junge Mädchen, die ein Abzeichen jeweils als freiwillige Helfer auswies, versuchten, der klingelnden Telefone Herr zu werden. Überall standen Kartons herum, die auf den Transport zum Holyrood-Park warteten. Ein uniformierter Beamter der hiesigen Polizei versuchte in dem Durcheinander vergebens, seine Fragen loszuwerden. Schließlich verlor eine der jungen Frauen die Nerven und schrie ihn an, „Mein Gott, Sie sehen doch, was hier los ist. Wenn Sie mir zwei freie Minuten verschaffen wollen, um mit Ihnen zu reden, dann schaffen Sie diese Kartons nach unten in unseren Wagen." Ohne Umschweife drückte sie dem verblüfften Mann einen Autoschlüssel in die Hand und wandte sich wieder dem Telefon zu.

„Also, Miss, das gehört nicht zu unseren Aufgaben - ", begann der Polizist. John zog den Kopf ein und ging weiter zu dem Büro, in dem Isabel Mackenzie residierte. Nach kurzem Anklopfen öffnete er die Tür und lugte hinein. Als er seine Großtante erblickte, erschrak er. Normalerweise sah man Isabel ihr Alter nicht annähernd an. Jahrzehnte der Arbeit auf ihrem Gut, mit ihren Schafherden und Hunden, hatten sie fit gehalten und ihre Energie und Tatkraft taten ein übriges. Heute aber wirkte sie schlagartig um Jahrzehnte gealtert. Sie hatte sich in ihrem Schreibtischsessel zurückgelehnt und starrte ins Leere. Unter dem Tisch konnte John ihren Hund sitzen sehen, der sich an Isabels Beine drückte. Der treue Gefährte spürte ihre Trauer und wollte sie auf seine Weise trösten.

Als sie John bemerkte, winkte sie ihn müde herein. „Setz dich, John. Danke, dass du so schnell gekommen bist."

„Tante Isabel, das ist doch selbstverständlich." Er setzte sich in den Besucherstuhl, beugte sich nach vorn und ergriff die Hände seiner Großtante. „Wie geht es dir?"

„Hundsmiserabel, mein Junge, hundsmiserabel." Isabel war noch nie um klare Worte verlegen gewesen.

„Was hat die Polizei gesagt? Haben sie schon Anhaltspunkte, was passiert ist?"

„Diese Schwachköpfe.“ In Isabels Augen blitzte etwas von ihrem alten Kampfgeist auf und sie zog ihre Hände weg. „Sie haben mir zwar den Chief Superintendent persönlich hergeschickt, einen der ranghöchsten Männer unserer Polizei, aber der Kerl ist nichts anderes als ein eitler Emporkömmling. Er scheint fest davon überzeugt, dass Bobby sich mit Absicht den Steilhang hinuntergestürzt hat. Als ich versucht habe, ihm klarzumachen, dass das Humbug ist, hat er mir zwar pflichtschuldig zugehört, aber dabei ein Gesicht gemacht, als ob er mich für ein seniles, sentimentales Frauenzimmer hält.“ Isabel redete sich allmählich in Rage.

„Wie kommt er auf die Idee, es wäre ein Suizid gewesen?“

„Das wollte er mir nicht sagen. Sie hätten starke Hinweise darauf entdeckt – mehr konnte ich ihm nicht entlocken. Ich befürchte, die Polizei wird sich gar keine Mühe bei ihren Nachforschungen mehr geben, wenn eine so einfache Lösung des Falles greifbar ist.“

„Draußen ist aber ein Beamter, der deine Mitarbeiter befragt, oder zumindest versucht er es.“, wandte John ein.

Isabel winkte ab. „Pff, das sieht doch ein Blinder, dass das ein Anfänger ist. Den hat Chief Superintendent Briarson hier gelassen, um den Anschein zu erwecken, dass die Kriminalpolizei „unvoreingenommen in alle Richtungen ermittelt“, wie er betont hat. Hah, unvoreingenommen, da lachen ja die Hühner.“

Nachdenklich sah John sie an. „Warum bist du dir so sicher, dass es kein Selbstmord war?“

Isabel atmete tief durch und beugte sich dann zu ihm. „John, ich kannte Bobby, seit er ein kleiner Junge war. Er war ein, nun ja, ein charmanter Windhund, könnte man wohl sagen.“

Sie lächelte wehmütig. „Er steckte voller Leben, war ein ausgezeichneter Sportler und soweit ich das sagen kann, ein erfolgreicher Geschäftsmann. In den letzten Jahren betätigte er sich auch in der Kommunalpolitik. Allerdings erzählte er mir, dass die endlosen Sitzungen der Stadtverordneten ihn oft langweilten. Er war eben ein Macher, einer, der etwas voran bringen wollte. In unserem Organisationskomitee war er die letzten Monate sehr engagiert und er war, denke ich, auch bei unseren Mitstreitern hier sehr beliebt. Immer hatte er ein Lächeln und einen flotten Spruch auf den Lippen und er brachte auch gerne für die ganze Mannschaft Essen, wenn es abends wieder einmal später wurde…“ Sie verstummte.

„Du hattest ihn sehr gern, nicht wahr?“ John bemerkte erstaunt, dass Isabel unter seinem Blick ein wenig errötete. Nach einem Moment des Zögerns sah sie ihm fest in die Augen. „John, was ich dir jetzt sage, bleibt unter uns. Versprich mir das.“ Er nickte.

„Bobbys Vater, James, und ich … wir standen uns einmal sehr nahe. Das ist natürlich alles ewig her. An die fünfzig Jahre, um genau zu sein.“ Ihr Blick verschwamm.

„James war Schaffarmer, wie ich. Wir haben uns über unsere gemeinsame Leidenschaft, die Hundezucht, kennengelernt. Wir begegneten uns auf den Ausstellungen und Symposien. James war … ein stattlicher Mann, mit großer Ausstrahlung. Bobby war ihm wie aus dem Gesicht geschnitten. Natürlich war er damals noch ein Dreikäsehoch. James hat ihn oft zu den Veranstaltungen mitgebracht. Bobbys Mutter dagegen …“ Sie verstummte für einen Moment und strich Walter über das seidige Fell.

„Nun ja, sie war eine Dame der Gesellschaft, oder zumindest sah sie sich so. Die Grants hatten einen großen Besitz und James konnte es sich leisten, ihr Reisen hierher nach Edinburgh und sogar nach Paris zu ermöglichen. Für das Leben in den Highlands, für die Arbeit mit den Tieren, für all das hatte sie nichts übrig. Zu den Hundeschauen ist sie in all den Jahren nicht einmal mitgekommen. Die beiden hatten einfach wenig gemeinsam. James und ich dagegen, wir liebten dieselben Dinge, wir konnten reden, stunden- und nächtelang.“

Sie warf John einen halb trotzigen Blick zu. „Du kannst dir denken, was passiert ist. Es blieb nicht bei Gesprächen. Wir wurden heimlich ein Paar und blieben es für einige Jahre. Bis ich es irgendwann nicht mehr ausgehalten habe. Ich habe es beendet, aber es hat mir das Herz gebrochen.“

John spürte ihren Schmerz fast körperlich. „Warum hast du die Beziehung beendet?“

Isabel schnaubte abschätzig. „Du bist ein recht vernünftiger junger Mann, John, aber man merkt doch, dass du in England aufgewachsen bist. Eure so genannte Hochkirche wurde begründet von einem notorischen Ehebrecher – und natürlich Mörder – der auch noch den kirchlichen Segen für seine Abscheulichkeiten haben wollte. Da ist es natürlich bequem, sich und das ganze Land von der Kirche abzuspalten und sich selbst zum Oberhaupt einer neuen Kirche zu machen. Aber hier in Schottland, mein Junge – wir sind Katholiken.

Nicht, dass ich viel von unserer Amtskirche halte, aber diese Erziehung prägt eben doch ein Leben lang. Und dann kannst du die Zeit Anfang der sechziger Jahre auch nicht mit heute vergleichen, wo wir doch in vielem liberaler geworden sind. Damals hätte es für James wie für mich das gesellschaftliche Aus bedeutet, wenn unsere Beziehung bekannt geworden wäre. Aber dieser Gedanke war nicht das Schlimmste für mich. Vielmehr hatte ich ständig Gewissensbisse, weil ich mich als Zerstörerin einer Familie sah. Gerade, weil ich den kleinen Bobby ja heranwachsen sah. Auf keinen Fall wollte ich sein Elternhaus kaputtmachen. Also blieb mir damals nur, einen Schlussstrich zu ziehen. Wir sind aber bis zu James´ Tod vor einigen Jahren immer in freundschaftlichem Kontakt geblieben. Das ließ sich auch nicht vermeiden, schließlich liefen wir uns mehrfach pro Jahr auf den Hundeausstellungen über den Weg und haben später auch beide als Wertungsrichter für unsere Rassen – ich natürlich für Scotch Terrier, er für Airedale Terrier – fungiert."

Walter hob wachsam den Kopf. Isabel tätschelte ihn lächelnd. „Ja, genau, mein alter Freund. Du hast verstanden, dass ich von deiner edlen Rasse gesprochen habe, nicht wahr?" Sie wurde wieder ernst.

„Siehst du, in den fünfzig Jahren, in den ich Bobby kannte, wurde ich für ihn so etwas wie eine Art Tante oder vielleicht auch mütterliche Ratgeberin." Sie sah John traurig an. „Tatsächlich hatten wir mehr Kontakt, als ich es über viele Jahre mit meiner eigenen Familie hatte. Gerade auch zu deinem Zweig der Familie, weil ich deinem Vater lange nicht verzeihen konnte, dass er sich in den Süden abgesetzt hatte. Aber lassen wir das." John nickte erleichtert.

„Nachdem Robert erwachsen geworden war, erlaubte er niemandem mehr, ihn Bobby zu nennen – außer mir. Er wusste natürlich nichts von der Beziehung, die sein Vater und ich hatten. Tatsächlich wusste über all die Jahre überhaupt niemand davon, bis auf meine jüngere Schwester Belinda – Gott hab sie selig. Wir beide konnten uns seit unserer Kinderzeit immer alles sagen." Sie zog einen Bilderrahmen heran, in dem sich eine kleine Sammlung sepiabrauner Fotos befand. „Das hier sind Belinda und ich auf Vaters Pferd, eine meiner Lieblingsaufnahmen."

John musste unwillkürlich lächeln, als er die beiden kleinen Mädchen erblickte, die keck für die Kamera posierten, stolz auf dem Rücken eines massigen braunen Pferdes. Isabel stellte den Rahmen wieder beiseite und sah John durchdringend an. „Ich habe dir dies erzählt, damit du verstehst, warum Sir Robert Grant mir viel bedeutet hat. Er war das lebendige Abbild seines Vaters, auch wenn er von seiner Persönlichkeit her völlig anders war. Ich denke, ich kann dir vertrauen, dass du für dich behältst, was ich dir gesagt habe. Schließlich bist du es als Psychologe gewöhnt, Geheimnisse zu bewahren, nicht wahr?"

John nickte lächelnd und kehrte zu seiner Frage zurück, „Was macht dich nun so sicher, dass Sir Robert keinen Suizid begehen würde?"

Isabel überlegte. „Bobby hatte sicherlich seine Fehler, aber er hatte einfach diese mitreißende Lebensfreude. Schon als Kind hatte er den Spitznamen „Sunnyboy". Auch wenn er etwas ausgefressen hatte, konnte man ihm nie lange böse sein. Er ließ sich auch nicht unterkriegen, selbst wenn es mal nicht gut für ihn lief. Der Gerechtigkeit halber muss ich sagen, dass er sich auch des öfteren selber in eine verzwickte Lage gebracht hat, weil er, naja, sagen wir unüberlegt gehandelt hat. Geschäftlich hatte er nicht immer ein glückliches Händchen. Aber er hat es jedes Mal geschafft, wieder auf die Beine zu kommen. Die Unternehmensberatung, die er seit Jahren gemeinsam mit seinem Kompagnon, Albert Buchanan, führt, scheint recht gut zu laufen. Was sein Privatleben angeht…"

Nun sah sie etwas verlegen aus. „Er nahm es wohl mit der ehelichen Treue nicht so genau, wie ich gehört habe. Seine Ehe mit Fiona stand angeblich schon einige Male auf der Kippe. Aber auch hier hat er es immer wieder geschafft, das Ruder herumzureißen. Immerhin sind die beiden schon über zwanzig Jahre verheiratet." Sie zuckte mit den Schultern. „Ich kann mir also beim besten Willen nicht vorstellen, was einen Menschen wie ihn dazu treiben könnte, sich die Salisbury Crags hinunterzustürzen. Und schon gar nicht kurz vor Beginn unseres großen Festivals. Bobby hat so hart für das Gelingen des Treffens gearbeitet – aus freien Stücken hätte er sicher nicht darauf verzichtet, es mitzuerleben."

Plötzlich sah sie auf die Uhr. „Du lieber Himmel! Ich muss mich für den Ball umkleiden." Sie erhob sich. „John, ich weiß, dass es viel verlangt ist – schließlich seid ihr alle hergekommen, um das Festival zu genießen – aber würdest du Nachforschungen anstellen? Ich könnte es nicht ertragen, wenn Bobby als Selbstmörder begraben wird, während derjenige frei herumläuft, der ihm das angetan hat."

John schluckte. „Tante Isabel, ich habe keine Ahnung, was ich tun könnte." Da fiel ihm etwas ein. „Wenn du kein Vertrauen zu eurer hiesigen Polizei hast – wie wäre es, wenn ich Simon anrufe? Er ist mit Patricia in St. Andrews und wollte sowieso am Wochenende hierher kommen. Als Vertreter von Scotland Yard bekommt er vielleicht Einblick in die Ermittlungen."

Isabels Miene hellte sich auf. „Das ist eine gute Idee, John. Ich habe Simon zwar erst einmal gesehen – letztes Jahr an Weihnachten, bei deinen Eltern in Kew, wie du dich erinnern kannst – aber er machte mir einen recht kompetenten Eindruck. Also ruf ihn bitte gleich heute Abend an. Ach, und kannst du mir bitte noch einen Gefallen tun? Walter muss noch mal raus, aber ich komme heute Abend nicht mehr dazu. Könntest du mit ihm noch eine Runde gehen? Trag ihn bitte über die Treppen, sein Rücken macht das nicht mehr so ganz mit. Danach bringst du ihn in mein Apartment oben. Ich muss mich jetzt wirklich beeilen. Und morgen Vormittag treffen wir uns hier, sagen wir um neun Uhr? Dann arbeiten wir unseren Schlachtplan aus." Nun klang sie schon wesentlich tatkräftiger. Sie erlaubte John, sie auf die Wange zu küssen, streichelte Walter noch einmal und war zur Tür hinaus.

John sah ihr verblüfft nach. Schlachtplan? Hatte er gerade irgendetwas verpasst? Was meinte sie? Kopfschüttelnd griff er nach der Leine, die an einem Haken neben der Tür hing und verließ das Büro, den erwartungsvoll hechelnden Sir Walter Scott in den Armen.

Kapitel 6

„Was hat Simon gesagt?“ Maggie schmierte Honig auf ihr Frühstücksbrot und sah John gespannt an.

„Ihn selbst habe ich nicht erreicht, aber ich konnte mit Patricia sprechen. Stell dir vor, Simon und Patricia haben Sir Robert gekannt. Offenbar sind sie sich auf Golfturnieren immer wieder begegnet. Sie war natürlich entsetzt, als ich ihr von seinem Tod erzählte. Die beiden wollten ohnehin morgen hierherkommen, um sich die Highland Games anzusehen. Nun hat Patricia spontan beschlossen, dass sie gleich heute anreisen werden.“

John löffelte den letzten Rest seines Müslis aus und grinste. „Sie hat durchblicken lassen, dass Simon eine katastrophale erste Runde in St. Andrews hingelegt hat und daher sowieso keine Chance mehr auf eine gute Platzierung hat. Also dürfte es ihm nichts ausmachen, vorzeitig abzureisen.“

Maggie kicherte. „Oh, das dürfte ein schwerer Schlag für Simon sein. Keine weitere Trophäe für seine Sammlung.“

„Wohnen Simon und Patricia dann auch hier?“, erkundigte sich Bella und warf begehrliche Blicke auf das Toastbrot mit Erdnussbutter und Marmelade auf dem Teller ihres Bruders. „Magst du das nicht mehr, Tommy?“, fragte sie hoffnungsvoll. Der gab sich großzügig. „Wenn du es haben willst, Kleine, kannst du es gerne nehmen. Ich bin eigentlich satt.“

John unterdrückte ein Grinsen. Letzte Nacht hatte er mitbekommen, als Tommy nach Hause gekommen war, weil sein Neffe sich mit Schwung das Schienbein an seinem Bett angestoßen hatte und seine Flüche trotz der Ohrstöpsel zu hören waren. Johns Nase hatte die untrügliche Witterung einer Bierfahne aufgenommen, die aus dem Nachbarbett herüberwehte. Am Morgen hatte er Tommy darauf angesprochen.

Der hielt sich stöhnend den Kopf und bekannte reumütig, bei der Bandprobe der Atomic Pipers zwei Bier getrunken zu haben, die ihm die Musiker spendiert hatten. Renie, sagte er, hätte nur mit der Schulter gezuckt und ihrem Bruder gesagt, er müsse selbst seine Erfahrungen machen.

Daraufhin hatten sie einen Deal gemacht: John würde Maggie und Alan nichts davon erzählen und Tommy würde im Gegenzug Alkohol meiden, bis er sechzehn war. Dieses Versprechen fiel ihm angesichts seiner Kopfschmerzen und des flauen Magens nicht schwer.

„Na, das würde ich ja gerne sehen, wie Simon und Patricia hier mit ihrer Edelkarosse vorfahren und dann nach dem Portier rufen, um die Golfbags und das Louis-Vouitton-Gepäck in ihre Suite zu bringen.“, lachte David. „Patricia würde wahrscheinlich in Ohnmacht fallen, wenn sie unsere Zimmerchen hier sehen würde.“

Emmeline Mackenzie warf ihrem jüngsten Sohn einen strengen Blick zu. „Kinder, nun macht euch nicht schon wieder lustig über die beiden. Tatsächlich schlagen sie übrigens ihr Lager in der Stadtresidenz irgendeines entfernteren Mitglieds der königlichen Familie auf, ich glaube, es war die Nichte des Earls von Gloucester. Oder war es die Cousine?“

Die Ehrenwerte Patricia Whittington-Armsworth war weitläufig mit der Herzogin von Kent verwandt, was ihr im Verbund mit ihren zahlreichen Charity-Aktivitäten des öfteren eine Erwähnung in den Klatschspalten der Regenbogenpresse einbrachte.

Bella zuckte gleichmütig mit den Schultern und schob sich genüsslich das Erdnussbutterbrot in den Mund. „Also ich find´s hier ganz okay. John, werdet du und Renie den Fall wieder schneller aufklären als die Polizei?“ Vertrauensvoll sah sie ihren Onkel an.

Der musste schmunzeln. „Wir wissen ja noch gar nicht, ob es überhaupt ein Fall ist. Vielleicht war es ja auch nur ein tragisches Unglück, dass Sir Robert die Klippen hinabgestürzt ist.“

„Außerdem steckt Renie bis zum Hals in Arbeit und wird diesmal mit Sicherheit nicht wieder Detektiv spielen können.“, mischte sich Maggie ein. „Nun warten wir einfach ab, was Simon berichtet, nachdem er mit seinen Kollegen gesprochen hat. Einstweilen werden uns nicht den Kopf zerbrechen. Überlegen wir lieber, was wir heute Vormittag unternehmen, bevor wir dann zum Festival aufbrechen.“ Sie sah auf die Uhr. „John, musst du nicht los? Du sagtest doch, dass Isabel dich um neun Uhr im Büro erwartet.“

Ihr Bruder nahm hastig einen letzten Schluck Tee und machte sich auf den Weg. Während der Rest der Familie sich daran gewöhnt hatte, dass Pünktlichkeit nicht zu Johns Stärken gehörte, konnte er von Isabel keine Nachsicht erwarten.

Er schnaufte erleichtert auf, als er zwei Minuten vor neun Uhr das Büro betrat. Sie erwartete ihn bereits und winkte ihn ungeduldig in ihr Büro. „Lagebericht, John. Was konntest du gestern noch ausrichten?“

„Simon wird heute noch in Edinburgh ankommen. Seine Frau und er kannten Sir Robert von diversen Golfturnieren -“

„Wann wird er hier sein? Wird er sofort mit den Verantwortlichen bei der Kriminalpolizei hier sprechen?“, unterbrach Isabel ihn.

„Äh, das weiß ich nicht. Er wird sich sicher melden, sobald er etwas erfahren hat.“

„Hm.“ Unzufrieden sah Isabel ihn an. „Und welche Strategien hast du im Kopf, falls die Polizei bei ihrer hanebüchenen Meinung bleibt? Sieh her, wie die Schlagzeilen heute aussehen.“ Sie hielt ihm eine Ausgabe des Scotsman unter die Nase, als es klopfte.

„Ms. Mackenzie? Verzeihen Sie, ich weiß, dass ich nicht stören sollte, aber einer unserer Freiwilligen ist am Apparat. Er hat im Festivalgelände eine Kiste mit Pokalen ausgepackt und dabei ist ihm wohl einer hinuntergefallen und ein Henkel ist abgegangen…“

Isabel schloss kurz die Augen und atmete tief durch. „Ich komme, Marjorie. John, ich bin gleich zurück.“ Sie reichte ihm die Tageszeitung und ging hinaus in das Großraumbüro.

„Todessturz am Arthur´s Seat“ Unter dieser Überschrift fand John einen kurzen Absatz im unteren Teil der Titelseite. Er überflog den Artikel. „Der bekannte Politiker und Geschäftsmann Sir Robert Grant (55) kam gestern unter ungeklärten Umständen zu Tode. Ursächlich dürfte ein Sturz von den 130 Fuß hohen Salisbury Crags gewesen sein. Chief Superintendent Ian Briarson (37) ließ gestern verlauten, dass es starke Hinweise auf einen Suizid gäbe. „Sir Robert war in den letzten Monaten federführend an der Organisation des Clantreffens beteiligt. Daher könnte der Arthur´s Seat mit seinem fantastischen Blick auf das Festivalgelände ein symbolischer Ort für ihn gewesen sein.“, gab der leitende Ermittler bei einer Pressekonferenz am gestrigen Abend zu Protokoll.“

John, der die reißerische Art der englischen Zeitungen gewöhnt war, empfand die Darstellung im Scotsman als wohltuend knapp und sachlich. Er ließ die Zeitung sinken, als sein Handy klingelte. Als er im Display Simons Nummer erkannte, hob er erwartungsvoll ab. Kaum, dass er sich gemeldet hatte, fauchte sein Cousin ins Telefon, „Diese Hinterwäldler – dumm wie Brot und gleichzeitig auch noch arrogant. Unerträglich.“, wütete er. „Da unterbreche ich extra meinen

Urlaub und eile im Morgengrauen herbei, um ihnen mit der gesammelten Wucht meiner Expertise zur Verfügung zu stehen – und was sagt dieser junge Schnösel zu mir? Er hätte gerade an einem Austauschprogramm für Elitepolizisten" – Simon spuckte das Wort geradezu aus – „teilgenommen und hätte beim FBI in Chicago eine Profiling-Ausbildung gemacht. Da bräuchte er keinen aufgeblasenen Inspektor aus dem Süden, der ihm Nachhilfeunterricht gibt."

John schnappte nach Luft. Inspektor! Eine solche Frechheit war Superintendent Simon Whittington sicher in seiner ganzen Karriere noch nicht untergekommen. Fast verspürte er Mitleid mit seinem Cousin, der beim Aufeinanderprallen mit dem jüngeren, doch ranghöheren schottischen Polizisten so schmählich den Kürzeren gezogen hatte.

„Dieser ignorante Emporkömmling! Wenn der den Mund aufmacht, kommt doch nur gequirlte Sch- jaja, Patricia, ich beruhige mich ja." John hörte gedämpftes Gemurmel. Als Simon wieder sprach, hörte er sich ein wenig ruhiger an. „Also, wie dem auch sei – auf jeden Fall ließ mich dieser Mensch deutlich spüren, dass er es ganz und gar nicht zu schätzen weiß, dass eure Großtante offensichtlich kein Vertrauen in das Können der hiesigen Polizei setzt. Dabei muss ich Isabel völlig Recht geben – das ist ja wirklich eine traurige Gurkentruppe hier, eine Schande für die Polizei des Vereinigten Königreichs."

Simon wurde wieder lauter. „Als besonderes Entgegenkommen – so hat er es zumindest ausgedrückt, dieser Lackaffe – hat er mir schließlich doch mit sichtlicher Genugtuung das Beweisstück vorgelegt, das einen Suizid zumindest wahrscheinlich macht." Er legte eine Kunstpause ein. John knirschte mit den Zähnen. „Bitte, Simon, spann mich nicht auf die Folter. Was ist es?", fragte er mühsam beherrscht.

„Es ist ein Abschiedsbrief, in dem Sir Robert den Selbstmord ankündigt. Grund dafür sei, dass sich seine Frau von ihm scheiden lassen wolle."

Kapitel 7

Während John diese Nachricht noch verdaute und überlegte, wie er dies Isabel beibringen sollte, sprach Simon weiter. „Allerdings -“

John horchte auf. „Was meinst du?“

„Was du als Laie natürlich nicht wissen kannst, ist, dass Abschiedsbriefe nicht selten gefälscht sind.“ Nun war Simons gönnerhaft-überheblicher Ton wieder da. John knirschte abermals mit den Zähnen. „Hältst du es für möglich, dass dieser Brief nicht echt ist?“

„Hm. Also eigentlich geht es nicht an, Details einer Ermittlung an die Öffentlichkeit zu geben. Aber in diesem Fall halte ich es sogar für meine Pflicht, um einem möglichen Ermittlungsirrtum vorzubeugen.“ Heuchler!, dachte John. Du willst doch nur diesem Chief Superintendent eins reinwürgen.

„Also, kurz und gut: Der Brief ist mit dem Computer geschrieben, nur die Unterzeichnung erfolgte handschriftlich.“

„Ist das nicht merkwürdig?“

„Durchaus. In der Regel verfassen die Leute ihre letzten Zeilen mit der Hand. In diesem Fall allerdings wird die Erklärung für dieses Vorgehen gleich mitgeliefert. Im Schreiben heißt es: *Meine letzten Worte konnte ich leider nicht handschriftlich niederlegen, da ich durch den Bruch meiner Schreibhand immer noch sehr eingeschränkt bin.* Obwohl ich nur einen kurzen Blick auf das Papier werfen konnte, habe ich mir den genauen Wortlaut eingeprägt. Blitzschnell relevante Details einer Situation erfassen zu können, zeichnet einen guten Ermittler aus.“, dozierte Simon selbstgefällig.

John rollte mit den Augen. „Und die Unterschrift? Was sagt der graphologische Gutachter dazu?“

„Ich konnte mich davon überzeugen, dass sie relativ ähnlich zu einigen Vergleichsunterschriften auf anderen Dokumenten ist. Aber auch hier ist keine endgültige Aussage möglich, weil Sir Robert zum Zeitpunkt seines Todes seine Finger durch den Gips kaum bewegen konnte und daher jede Unterschrift aus den letzten Wochen entsprechend krakelig aussehen dürfte. Für die Echtheit spricht immerhin, dass seine Fingerabdrücke auf dem Papier gefunden wurden.“

„Und das Motiv, das er angibt? Die Scheidung? Wurde Mrs. Grant dazu befragt?“

„Natürlich. So dumm können nicht einmal die kleinkarierten Kollegen hier sein. Die Witwe hat ausgesagt, dass sie ihrem Mann tatsächlich vor wenigen Tagen eröffnet hat, dass sie sich scheiden lassen wird.“

Beide schwiegen einen Moment. Dann hob Simon noch einmal an.

„Wenn ich dir meine Expertenmeinung dazu sagen soll, John: So eindeutig, wie dieser Briarson oder wie er heißt die Sachlage beurteilt, ist sie nicht. Ich an seiner Stelle würde die Ermittlungen definitiv ausdehnen. Vor allem sollte man der Witwe auf den Zahn fühlen. Aber leider befinden wir uns in diesem unwirtlichen Vorposten Englands und damit außerhalb meines Einflussbereichs. Wenn die Kollegen hier nicht um Unterstützung durch den Yard bitten, habe ich keine Handhabe, die Ermittlungen zu übernehmen. Und so, wie ich diesen Möchtegern-Kriminalisten hier einschätze, hackt er sich lieber einen Arm ab, als Hilfe anzufordern.“ Er seufzte.

„Ich habe wirklich genug von Schottland, das sage ich dir. Dieses unmögliche Kauderwelsch, das die Leute hier reden, das Wetter, das Essen – oder das, was sie hier als Essen bezeichnen. Wenn ich mir vorstelle, dass ich schon heute Abend nach einem gepflegten Dinner im Giovanottis die aktuelle Inszenierung des Fliegenden Holländers im Nationaltheater genießen könnte, möchte ich mich auf der Stelle ins Auto setzen und nach London aufbrechen.“ Wieder Gemurmel im Hintergrund. „Patricia meint, dass wir unsere Gastgeberin brüskieren würden, wenn wir erst unsere Ankunft um einen Tag vorverlegen und dann gleich wieder abreisen. Also bleiben wir noch bis morgen und sehen uns wenigstens einen Teil des Spektakels an.“

„Ich werde Tante Isabel alles berichten, was du mir gesagt hast, Simon. Es war wirklich sehr nett von dir und Patricia, alles stehen und liegen zu lassen und nach Edinburgh zu kommen.“

„In der Tat, ich hatte mich sehr lange auf dieses Golfturnier vorbereitet und habe nun auf die zweite Runde verzichtet, obwohl ich in aussichtsreicher Position lag. Aber wie du ja weißt, bin ich immer da, wenn ich gebraucht werde. Und bei diesem Clan ist das in letzter Zeit doch häufig der Fall.“ Während John bei dieser in salbungsvollem Ton abgeschossenen Spitze eine Grimasse schnitt, ging die Tür auf und Isabel kam wieder herein.

Offensichtlich war sie sehr aufgebracht. Sie stampfte durch den Raum, warf einen Stapel Notizzettel auf den Schreibtisch, setzte sich und verschränkte die Arme. Rote Flecken machten sich auf ihren faltigen Wangen breit. Oje, das muss aber ein sehr wertvoller Pokal gewesen sein, der da zu Bruch gegangen ist, ging es John flüchtig durch den Kopf, bevor er sich beeilte, das Gespräch mit Simon zu beenden. Als er sich nach einem feierlichen Dank für Simons selbstlosen Einsatz – wie immer nahm Simon nicht die Spur von Ironie in Johns Worten wahr – verabschieden wollte, unterbrach sein Cousin ihn jedoch. „Sag mal, John, wie ich dich kenne, wirst du in der Geschichte doch mit Sicherheit Nachforschungen anstellen in den nächsten Tagen?“

„Kann sein. Ich muss das erst einmal mit Tante Isabel besprechen.“, erwiderte John vorsichtig.

„Offiziell sind mir ja die Hände gebunden. Aber halt mich trotzdem auf dem Laufenden. Schließlich kann mir niemand verbieten, hinter den Kulissen sozusagen als Berater tätig zu sein. Ich könnte die Strategien festlegen und du könntest die Fußarbeit übernehmen…“ Er erwärmte sich zusehends für das Thema. John blieb der Mund offen stehen. Simon wollte gemeinsam mit ihm Nachforschungen anstellen?

Tante Isabel trommelte ungeduldig mit den Fingern auf den Schreibtisch. John bedankte sich noch einmal bei Simon und versprach, sich bald zu melden. Als er aufgelegt hatte, starrte er ungläubig das Telefon an.

„Was ist jetzt, John? Das war doch Simon?“

John schüttelte sich und konzentrierte sich auf die Fakten, die sein Cousin herausgefunden hatte. Simons abschätzige Bemerkungen über Isabels geliebtes Land behielt John wohlweislich für sich.

„Simon teilt also deine Einschätzung, dass die hiesige Polizei möglicherweise nicht intensiv genug in alle Richtungen ermittelt.“, schloss er.

„Darauf kannst du Gift nehmen! Und das auch noch mit Rückendeckung unserer Stadtspitze, wie ich gerade erfahren habe.“, stieß Isabel erbost aus. „Der Bürgermeister persönlich hat mich eben angerufen. Erst tat er scheinheilig so, als wollte er mir und dem Organisationskomitee sein Beileid zum Tod unseres engagierten Mitstreiters aussprechen. In Wirklichkeit interessiert ihn nur, ob das Festival irgendwie durch diese Sache in Mitleidenschaft gezogen werden könnte. Da wir mit dem Clantreffen zehntausende von

Besuchern aus aller Welt anziehen und auch die Medien viel darüber berichten, möchte er unbedingt ein perfektes Bild von seiner Stadt abliefern. Da passt ein Mord – und noch dazu mitten im Herzen Edinburghs – natürlich nicht hinein."

John nickte. „Ah, aus *der* Ecke weht der Wind. Deshalb auch die vergleichsweise dezente Berichterstattung in der Zeitung."

„Genau. Es geht hier schlichtweg um viel Geld. Der schottische Tourismusverband und die Stadt haben eine gigantische Werbekampagne gestartet, die Edinburgh und die ganze Region auf der touristischen Landkarte platzieren soll. Unser Clantreffen wurde seit Monaten als „das Event" vermarktet, mit dem man sich als traditionsbewusst und trotzdem weltoffen präsentieren will." Sie atmete tief durch.

„Und nun ziehen viele Kräfte hier an einem Strang, um alles, was dieses Bilderbuchimage stören könnte, unter der Decke zu halten. Zur bedauerlichen Ignoranz unserer Polizei gesellt sich auch noch der politische Wille, keinen Staub aufzuwirbeln. Aber diese Herrschaften werden mich noch kennen lernen. Wir werden nicht ruhen, bis wir Licht in das Dunkel gebracht haben."

Eine Stunde später saß John in einem Taxi, das ihn zum Haus der Grants in einer villenbestandenen Straße Edinburghs brachte. Isabel hatte nach ihrer kämpferischen Ansage sogleich Fiona Grant angerufen und ihr ohne große Umstände den Besuch ihres Großneffen angekündigt.

„Unter normalen Umständen würde dich natürlich begleiten, John. Aber gerade heute kann ich keinesfalls weg." Sie wies auf die Notizzettel, die über ihren Schreibtisch verstreut lagen. „Das sind alles Anrufe, die in der kurzen Zeit, in der wir beide vorhin gesprochen haben, draußen aufgelaufen sind. Auch wenn meine Komiteechefs in Kürze eintreffen werden, muss ich mich doch um vieles selbst kümmern." Sie kramte unter den Zetteln und reichte John dann eine stilvolle Beileidskarte. „Die überbringst du in meinem Namen und dem der ganzen Familie Mackenzie. Bei der Gelegenheit kannst du Fiona gleich einige Fragen stellen. Es wäre doch interessant, was sie als Bobbys Ehefrau von dieser Selbstmordtheorie hält."

John zögerte. „Wird es Mrs. Grant nicht ziemlich pietätlos erscheinen, wenn ich als Wildfremder in ihr Haus komme und sie am Tag nach dem Tod ihres Mannes mit neugierigen Fragen belästige?“

Isabel winkte ab. „Papperlapapp. Auch wenn Fiona sich scheiden lassen wollte, muss sie doch ein Interesse daran haben, dass der Tod ihres Mannes zweifelsfrei aufgeklärt wird. Vorausgesetzt, sie hatte nicht selbst ihre Hand im Spiel. Also zieh schon los, wir haben keine Zeit zu verlieren.“

„Kommen Sie doch herein. Mrs. Grant ist im Garten.“ John wurde von der älteren Frau, die sich als Haushälterin der Grants vorgestellt hatte, auf eine mit Steinplatten ausgelegte Terrasse geführt. Als sein Blick auf den sonnendurchfluteten Garten fiel, entfuhr ihm ein bewunderndes „Donnerwetter!“. Gleich darauf hätte er sich ohrfeigen können. Als Einstieg für einen Kondolenzbesuch war dies wohl kaum eine geeignete Äußerung. Die schlanke Frau, die in einer Rabatte neben der Terrasse Rosen schnitt, sah jedoch mit einem schüchternen Lächeln auf. „Gefällt Ihnen mein Garten?“

John nickte, noch ganz überwältigt von der bunten Pracht. Das riesige Grundstück, das sich über einen leichten Hang hinunter erstreckte, war in verschiedene Bereiche aufgeteilt. Beiderseits der Terrasse lagen sorgsam gepflegte Beete mit farblich aufeinander abgestimmten Rosenstöcken, gesäumt von Lavendelbüschen. Dahinter erstreckte sich eine weite Rasenfläche, die durch eine Reihe von Skulpturen aus verschiedenen Materialien belebt und von breiten, geschwungenen Sommerblumenbeeten gesäumt wurde. Durch einen Rosenbogen konnte er einen üppigen Gemüsegarten erkennen. Am Ende des von einer hohen, verwitterten Mauer umgebenen Anwesens befand sich ein kleines Wäldchen, vor dem dichte Rhododendrenbüsche im Frühjahr sicher ein spektakuläres Bild abgaben.

„Dies ist der schönste Garten, den ich je gesehen habe.“, sagte er ehrlich. Er besah sich die Rosenstöcke genauer. „Das ist ja eine herrliche William Shakespeare, die Sie da haben. Und hier, die Kenneth Graham, das ist die Lieblingsrose meiner Mutter.“

„Oh ja, die ist wunderbar. Und der Duft erst. Unbeschreiblich.“ Plötzlich schien ihr der Anlass von Johns Besuch bewusst zu werden. Das Leuchten in ihrem Gesicht erstarb. Sie streifte ihren langen Gartenhandschuh ab und streckte John die Hand hin.

„Sie sind ein Verwandter von Isabel Mackenzie. John, nicht wahr? Sie hat Ihr Kommen angekündigt." John drückte ihre Hand.

„So ist es, Mrs. Grant. Ich bin gekommen, um Ihnen im Namen meiner Großtante Isabel und der ganzen Familie unser herzliches Beileid zum Tod Ihres Mannes auszusprechen."

„Ich danke Ihnen, John. Nennen Sie mich bitte Fiona." Ein wenig unschlüssig hielt sie die Gartenschere in der Hand und ließ den Blick durch den Garten schweifen.

„Ich möchte Sie aber nicht stören. Sie haben sicher viel zu tun."

„Nein, nein, Sie stören mich nicht. Ich… die Gartenarbeit… war mir immer schon eine Zuflucht." Nach einem Moment schien sie sich wieder ihrer Pflichten als Gastgeberin zu erinnern.

„Möchten Sie sich setzen? Ich könnte Hettie bitten, uns etwas Tee zu bringen. Oder vielleicht möchten Sie lieber einen Kaffee? Wir könnten hier auf der Terrasse sitzen. Oder vielleicht lieber im Wohnzimmer?"

„Ich würde mich freuen, den Blick hier von der Terrasse genießen zu dürfen. Und zu einer Tasse Tee sage ich nie nein." Fiona wirkte erleichtert, dass er ihr diese kleine Entscheidung abgenommen hatte.

„Sehr schön. Dann … sage ich Hettie schnell Bescheid. Bitte nehmen Sie doch schon Platz."

Während Fiona durch die offen stehende Terrassentür ins Haus ging, sah John ihr nach und ließ den Blick über das hinter der Terrasse liegende Wohnzimmer schweifen. Der Raum wirkte völlig im Gegensatz zu dem lichten und lebendigen Garten düster und etwas überladen auf ihn, war aber geschmackvoll mit viel Holz und Ledermöbeln eingerichtet. Lediglich die Gemälde mit Jagdszenen an den Wänden fand er eher abstoßend.

Drinnen konnte John das Klingeln des Telefons hören. Fiona kam in das Zimmer und nahm ab. John trat von der offenen Tür zurück, spitzte aber die Ohren. Aus Fionas Antworten konnte er erkennen, dass sie mit dem Bestattungsunternehmer sprach.

„Ja, Mr. Ferguson, ich verstehe. Aber hat das nicht bis morgen Zeit? Ich… es ist soviel zu tun und ich weiß nicht so recht… Nun ja, ich verstehe, dass Sie die Sachen so schnell wie möglich brauchen. Ich kümmere mich darum. Ja, ja, natürlich. Auf Wiedersehen."

Sie trat wieder heraus und setzte sich. John bemerkte, dass sie immer noch den zweiten Gartenhandschuh trug. Im selben Moment bemerkte auch sie es und zog ihn verlegen ab.

„Es ist eine schwere Zeit für Sie. Es sind sicher viele Entscheidungen zu fällen und Angelegenheiten zu erledigen.“, bemerkte John taktvoll.

„Ja, es ist wirklich alles ein wenig viel.“ Zusammenhanglos wies sie auf eine weiß blühende Rose am Rand der Terrasse.

„Hier, sehen Sie sich mal meine Winchester Cathedral an. Letztes Jahr wäre sie mir wegen dieser Biester, den Dickmaulrüsslern, fast eingegangen. Nacht für Nacht bin ich mit der Taschenlampe herausgekommen und habe die Käfer abgesammelt. Dann habe ich noch Neem-Samen ausgebracht, was die Blätter für die Larven ungenießbar gemacht hat und so habe ich sie schließlich besiegt.“ Triumphierend sah sie John an.

„Meine Mutter hatte bei ihren Rosen auch schon mit diesen Tierchen zu kämpfen. Sie hatte gute Erfolge mit Fadenwürmern, die die Larven im Boden abtöten.“

„Davon habe ich schon gehört. Woher hatte sie – ach, da sind Sie ja, Hettie.“, unterbrach sie sich und wies die Haushälterin an, den Tisch zu decken und einen Sonnenschirm aufzuspannen. Als sie wieder allein waren, fuhr sie angeregt fort, „Setzen Sie sich doch, John. Es ist schön, sich mit einer verwandten Seele zu unterhalten, die ein Auge für die Schätze unserer Natur hat. Nun erzählen Sie mir mehr von den Fadenwürmern…“

Zwei Stunden später verabschiedete sich John mit dem Gefühl, den skurrilsten Nachmittag seit langem erlebt zu haben. Mit dem dringenden Bedürfnis, seinen Kopf wieder einigermaßen klar zu bekommen, beschloss er, zu Fuß in Richtung Innenstadt zu gehen anstatt ein Taxi zu nehmen. Im Gehen zog er sein Handy heraus und rief Simon Whittington an, wurde aber nach wenigen Sätzen rüde unterbrochen.

„Ihr habt was!? Du hast dich mit einer unserer Hauptverdächtigen stundenlang über Würmer unterhalten? So kann man doch keine Ermittlung führen! Grundgütiger, ich bin von Idioten umgeben.“ Während Simon weiterzeterte, stellte John sich genüsslich vor, wie sein Cousin dunkelrot anlief und ihm der Rauch aus den Ohren drang.

„Du kommst jetzt auf der Stelle zur Lagebesprechung in Isabels Büro. Ich gebe ihr Bescheid und bin in schätzungsweise zehn Minuten da.“, kommandierte der Superintendent schließlich und legte ohne ein weiteres Wort auf. Seufzend winkte John ein Taxi heran.

„Jungs, ich habe nur noch eine halbe Stunde Zeit, bevor ich zum Festivalgelände muss.“ Isabel klopfte erbost mit ihrem eleganten Gehstock auf den Boden.

Auch wenn die offizielle Eröffnung mit dem Thronfolger erst am Samstag stattfinden würde, liefen die ersten Wettbewerbe bereits heute an und auch einige Bands würden zum Auftakt spielen. Bei dem Gedanken daran schlug John sich an die Stirn. „Ach je, ich habe ja mit George ausgemacht, dass wir uns heute Nachmittag treffen. Das hätte ich fast vergessen.“

„Umso wichtiger, dass wir uns endlich einmal auf unseren Fall konzentrieren. John, du wirst uns jetzt schildern, wie dein Gespräch mit Fiona verlaufen ist – und bitte aufs Wesentliche reduziert. Simon – keine weiteren Unterbrechungen.“, herrschte Isabel die beiden Männer an, die unwillkürlich die Köpfe einzogen.

„Mein Eindruck von Fiona Grant war … verwirrend.“, begann John langsam. „Sie wirkte auf mich nicht wie eine trauernde Witwe. Gestresst und überfordert, das ja. Aber Schmerz über den Verlust ihres Mannes… habe ich eigentlich keinen gespürt.“ Er sah Isabel an.

„Allerdings könnte das damit zu tun haben, dass sie innerlich bereits mit dieser Ehe abgeschlossen hatte, nachdem sie sich ja offensichtlich scheiden lassen wollte. Du sagtest gestern, Robert hätte seine Frau betrogen und seine Ehe wäre auch früher schon öfters auf der Kippe gestanden?“

Isabel nickte widerwillig. „So ist es. Bobby war einfach ein Mensch, der manchmal in Versuchung zu führen war. Aber Fiona hat es ihm auch nicht immer leicht gemacht.“

„Was meinst du damit?“

„Nun ja. Ich habe über die Jahre nicht viel Kontakt mit ihr gehabt, aber mir schien sie doch sehr in ihren Interessen eingeschränkt zu sein. Außerdem hat sie so gar nichts Zupackendes, keine Power, könnte man sagen. Bobby dagegen – er konnte sich für so vieles begeistern und er hatte Temperament, einen mitreißenden Witz. Im Vergleich zu ihm wirkte sie eher wie eine Schlaftablette. So hat sie sich wohl auch nie aufraffen können, sich von ihm zu trennen, auch wenn die Ehe für sie bestimmt nicht immer glücklich war.“

Simon lehnte sich nach vorn. Er sah aus wie ein Jagdhund, der eine viel versprechende Fährte wittert.

„Was, wenn es ihr nach all den Jahren der Demütigung doch zu bunt geworden ist? Da haben wir doch ein klassisches Motiv."

Erregt stand er auf. „Die Hölle kennt keine Wut, die der einer verschmähten Frau gleichkommt – William Shakespeare, wenn mich nicht alles täuscht." Selbstgefällig sah Simon in die Runde.

John biss sich auf die Lippen, doch dann konnte er sich doch nicht zurückhalten. „Congreve.", murmelte er.

„Wie bitte?"

„William Congreve. Das Zitat stammt aus seinem Stück „The Mourning Bride", Ende siebzehntes Jahrhundert – wenn mich nicht alles täuscht." Heiter lächelte John seinen Cousin an, dem die Zornesröte ins Gesicht stieg. Bevor er etwas sagen konnte, donnerte Isabel abermals mit ihrem Stock auf den Boden.

„Nun reicht es mir aber mit euch! Schämt euch – zwei erwachsene Männer, und benehmen sich wie zwei Gockel auf dem Mist. Es geht hier nicht um euch, sondern darum, Roberts Mörder zu finden. Konzentriert euch, verdammt noch mal. Und du, Simon, setz dich wieder. Kein Anlass zur Theatralik."

Sie atmete tief aus und wandte sich dann an John. „Was denkst du? Hältst du es für möglich, dass Fiona Robert aus Eifersucht getötet hat?"

John zögerte, schüttelte aber dann den Kopf.

„Natürlich kann ich mir nach der kurzen Zeit, in der wir uns unterhalten haben, kein Urteil erlauben. Aber ihren Mann mit einem gezielten Stoß über eine Klippe zu befördern – das scheint mir überhaupt nicht zu ihr zu passen. Auf mich wirkt sie wie eine sehr unsichere Frau, die sich nur in ihrem engen häuslichen Umfeld und bei ihren Pflanzen geborgen fühlt und sich bei neuen Herausforderungen schnell überfordert sieht. Ich würde sie als konfliktscheu und eher antriebsarm charakterisieren. Entscheidungen zu treffen, scheint ihr schwer zu fallen, selbst wenn es um Kleinigkeiten geht."

Simon trommelte ungeduldig mit den Fingern auf seine Armlehne, blieb aber unter Isabels scharfem Blick stumm. John fuhr fort.

„Zum Beispiel schien es sie zu überfordern, als der Bestatter anrief und sie um die Auswahl der Kleidung bat, in der Robert beerdigt werden soll. Anschließend fragte sie tatsächlich mich, einen völlig Fremden, was ich dazu meinen würde."

„Hm." Stirnrunzelnd sah Isabel ihren Großneffen an. „Ich werde Fiona nachher anrufen und ihr vorschlagen, die althergebrachte

Ausstattung mit dem Kilt zu wählen. Das würde Robert mit Sicherheit gut heißen. Er hatte immer eine enge Verbindung zu unseren Traditionen." Zu ihrem Erstaunen schüttelte der Superintendent den Kopf.

„Den Kilt wird selbst die beste Schneiderkunst nicht mehr rechtzeitig zum Begräbnis in eine passable Form bringen können."

„Wie kommst du darauf?" Isabel starrte Simon verständnislos an.

„Weil er ihn bei seinem Sturz trug. Ich habe die Fotos von der Fundstelle gesehen. Auch wenn seine Sachen zerrissen und blutverschmiert waren – er ist im Fallen wohl an ein paar kleineren Felsen vorbeigeschrammt – konnte man doch unschwer erkennen, dass es sich bei seinen Beinkleidern um einen blau-schwarz-grünen Rock handelte."

Isabel runzelte die Stirn. „Blau, schwarz und grün? Bist du sicher?"

Simon plusterte sich ein wenig auf. „Natürlich bin ich sicher. Die Fähigkeit, in kürzester Zeit wesentliche Details aufnehmen zu können…"

„Das finde ich in der Tat höchst ungewöhnlich.", unterbrach Isabel ihn. „Der Clan der Grants hat verschiedene Tartans, müsst ihr wissen. Es gibt einen für formelle Anlässe – dieser ist im wesentlichen in rot und grün gehalten, mit schwarzen Streifen und weiß abgesetzt – und einen, den man Jagd-Tartan nennt. Dieser ist wie alle Jagd-Tartans wesentlich dunkler, damit der Jäger nicht durch bunte Farben im Gelände auffällt. Den trug Robert eigentlich ausschließlich zu Treibjagden in den Highlands, soweit ich weiß. Dass er ausgerechnet diesen wählen würde, wenn er vorhatte, sich umzubringen… das kommt mir merkwürdig vor."

John konnte sich des Gedankens nicht erwehren, dass ein Gentleman für den Sprung von einer Klippe ohnehin Hosen bevorzugen sollte, wollte er nicht im wehenden Kilt ein etwas unwürdiges Bild abgeben.

„Hat Fiona irgendetwas zu dem Morgen gesagt, als Robert … zum letzten Mal aus dem Haus ging?", wollte Isabel wissen.

„Das einzige, was ich ihr dazu entlocken konnte, war, dass sie noch geschlafen hat, als Robert wegging. Offenbar hatten sie schon seit langem getrennte Schlafzimmer. Da es öfter vorkam, dass er bereits ins Büro gefahren war, wenn sie aufstand, dachte sie sich auch nichts dabei, als er am Morgen nicht da war."

„Ich dachte, Robert hätte einen Abschiedsbrief hinterlassen? Hat sie den nicht gesehen?“

John schüttelte den Kopf. „Erst, als die Polizei kam, wurde er gefunden. Er lag auf seinem Schreibtisch im Arbeitszimmer.“

„Hah! Wer hätte wohl eine bessere Möglichkeit gehabt, den Abschiedsbrief genau dort zu deponieren, als Fiona Grant?“ Triumphierend sah Simon in die Runde. Isabel ignorierte ihn und wandte sich wieder an John.

„Hast du sie gefragt, ob sie überrascht war von Roberts Selbstmord?“

John dachte an seine Unterhaltung mit Fiona Grant zurück.

„Ich sagte irgend so etwas wie *Es muss ein Schock für Sie gewesen sein.* Soweit ich mich erinnern kann, nickte sie nur und lenkte das Gespräch dann wieder auf ein anderes Thema. Da ich ja offiziell nichts vom Inhalt des Abschiedsbriefs weiß, konnte ich sie auch nicht direkt auf die geplante Scheidung ansprechen. Ich hatte gehofft, sie würde von sich aus darauf zu sprechen kommen, aber Fehlanzeige.“

„So, wie du es schilderst, werter Cousin, scheint es doch, als hätte es die Zeugin geschafft, dich immer wieder vom eigentlichen Thema abzulenken und dich letztendlich ohne neue Erkenntnisse wieder fortzuschicken.“ Simon stand auf und griff nach seinem Jackett.

„Psycho-Onkels wie du, John, mögt es gewöhnt sein, stundenlang mit jemandem zu labern und zu schwafeln, ohne zum Punkt zu kommen. Wenn ich als Beamter der Kriminalpolizei so vorgehen würde, wäre es um die Sicherheit in unserem Land schlecht bestellt. Ich werde also auf deine Mithilfe verzichten und selbst sehen, was ich herausfinden kann. Tante Isabel, du hörst von mir.“ Er machte auf dem Absatz kehrt und rauschte hinaus. Sie hörten ihn noch murmeln, „Laien, Stümper, Ignoranten – um alles muss man sich selbst kümmern…“

John sah seinem Cousin so fassungslos nach, dass Isabel lächeln musste.

„Ich beginne zu verstehen, warum du und deine Geschwister Simon schwer zu ertragen findet. Andererseits hat er nicht ganz unrecht, wenn er sagt, dass dein Gespräch mit Fiona uns nicht sehr viel weitergebracht hat. Na ja, sei´s drum. Ich muss jetzt dringend los. Schließlich habe ich ein Festival zu organisieren, bei dem ich in exakt…“, sie sah auf die Uhr, „fünfundfünfzig Minuten die

Begrüßungsworte zu sprechen habe.“ Sie erhob sich. „Kommst du mit?“

John stand ebenfalls auf. „Das würde ich unter keinen Umständen verpassen wollen, wie du das große Clantreffen eröffnest.“

Feierlich bot er ihr den Arm und sie gingen hinaus.

Kapitel 8

Über dem Festivalgelände lag eine Atmosphäre freudiger Erwartung. Isabel winkte John noch einmal zu, dann verschwand sie inmitten einer Reihe offiziell aussehender Menschen. John holte eilig den Kleidersack, den Maggie für ihn am Empfang deponiert hatte, und warf sich in sein Outfit.

Eine halbe Stunde vor Beginn war das weitläufige Gelände nur locker gefüllt. Bei den Zelten der einzelnen Clans herrschte schon emsiges Treiben, immer wieder waren Begrüßungsrufe zu hören, wenn neue Mitglieder eintrafen.

Auf einer der Bühnen lief der Soundcheck einer Band, die später auftreten sollte. In dem großen Pavillon, wo die Tanzwettbewerbe stattfinden würden, hatten sich die ersten Wettkampfrichter eingefunden und breiteten ihre Unterlagen auf dem Richtertisch aus.

„John! Hier sind wir!“ Suchend drehte er sich um die eigene Achse und entdeckte George und Marcia Campbell, die er im traditionell schottischen Gewand beide erst nach einem Moment erkannte.

Die drei begrüßten sich herzlich. Nachdem John sich nach dem Wohlbefinden der Raben erkundigt hatte – es ging allen gut – bemerkte Marcia, „Fesch siehst du aus, John. Unsere Tracht steht dir sehr gut, muss ich sagen.“

„Ehrlich gesagt komme ich mir ein wenig seltsam vor.“, gestand John. „Findest du nicht auch, George, dass es irgendwie … zugig ist?“

George lachte. „Daran gewöhnst du dich. An einem herrlichen Tag wie heute ist das Tragen des Kilts selbst für Weicheier ein Vergnügen. Wenn ich da an die Parade zurückdenke, bei der unser Regiment in Inverness damals mitmarschiert ist – ich denke, es muss im Oktober 1971 oder 72 gewesen sein – damals hat uns ein früher Wintereinbruch den Schnee um die Waden gepustet -“

Er unterbrach sich jäh, als ein junges Mädchen im Trainingsanzug, das Haar streng zu einem Dutt aufgebunden, herangelaufen kam und rief, „Onkel George! Tante Marcia! Wie schön, dass ihr da seid.“ Nachdem die Campbells ihre Großnichte freudig begrüßt hatten, wurde auch John vorgestellt. Stolz schob George seine Großnichte nach vorn.

„Das ist also Erin. Sie wird die Flagge der Campbells beim Highland Fling hochhalten, nicht wahr, mein Mädchen?“

„Ich hoffe es, Onkel George. Aber die Konkurrenz hier ist der Wahnsinn. Aus allen Teilen des Commonwealth sind Teilnehmerinnen zu den offenen schottischen Meisterschaften angereist und da sind Spitzenleute dabei. Also erwartet bitte nicht zuviel von mir.“

Marcia nahm das Mädchen in den Arm. „Meine Kleine, wir sind glücklich, dir beim Tanzen zusehen zu dürfen. Welchen Platz du machst, ist uns völlig egal.“

Erin lachte. „Von wegen Kleine! Ich hab schon den Führerschein, Tante Marcia! Nächstes Jahr, wenn ich achtzehn bin, muss ich in der Erwachsenenklasse tanzen.“ Übergangslos wandte sie sich an John. „Und Sie sind also der Detektiv, der diesen Mordfall letztes Jahr im Tower gelöst hat. Onkel George hat mir alles darüber erzählt.“ Sie strahlte ihn an. Bevor John etwas sagen konnte, sprudelte Erin weiter heraus, „Ich liebe Detektivromane. So cool wie Stephanie Plum oder Kinsey Millhone, das wär ich auch gern. Außerdem sind Sie Psychologe, nicht wahr? Das wäre für mich vielleicht auch etwas. Mum und Dad löchern mich ständig, dass ich mich für ein Studienfach entscheiden soll, schließlich bin ich bald mit der Schule fertig. Sagen Sie, Mr. Mackenzie, werden Sie sich die Tanzwettbewerbe ansehen? Es wäre toll, wenn Sie mir die Daumen drücken würden.“ Sie sah ihn mit schmelzendem Blick an.

John räusperte sich. „Äh, ja, natürlich. Aber nun denke ich, wir sollten uns allmählich auf den Weg zur Bühne machen. Ich möchte Tante Isabels Begrüßungsworte nicht verpassen.“

„Natürlich, natürlich. Gehen wir. Erin, kommst du mit?“ Gut gelaunt legte George seinen Arm um Marcia.

Seine Großnichte zögerte kurz. „Das würde ich gern. Aber ich muss unbedingt noch ein paar Dehnübungen machen, bevor es losgeht. Meine Trainerin reißt mir sonst den Kopf ab. Also verschwinde ich mal lieber. Bis später dann.“ Sie winkte und verschwand in das Zelt, in dem die Teilnehmer der Sportwettkämpfe sich umkleiden und vorbereiten konnten.

Marcia schüttelte mit einem nachsichtigen Lächeln den Kopf. „Ein Wirbelwind, unsere Erin.“

„Sie erinnert mich an meine Nichte Renie. Die beiden haben die gleiche überschäumende Energie.“ Er schnaubte. „Ich dagegen habe das Gefühl, dass ich nach dem Festival erst mal ein paar Tage Erholungsurlaub brauche.“

George kicherte. „Du leidest wohl an einer Überdosis Familie, was, du alter Junggeselle? Hat Renie euch alle die letzten Tage hier ordentlich auf Trab gehalten?“

Aber John schüttelte den Kopf.

„Renie war vollauf mit den Vorbereitungen für das Festival beschäftigt – und mit ihrem neuen Freund, aber davon erzähle ich euch später. Nein, diesmal ist es etwas anderes. Einer der Organisatoren dieses Festivals ist gestern früh tot aufgefunden worden.“

Die Campbells sahen ihn bestürzt an. „Ein Unfall? Oder … Mord?“

„Das lässt sich noch nicht hundertprozentig sagen. Es gibt Hinweise darauf, dass der Mann sich aus freien Stücken vom Arthur´s Seat gestürzt haben könnte.“

„Vom Arthur´s Seat? Oh mein Gott, das ist ja gleich hier in der Nähe.“, unterbrach ihn Marcia und sah schaudernd zu dem Tafelberg am Rand des Festivalgeländes hinüber.

John nickte. „Meine Tante Isabel aber kannte den Toten, Sir Robert Grant, gut und sie kann nicht glauben, dass er sich selbst umgebracht hat. Nun ist sie sehr erzürnt, dass die Polizei weitere Ermittlungen für nicht notwendig und wohl auch politisch für nicht gewünscht erachtet. Gerade zu Beginn des historischen Clantreffens sollen wohl keine Negativschlagzeilen in den Medien auftauchen.“

„Sir Robert Grant?“ George runzelte die Stirn. „Woher kommt mir der Name bekannt vor?“

„Soweit ich gehört habe, war er Stadtverordneter hier in Edinburgh. Außerdem hatte er eine Unternehmensberatung und war wohl auch sportlich sehr engagiert.“

„Ah ja, jetzt weiß ich es wieder. Ich verfolge ja auch in London regelmäßig die regionalen Nachrichten von hier oben – Schottland ist und bleibt eben meine Heimat. Grants Name fiel im Zusammenhang mit einer Kontroverse über irgendein Projekt in einem Naturschutzgebiet. Was war das noch? Vielleicht ein Golfplatz?“

„Das könnte sein. Offensichtlich war Sir Robert ein Golfenthusiast – daher kannte zufällig auch mein Cousin Simon ihn.“

Marcia machte ein Gesicht, als hätte sie in eine Zitrone gebissen. Unwillkürlich griff sie nach der Hand ihres Mannes.

„Ist er etwa hier?“ Marcia sah beunruhigt aus.

„Er ist in Edinburgh. Aber ich glaube nicht, dass er hier auf dem Festival ist. Ich hatte ihn auf Bitten von Tante Isabel gefragt, ob er hier bei den Nachforschungen helfen könnte, da er ohnehin zu einem

Golfturnier in der Nähe war. Er kam auch tatsächlich sofort, aber die hiesige Polizei hat ihn recht unfein abgewimmelt und ihm klargemacht, dass sie sich eine Einmischung von Scotland Yard verbitten."

George grinste. „Ein Hoch auf uns widerspenstige Schotten. Wahrscheinlich ist er dann wutschnaubend abgereist?"

„Nein. Natürlich will er sich für diese Schmach rächen und den hiesigen Kollegen beweisen, dass sie falsch liegen. Er hat sich in den Kopf gesetzt, dass die Witwe von Sir Robert, Fiona Grant, ihren Mann umgebracht hat und sucht jetzt sozusagen undercover nach Beweisen für ihre Schuld."

„Dann können wir davon ausgehen, dass sie es nicht war. Der Superintendent ist schließlich bekannt dafür, dass er sich immer auf die falschen Verdächtigen konzentriert.", bemerkte Marcia mit einem Blick auf ihren Mann spitz.

George drückte ihre Hand und meinte, „Deine Tante sollte besser auf dich vertrauen, John. Du bist eindeutig der bessere Ermittler."

John winkte ab. „Unsinn. Ich hatte einfach Glück letztes Jahr. Und natürlich die tatkräftige Mithilfe meiner ganzen Familie. Hier konnte ich noch überhaupt nichts herausfinden, obwohl ich heute zwei Stunden mit Fiona Grant verbracht habe. Momentan kann ich mich nur auf mein Gefühl verlassen, dass sie es nicht war."

„Wer kommt denn alles in Frage? Als Politiker hatte der Mann doch sicher Feinde?"

John überlegte. „Daran haben wir noch gar nicht gedacht. Ich werde Tante Isabel danach fragen. Es könnte auch sein, dass es sich um eine Beziehungsgeschichte handelt. Offenbar pflegte Sir Robert einige ... außereheliche Verhältnisse."

Marcia zog missbilligend eine Augenbraue hoch.

„John, alter Freund, wenn wir dir irgendwie helfen können – du weißt, du kannst auf uns zählen.", versicherte George ihm.

„Danke, George. Ich wüsste momentan nicht, wie. Ich weiß selbst nicht recht, wo ich anfangen soll."

Sie hatten den Bereich vor der großen Bühne erreicht. Wo waren auf einmal all die Leute hergekommen? Mindestens dreißig Reihen tief drängten sich die Menschen – so gut wie alle in traditioneller Kleidung – so dass sie nicht mehr näher an die Bühne herankommen konnten. Über zwei Großbildleinwände zu beiden Seiten ließ sich das Geschehen dort oben jedoch auch aus der Entfernung gut verfolgen.

Isabel Mackenzie betrat soeben im Gefolge eines stattlichen Mannes mit Schnauzbart die Bühne, auf der bereits eine Pipe Band Aufstellung genommen hatte. Gleich darauf – Schlag vier Uhr – stimmte die Band eine der drei inoffiziellen schottischen Nationalhymnen, Scotland the Brave, an. Auf der Stelle legte sich die hektische Betriebsamkeit auf dem Gelände und die letzten Nachzügler strebten herzu. Viele stimmten aus voller Kehle in den Text ein und so tönte ein inbrünstiges *„Land of my high endeavour, land of the shining river, land of my heart forever, Scotland the Brave*" über den Festplatz. Selbst John, dem solch offen zur Schau gestellter Patriotismus immer ein wenig unheimlich war – gerade seine Jahre beim Militär hatten ihn gelehrt, wie viel Leid übersteigerte oder falsch verstandene Vaterlandsliebe über die Menschen bringen konnte – ertappte sich dabei, wie er mitsummte. Als er jedoch über die Leinwand einen Blick auf Isabels Gesicht erhaschen konnte, beschlich ihn ein ungutes Gefühl. Er hätte erwartet, dass dieser Tag, der Auftakt zum größten Clantreffen in der Geschichte und das Ergebnis jahrelanger Arbeit, für Isabel Mackenzie ein Tag höchsten Glücks sein müsste. Stattdessen sah sie alles andere als glücklich aus. Besorgt nahm er sich vor, nach der Eröffnung gleich zu ihr zu gehen.

Als die letzten Töne verklungen waren, brach die Menge in Jubel aus. Oben auf der Bühne zwang Isabel sich offensichtlich zu einem heiteren Gesichtsausdruck und schritt nach vorn zum Mikrofon.

„Meine lieben Landsleute, liebe Besucher aus aller Welt, im Namen des Organisationskomitees darf ich Sie herzlich zu diesem historischen Treffen der schottischen Clans begrüßen." Wieder lauter Jubel. Nach einigen weiteren Worten übergab Isabel das Wort an den Schnauzbart, der offensichtlich der Bürgermeister von Edinburgh war.

Auch dieser fasste sich erfreulicherweise kurz und schloss, „Da die offizielle Eröffnung erst morgen stattfindet und sich dafür sogar der Britische Thronfolger die Ehre geben wird" - Applaus und vereinzelte Pfiffe - „wollen wir uns heute weitere Worte von hier oben sparen und lieber gleich mit dem Feiern beginnen. Als Überraschung und ganz besonderen Genuss für uns alle darf ich nun die unvergleichliche Kyla Macpherson ankündigen, die „Flower of Scotland" singen wird."

Begleitet nur von einem einzelnen Dudelsackspieler schwebte die warme Altstimme der Sängerin über der ergriffenen Menge. Auch John lauschte beeindruckt. Ms. Macpherson mochte ja eine schwierige

Person sein, wie Renies Erzählungen zu entnehmen war, aber sie konnte wirklich wunderbar singen.

Nach dem Ende der kleinen Eröffnungsfeier verabschiedete John sich zeitweilig von den Campbells, die zurück zum Tanzpavillon wollten. Er versprach, pünktlich zu Erins erstem Auftritt dort zu sein und machte sich auf, Tante Isabel zu suchen. Die Zuschauer zerstreuten sich nun über das ganze Gelände, so dass er schnell bis zur Bühne kam. Der Ordner jedoch, der dort stand, verweigerte ihm den Zutritt zum hinteren Bereich. Erst als John seinen Ausweis herauszog und ihm erklärte, er sei ein Verwandter von Isabel Mackenzie und hätte etwas Wichtiges mit ihr zu besprechen, trat der bullige Mann zur Seite. Schnell entdeckte John seine Tante im Gespräch mit einigen der Leute, die zuvor mit ihr auf der Bühne gewesen waren. John blieb in einiger Entfernung stehen, er wollte sie nicht stören. Sie aber erspähte ihn und winkte ihn herbei.

„Ah, John, mein Junge. Ich möchte dich einigen von meinen Mitstreitern vorstellen." John schüttelte eine Reihe von Händen und lächelte freundlich. Als der Name Albert Buchanan fiel, merkte er auf.

„Sie waren Sir Roberts Kompagnon, nicht wahr? Mein herzliches Beileid zum Verlust Ihres Partners." Buchanan, der selbst im Kilt wie ein typischer Banker aussah und sich offensichtlich in einem Dreiteiler komplett mit Aktenkoffer mehr zuhause fühlte, nickte ernst.

„Ich danke Ihnen. Roberts Tod ist wirklich ein herber Schlag."

„Den diese A…", Isabel räusperte sich, „den unsere hohen Herren einfach ignorieren wollen. Stell dir vor, John, sie haben meinen Vorschlag, während der Veranstaltung eine Gedenkminute für Bobby einzulegen, rundheraus abgelehnt. Das würde den friedlichen und fröhlichen Charakter des Festivals stören, sagte der Bürgermeister. Ende der Diskussion."

„Kannst du als die Chefin des Organisationskomitees da gar nichts machen?", fragte John ein wenig verwundert.

Wütend schüttelte Isabel den Kopf. „Der Bürgermeister, der Chef der schottischen Tourismusbehörde und der Hauptsponsor des Festivals sind sich einig und haben mich überstimmt. Ich soll im Namen des Komitees einen schönen Kranz für das Begräbnis in Auftrag geben – mehr an Ehrung ist nicht drin."

Beruhigend legte Albert Buchanan ihr den Arm um die schmalen Schultern. „Isabel, bitte regen Sie sich nicht auf. Sie müssen Ihre

Kräfte für die kommenden Tage schonen, sonst klappen Sie uns zusammen. Und wir brauchen Sie, um dieses Treffen gut über die Bühne zu bringen." Isabel nickte unwillig. Buchanan hatte einen Einfall.

„Wie wäre es, wenn ich mit unserem Sponsor rede, dass wir einen Zusatzwettbewerb ausloben? Wir könnten dafür den Robert-Grant-Gedächtnispokal vergeben. Das würde ihm sicher gefallen. Vielleicht könnten wir sogar Fiona dazu bringen, ihn zu übergeben."

Isabel nickte nachdenklich. „Hm. Vielleicht gar keine schlechte Idee. Ich werde mich gleich mal darum kümmern. Wir sehen uns später." Sie wischte Johns Angebot, sie zur Kommandozentrale zu begleiten, zur Seite und ging auf ihren Stock gestützt davon. John überlegte fieberhaft, wie er mit Buchanan ins Gespräch kommen konnte. Er wollte seine Chance nutzen, Sir Roberts Geschäftspartner ein wenig auf den Zahn zu fühlen. Da schlug Buchanan ihm auf die Schulter und meinte, „Famose Frau, Ihre Tante. Begleiten Sie mich auf ein Bier? Ich könnte Sie ins VIP-Zelt mitnehmen. So eine Chance kriegen Sie so schnell nicht wieder."

John beschlich das Gefühl, dass Buchanan seinerseits mit *ihm* reden wollte. Neugierig geworden, willigte er ein. Sie gingen zu einem der vielen Pavillons in der Nähe des Eingangs. Bei diesem hier waren die weißen Zeltwände ringsum herabgelassen und ein Sicherheitsmann stand vor dem Eingang. Buchanan zeigte seinen Offiziellen-Ausweis und der Wachmann klappte für sie eine Zeltplane zurück, so dass sie in das dämmrige Innere hinein konnten.

John staunte über den polierten Holzboden, der hier verlegt war. Auf ihm waren mehrere Sitzgruppen verteilt. Hinter einer glänzenden Theke mit dem Logo „Van de Beer" standen mehrere Serviceleute bereit, um die Besucher zur versorgen. Buchanan ließ sich in einem Sessel nieder und wies auf den daneben stehenden.

„Setzen Sie sich, Mackenzie. Was möchten Sie? Wir haben natürlich nicht nur Bier, sondern auch eine Reihe feinster Single Malts auf Lager. Lagavulin, Macallan, Bunnahabhain, Ardbeg, was Ihr Herz begehrt." Er wandte sich an die freundlich lächelnde junge Dame, die soeben auf einem Beistelltisch Snacks servierte. „Bringen Sie mir bitte ein Gläschen vom Macallan, den achtzehnjährigen, bitte."

„Hätten Sie auch Mineralwasser?", erkundigte John sich.

„Selbstverständlich. Wir haben unsere hiesigen Wässer Highland Springs, Deeside, Strathmore … Sie können aber natürlich auch Perrier oder Evian haben."

„Das ist ja eine beeindruckende Auswahl. Dann hätte ich gern ein Highland Springs."

Buchanan sah ihn milde erstaunt an. „Sie sind wohl ein Abstinenzler, was?" John nickte und meinte, „Ich habe mich ein wenig gewundert, dass bei einem Treffen der schottischen Clans kein einheimisches Bier ausgeschenkt wird."

Buchanan lachte leise und rieb die Finger einer Hand aneinander, das universelle Zeichen für Geld, Knete, Moneten.

„Eine Veranstaltung dieser Größenordnung auf die Beine zu stellen, kostet Unsummen. Weder die Stadt noch das Land hätten das notwendige Kleingeld aufbringen können. Also mussten wir potente Sponsoren suchen. Und so ein internationaler Konzern wie Van de Beer kann einen da natürlich in einem ganz anderen Rahmen unterstützen als unsere einheimischen Firmen. Im Gegenzug mussten wir zusagen, dass nur Biere dieses Konzerns auf dem Gelände verkauft werden. Natürlich ist es schade, dass hier unsere guten britischen Bierbrauer nicht zum Zug kommen konnten, aber letzten Endes ist so ein Vorgehen überall üblich. Schauen Sie sich nur an, was auf internationalen Fußballmeisterschaften abläuft. Da bestimmen auch einzelne Konzerne, was ausgeschenkt wird. So ist es eben – wer zahlt, schafft an." Er zuckte die Achseln.

John gab ein unverbindliches Brummen von sich und nippte an seinem Wasser. „Sir Robert war für die Organisation der Bewirtung zuständig, nicht wahr?"

Buchanan nickte. „Im Endeffekt haben wir beide daran gearbeitet, aber er war unser Repräsentant gegenüber dem Organisationskomitee. Durch unsere Firma haben wir zahlreiche Kontakte in die Wirtschaft, die wir für die Organisation des Treffens nutzen konnten."

Er sah sinnend in sein Glas hinein. „Robert wird mir fehlen. Wir haben nicht nur zusammen gearbeitet, auch privat waren wir gut befreundet. Wie oft sind wir gemeinsam draußen auf dem Firth segeln gewesen oder haben uns zu einer Runde Golf verabredet…" Er seufzte.

„Waren Sie überrascht, dass er … sich umgebracht hat?"

Buchanan warf ihm einen scharfen Blick zu. „Isabel sagte mir bereits, dass sie nicht an einen Suizid glauben kann. Ich hatte fast den

Eindruck, dass sie Roberts Tod für Mord hält. Abstruse Idee." Er schüttelte den Kopf.

„Passte nach Ihrem Gefühl Selbstmord zu Sir Robert?"

Buchanan wog unschlüssig den Kopf. „Einerseits ja, andererseits nein. Robert war immer so ein lebenslustiger Kerl, voller Energie, mit einem großartigen Humor ausgestattet… Aber in letzter Zeit hatte ich einige Male das Gefühl, dass ihn etwas bedrückt. Ich habe ihn sogar darauf angesprochen, aber er wollte nicht heraus mit der Sprache. Erst vor ein paar Tagen hat er mir anvertraut, dass seine Frau sich von ihm scheiden lassen wollte. Das muss ihn doch schwer getroffen haben. Andererseits … war es auch kein Wunder, dass es ihr irgendwann zu viel wurde."

„Zu viel?"

„Nun ja…" Buchanan starrte einen Moment in seinen Whisky hinein. „Robert war ein Typ, den die Frauen mochten. Und er mochte sie. Wer kann ihm da verdenken, dass er manchmal nicht widerstehen konnte?" Er warf John ein kumpelhaftes Grinsen zu.

John zwang sich zu einem anerkennenden Pfiff. „Soso, er war also ein richtiger Kracher, was?"

Buchanan nickte. „Manchmal hatte er sogar zwei Freundinnen gleichzeitig. Aber das muss man ihm zugute halten: Er hat sich immer wie ein Ehrenmann verhalten, auch wenn ihn das teuer zu stehen kam."

John beugte sich nach vorn. „Sie meinen … Alimente?"

Auch Buchanan beugte sich nach vorn und senkte seine Stimme. „Zuletzt musste er für sage und schreibe drei Kinder bezahlen. Als Fiona das vor einiger Zeit herausbekam, war sie fuchsteufelswild, sage ich Ihnen. An dem Abend hat Robert dann lieber im Büro übernachtet."

Er sah auf. „Wie ich höre, haben Sie Fiona heute besucht? Wie ging es ihr?" Bevor John antworten konnte, ertönte hinter ihnen eine weibliche Stimme. „Barkeeper, geben Sie mir einen Doppelten. Egal von was."

„Möchten Sie etwas essen, Kyla? Ich kann Ihnen besorgen, wonach auch immer Ihnen der Sinn steht. Etwas frisch gebeizten Lachs vielleicht? Oder einen schönen Hummer Thermidor?" John erkannte die Stimme seiner Nichte und drehte sich um.

„Das ist Kyla Macpherson!", raunte Buchanan John zu und stand gleich darauf auf. Er machte Anstalten, sich die Krawatte zurechtzurücken, bemerkte, dass er keine anhatte, und strich ersatzweise sein Jackett glatt. Dann schritt er zur Bar hinüber.

„Ms. Macpherson? Darf ich mich vorstellen? Albert Buchanan, Vizepräsident der ScotsConsulting, zu Ihren Diensten."

John musste sich ein Lachen verbeißen, als die Sängerin ihr Gegenüber mit einem abschätzigen Blick maß, ihr Glas auf einen Zug leerte und dem Barmann signalisierte, ihr noch einmal das selbe zu geben.

„Fabelhaft, wie Sie vorhin Flower of Scotland für uns interpretiert haben, wirklich fabelhaft.", versuchte Buchanan weiter, ihre Aufmerksamkeit zu erringen.

In der Zwischenzeit hatte Renie ihren Onkel entdeckt und sich herangepirscht. Sie ging neben seinem Sessel in die Hocke und zischte, „Sie macht mich wahnsinnig! Seit sie angekommen ist, beschäftigt sie mich jede Minute. Nur für die kurze Zeit, während sie auf der Bühne stand, konnte ich durchschnaufen. Dabei gäbe es so viele andere Dinge, um die ich mich kümmern müsste."

„Wo ist denn ihre Assistentin? Die müsste doch für die Betreuung des Stars zuständig sein.", erkundigte sich John teilnahmsvoll.

„Der Flieger war überbucht und nun kommt sie erst heute Abend mit dem Zug an. Gott sei Dank ist der Hund bei ihr, so dass ich mich wenigstens nicht auch noch um die Töle kümmern muss. Da fällt mir ein, ich muss Jill gleich noch mal kontaktieren, wann sie endlich hier sein wird."

Sie seufzte und fuhr dann grollend fort, „Kylas ewige Sonderwünsche sind schon nervig genug, aber noch dazu ist Madame ein Schluckspecht. Ihre Assistentin hat mir eingeschärft, dass ich sie soweit möglich vom Trinken abhalten soll, weil sie sonst morgen einen fetten Kater hat. Dabei ist sie doch der Main Act auf der Bühne morgen, da muss sie in Form sein." Mit Schrecken sah sie, wie Kyla das nächste Glas in sich hineinschüttete und dann, offensichtlich auf der Flucht vor dem hartnäckigen Unternehmensberater, bemerkenswert sicheren Fußes zu ihnen herübersteuerte. Sie ließ sich in einen Sessel fallen und musterte John unverhohlen von Kopf bis Fuß. Unwillkürlich schlug John die Beine übereinander und strich den Kilt glatt.

„Wen haben wir denn da? Jeanie, wollen Sie uns nicht vorstellen?" Johns Nichte knirschte mit den Zähnen. „Mein Name ist Renie, eine

Kurzform von Maureen. Und dies hier ist mein Onkel John, John Mackenzie."

John erhob sich und deutete eine Verbeugung an. „Ms. Macpherson, ich freue mich, Sie kennenzulernen."

„Nennen Sie mich doch bitte Kyla, John.", schnurrte sie.

„John war Psychologe bei der Armee und ist jetzt einer der Beefeater im Tower of London.", warf Renie eilfertig ein. „Sie haben sicher in den Zeitungen von dem Mordfall letzten Winter im Tower gelesen. Es war John, der den Täter zur Strecke gebracht hat."

Kyla hob anerkennend die Augenbrauen.

„Ich war damals gerade auf Tournee in Spanien, aber ich habe darüber in den Nachrichten gehört. Wie aufregend! Kommen Sie, erzählen Sie mir alles darüber."

„Dann unterhaltet ihr euch gemütlich und ich besorge etwas Leckeres zu essen." Renie zog sich hastig zurück.

Geschmeichelt vom Interesse der Sängerin begann John zu erzählen. Aus dem Augenwinkel sah er, wie Albert Buchanan ihm von der Bar aus ein „Daumen hoch"-Signal gab und dann das Zelt verließ, ganz der würdevolle Verlierer.

Kyla zog ohne weitere Umstände ihre hochhackigen Stiefel aus und schlug die Beine unter. Während sie ein wenig vom Fingerfood naschte, lauschte sie ihm aufmerksam. John entspannte sich und begann, die Situation zu genießen. Mit ihrem vollen braunen Haar, den dunklen Augen und der zierlichen Figur war Kyla eine attraktive Frau, auch wenn sie möglicherweise ein Alkoholproblem hatte … Dann jedoch fiel etwas siedendheiß ein: Er hatte den Campbells versprochen, zu Erins Tanz zu kommen. Nach einem Blick auf die Uhr stöhnte er auf. Es war zu spät. „Was ist denn los, John?", fragte Kyla irritiert.

„Ich…ich fürchte, ich muss mich entschuldigen. Ich hatte versprochen, beim Auftritt der Großnichte meines Freundes George – der, von dem ich Ihnen gerade erzählt hatte – die Daumen zu drücken. Und nun habe ich es verpasst." Mit Bedauern stand er auf. „Kyla, es tut mir leid, aber es gehört sich, dass ich wenigstens noch hingehe und mich entschuldige."

Erstaunt sah er, wie Kyla ebenfalls aufstand und ihre Stiefel wieder anzog.

„Ich begleite Sie. Ich werde den Leuten sagen, dass ich Sie aufgehalten habe. Außerdem möchte ich gern den berühmten Ravenmaster kennenlernen.“ Ein wenig überwältigt schritt John gleich darauf mit Kyla Macpherson, dem Star der europäischen Folk-Szene am Arm über das Festivalgelände. Eine ganze Reihe von Leuten blieb stehen und starrte ihnen nach. Als sie das Zelt für die Tanzwettbewerbe betraten, war offenbar gerade Pause zwischen zwei Wettkämpfen und die Zuschauer unterhielten sich oder blätterten in ihren Programmheften. Sofort ging ein Raunen durch die Reihen, als die ersten die Sängerin erkannten. Innerhalb kürzester Zeit scharte sich eine Menge Fans um sie, die mehr oder weniger lauthals um ein Autogramm baten. John hatte George und Marcia in der vordersten Sitzreihe entdeckt und kämpfte sich durch den Strom von Leuten zu ihnen durch.

„Es tut mir leid“, begann er ohne Umschweife, als er vor ihnen stand. „Ich hoffe, Erin hat die Qualifikation geschafft?“

George sah ihn mit hochgezogenen Augenbrauen an. „Ja.“, brummte er dann. „Aber sie war schon ein wenig enttäuscht, dass du nicht wie versprochen da warst.“

„Daran bin ich schuld. Ich hatte John gebeten, mir von der Geschichte letztes Jahr im Tower zu erzählen und darüber haben wir die Zeit vergessen. Ich hoffe, Sie können ihm verzeihen?“

Kyla hatte sich zu ihnen vorgearbeitet, eine Heerschar von Autogrammjägern hinter sich herziehend. Sprachlos starrte George die Sängerin an. Schließlich brachte er heraus, „Aber selbstverständlich, Mam, äh, Ms. Macpherson, äh…“

„Wo ist Erin?“, fragte John.

„Ich hole sie!“, erbot sich Marcia, die bisher stumm dabeigestanden war. Im Nu war sie wieder da, einen rotbackigen Teenager im Schlepptau. Mit zitternden Fingern reichte Erin Kyla ein Programmheft und einen Stift. „Sie haben vorhin so toll gesungen.“, brachte das Mädchen schließlich heraus, als sie das unterschriebene Heft wieder in Empfang nahm.

Kyla lächelte freundlich. „In welchem Wettbewerb bist du? Highland Fling?“

Erin nickte eifrig. „Ja, genau. Ich bin dieses Jahr Vizemeisterin in meiner Altersklasse geworden.“

„Ich war in meiner Jugend eine ganz gute Schwerttänzerin -“, hob Kyla an. In diesem Moment stolperte ein Mann von hinten gegen sie, der von der Menge nach vorn gedrückt wurde. George fing die Sängerin gerade noch auf. John erkannte, dass die Situation in dem beengten Zelt allmählich bedrohlich wurde, da immer mehr Leute hereindrückten und ihrem Star möglichst nahe kommen wollten. Geistesgegenwärtig wies Erin ihnen den Weg zu dem abgetrennten Bereich für die Sportler und mit Georges Hilfe schaffte John es, Kyla dort hinein und durch den Hinterausgang wieder aus dem Zelt hinauszubugsieren. Im Eilschritt und mit wehendem Kilt geleitete er sie wieder zum VIP-Zelt, wobei er sich sehr heroisch vorkam.

Der Sicherheitsmann erkannte sie und ließ sie sofort ein. Drinnen stießen sie auf eine ziemlich aufgelöste Renie.

„Da seid ihr ja! Mensch, ihr könnt doch nicht einfach verschwinden. Ich habe mir Sorgen gemacht! Außerdem ist der Hummer jetzt kalt geworden."

„Regen Sie sich ab, Jeanie. Hummer mag ich sowieso nicht. Und Sorgen brauchen Sie sich auch nicht machen – Ihr Onkel passt wunderbar auf mich auf. Er ist der geborene Bodyguard." Nach einem koketten Blick zu John ging Kyla mit schwingenden Hüften zur Bar hinüber.

Renie warf ihr einen mörderischen Blick hinterher. „Diese blöde Pute! Meint, die ganze Welt muss nach ihrer Pfeife tanzen. Und wenn sie mich noch einmal Jeanie nennt…"

„Ich finde sie eigentlich ganz charmant. Und sie ist nun mal ein Star, da muss man ihr doch zugestehen, dass sie gewisse Ansprüche stellt.", meinte John milde lächelnd.

„Gewisse Ansprüche! Ich glaub mein Schwein pfeift!", zischte Renie giftig. Dann trat plötzlich ein Grinsen in ihr Gesicht.

„Unser Goldkehlchen hat dir wohl den Kopf verdreht, was, John?"

„So ein Unsinn.", brummte ihr Onkel.

In dem Moment rief Kyla von der Bar herüber, „So, Mr. Beefeater, wie vertreiben wir uns nun diesen angebrochenen Abend? Sollen wir uns hier gepflegt einen hinter die Binde gießen oder was hätten Sie sonst für einen Vorschlag?" Alarmiert trat Renie zur Bar, wo der Barkeeper gerade Kylas schon wieder geleertes Glas wegnahm.

„Vielleicht hätten Sie Lust, sich eine fantastische Newcomer-Band anzuhören, die Atomic Pipers? Deren Auftritt beginnt in einer halben Stunde. Außerdem läuft die Qualifikation für die Highland Games und auch die Tanzwettbewerbe haben begonnen."

Lustlos angelte Kyla nach einer Nuss. „Ach, ich weiß nicht recht. Draußen habe ich keine ruhige Minute, weil die Fans ständig hinter mir her sind. Normalerweise habe ich einen Vorrat an Perücken und Sonnenbrillen dabei, damit ich mich auch mal unerkannt bewegen kann – aber die Sachen hat meine Assistentin im Gepäck und die ist ja wohl immer noch nicht angekommen."

Renie nickte. „Ich habe vorhin mit ihr telefoniert. Sie hatte den Anschlusszug in Newcastle verpasst und kommt nun erst irgendwann heute Abend hier an." Ihr Gesicht heiterte sich auf. „Aber ich weiß, wo ich eine Perücke herbekommen könnte und eine Sonnenbrille ist auch kein Problem. Geben Sie mir zwanzig Minuten." Schon war sie aus dem Zelt.

Kapitel 9

Kyla zuckte mit den Schultern und deutete auf eines der Sofas. „Na, dann kommen Sie, John, machen wir es uns gemütlich und Sie erzählen mir weiter von diesem Mordfall im Tower. Ich bin gespannt, wie Sie den wahren Mörder schließlich entlarvt haben.“

Dieser Aufforderung kam John gerne nach und er bedauerte es fast, als er nach einiger Zeit Renies Stimme hinter sich hörte.

„Na, was meint ihr?“

Er drehte sich um und riss die Augen auf. Hätte er nicht gewusst, dass seine älteste Nichte vor ihm stand, er hätte sie nicht erkannt. Sie hatte sich eine blonde Perücke mit Strähnchen über den Kopf gestülpt, die ihr rotes Kurzhaar verbarg. Außerdem trug sie eine Sonnenbrille mit großen Gläsern. Nun lachte sie vergnügt.

„Cool, was? Damit erkennt Sie niemand, Kyla, garantiert.“ Sie nahm die Brille ab und warf John einen beschwörenden Blick zu.

„Damit steht einem ungestörten Flanieren mit Ihrem neuen Bodyguard nichts im Weg.“, meinte Sie in zuckersüßem Ton zu der Sängerin und reichte ihr die Perücke. Diese nahm sie mit spitzen Fingern.

„Wo haben Sie die her, Jeanie? Woher soll ich wissen, dass das Ding auch hygienisch einwandfrei ist? Ich setze mir schließlich kein mottenzerfressenes und verlaustes Teil auf den Kopf.“

Renie knirschte unhörbar mit den Zähnen, bemühte sich aber weiter um ein freundliches Lächeln. „Der Requisiteur des Nationaltheaters, den ich zufällig kenne, hat mir die persönlich aus seinem Fundus herausgesucht. Er hat mir sein Wort gegeben, dass sie in bestem Zustand und frisch gereinigt ist.“ Die Sängerin sah weiter skeptisch aus.

„Probieren Sie sie einmal auf, Kyla. Ich bin gespannt, wie sie Ihnen steht.“, ließ John sich vernehmen und erntete einen dankbaren Blick seiner Nichte. Schließlich ließ Kyla sich herbei, die Perücke probeweise aufzusetzen. John hob anerkennend die Augenbrauen.

„Schick. In Natura sind Sie zwar am hübschesten, aber auch dieses Outfit hat etwas. Und es wird Sie wirklich niemand erkennen. Kommen Sie, lassen Sie uns losziehen und das Festival erkunden.“

„Okay, aber nur, wenn wir vorher noch bei meiner Garderobe vorbeigehen, damit ich aus diesen Stiefeln herauskomme.“

Renie geleitete Kyla zu dem Wohncontainer, der als Garderobe für sie hinter der Bühne aufgestellt war. John ging sich in der Zwischenzeit ebenfalls umziehen, da ihm die Abendluft für seinen Geschmack eindeutig zu kühl um die Knie fächelte. Als er seine Sachen am Empfang holen wollte, stand ihm ein ausnehmend hübsches blondes Mädchen gegenüber, das ihm vage bekannt vorkam. Er schielte auf das Namensschild, das sie am Revers trug. Selena Rawlins. Die junge Dame aus dem Organisationsbüro, für die Renie so wenig übrig hatte. Er lächelte sie freundlich an.

„Miss Rawlins, ich bin John Mackenzie, Renies Onkel. Hier müsste ein Kleidersack für mich deponiert sein."

Sie lächelte ihn ebenfalls an. „Hallo, Mr. Mackenzie. Ich sehe mal hinten in der Kommandozentrale nach. Da haben mehrere Komiteemitglieder Sachen abgelegt."

Gleich darauf war sie zurück und reichte ihm den Kleidersack. „Ihre Tante hält da drin gerade etliche Mitglieder des Organisationskomitees auf Trab. Sie setzt alle Hebel in Bewegung, um kurzfristig einen Zusatzwettbewerb zu organisieren, der im Gedenken an Sir Robert abgehalten werden soll."

John nickte. „Ein großer Verlust für Sie alle. Tante Isabel und Renie haben mir erzählt, dass Sir Robert mit viel Einsatz für das Gelingen des Festivals gearbeitet hat." Selena nickte lediglich, einen undefinierbaren Ausdruck im Gesicht. John wurde neugierig.

„Es ist schön, dass Sie wieder auf dem Damm sind." Als er ihren misstrauischen Blick bemerkte, fügte er erklärend hinzu, „Meine Nichte hat mir erzählt, dass Sie die letzten Tage außer Gefecht waren."

Wieder nickte sie, fühlte sich dann aber durch Johns teilnahmsvollen Blick gedrängt, etwas zu sagen. „Migräne, wissen Sie? Die Schmerzen machen einen wahnsinnig. Ich bin immer noch nicht ganz fit, aber ich konnte doch die anderen hier nicht allein lassen, wo jede Hand gebraucht wird."

„Ah, Migräne." John nickte wissend. „Schlimme Sache. Meine Mutter bekommt das auch immer wieder. Zieht bei Ihnen der Schmerz auch hinten vom Nacken herauf, bis er den ganzen Kopf ausfüllt?"

„Mhm."

„Sie Ärmste. Meine Mutter hat schon alle möglichen Medikamente durchprobiert, aber nichts hilft. Am besten ist es noch, wenn sie sich an einem schönen sonnigen Plätzchen hinlegt.“ Er sah sie unverwandt an.

Sie lächelte gezwungen. „Das habe ich auch gemacht. Gut, dass es gestern so schön war, die Sonne hat mir gut getan. Aber jetzt muss ich leider hier weitermachen, Mr. Mackenzie.“

„Ich danke Ihnen, Miss Rawlins. Ich ziehe mich schnell um und bringe Ihnen dann den Sack wieder, wenn es Ihnen nichts ausmacht.“

Er nahm sich vor, mehr über Selena Rawlins herauszufinden: Das Mädchen hatte definitiv keine Ahnung, was eine Migräne war. Was also hatte sie die letzten Tage von ihrem Arbeitsplatz ferngehalten?

Auf dem Weg zum Umkleiden lief ihm Annie über den Weg, an der zwei rechtschaffen müde Kinder hingen.

„John! Da bist du ja. Wo warst du die ganze Zeit? Wir haben dauernd versucht, dich zu erreichen.“

John, ganz in Gedanken bei Kyla und dem Abend, der vor ihnen lag, zuckte schuldbewusst zusammen.

„Ich, äh, ich muss mein Handy überhört haben.“ Er öffnete den Sporran, fand aber nur seine Brieftasche darin. Schließlich fand er das Mobiltelefon in der Tasche seiner Jacke, die den ganzen Nachmittag hinter dem Empfang gelegen hatte.

Annie seufzte amüsiert. „Ich gehe jetzt mit Bella und Christopher zurück in die Unterkunft. Den beiden wird es sonst zu viel. Maggie, Alan, Tommy und David sind draußen bei der großen Bühne, um sich den Auftritt von Renies Freund anzusehen.“

„Und wo sind Mum und Dad? Sind sie schon gegangen?“

Annie grinste. „Euer Vater saß fast den ganzen Nachmittag im Zelt des Mackenzie-Clans und hat mit irgendwelchen Verwandten, die er schon ein halbes Jahrhundert nicht gesehen hat, Geschichten ausgetauscht. Emmeline hat sich wohl königlich gelangweilt und ihn schließlich dort allein gelassen. Er ist immer noch dort und Emmeline ist zurück in die Unterkunft. War wohl eine Überdosis schottisches Brauchtum für sie heute.“

John verabschiedete sich von Annie und den Kindern und ging sich endlich umziehen. Nachdem er sein traditionelles Outfit wieder am Empfang deponiert hatte, ging er über das Gelände zu Kylas Garderobe. Auf sein Klopfen hin kam Renie heraus und schloss betont sanft die Tür hinter sich. Sie griff nach dem Arm ihres Onkels und zog ihn einige Schritte beiseite.

„Die alte Schabracke hat echt einen Narren an dir gefressen, John. Sie sagte, du würdest sie an den Typen aus dem Film *Bridget Jones* erinnern, den mit dem -“

„Rentierpulli.“, riet John und seufzte, als seine Nichte nickte. „Das hab ich schon mal gehört.“

Renie kicherte. „Fühl dich doch geehrt. Viele Frauen fanden den unwiderstehlich. Kyla offensichtlich auch.“ Dann wurde sie ernst. „Wenn du dich heute Abend um sie kümmerst, bin ich dir auf ewig dankbar, John. Bis ihre Assistentin eintrifft, bin ich offiziell für Kylas Betreuung zuständig. Aber ich möchte um nichts auf der Welt Andys Auftritt verpassen. Oh bitte, bitte, tust du das für mich?“

Bei ihrem flehentlichen Blick musste John lachen. „Zieh schon ab, Renie. Es ist mir ein Vergnügen, den Abend mit Ms. Macpherson zu verbringen.“

Renie drückte ihm einen Kuss auf die Wange. „Du bist einfach der Beste. Na, dann pass mal gut auf sie auf. Oder vielleicht sollte ich eher sagen, pass gut auf *dich* auf.“

Nach einer Viertelstunde öffnete sich endlich die Tür zu Kylas Garderobe. John konnte einen Blick auf die Vergissmeinnicht-blaue Farbe an den Wänden erhaschen.

„Na, wie sehe ich aus?“ Die Sängerin warf sich in Positur.

John suchte nach Worten. „Äh, ja, Donnerwetter, ich muss schon sagen…“ Kyla steckte in hautengen Jeans, dazu trug sie ein weit ausgeschnittenes weißes T-Shirt und darüber eine kurze knallrote Lederjacke. Die Stiefel hatte sie durch ebenfalls hochhackige rote Pumps ersetzt. Zusammen mit der Perücke und der Brille wirkte sie vollkommen verändert. Offenbar zufrieden mit seiner Reaktion ließ sie ein kehliges Lachen hören und hängte sich bei ihm ein.

„Auf geht’s. Wo spielt nun diese tolle Band, von der Jeanie gesprochen hat?“

In diesem Moment brach auf der Bühne ohrenbetäubender Lärm los. John lachte. „Ich glaube, das sind sie! Lassen Sie uns nach vorn gehen.“

Vor der Bühne tobte eine Masse hauptsächlich junger Leute. John meinte Renie und Tommy in der ersten Reihe zu erkennen, inmitten eines Pulks von enthusiastischen Headbangern. Kyla hielt sich die Ohren zu.

„Gehen wir ein bisschen weiter weg!“, rief John.

„Was?“, schrie sie zurück. Kurzerhand legte er den Arm um sie und steuerte den hinteren Rand der Zuschauermenge an, wo das Dröhnen aus den riesigen Lautsprechern erträglicher war. Nun konnte man aus dem Krach schemenhaft die Melodie von *Highway to Hell* heraushören. Kyla nahm zwar die Hände von den Ohren, aber ihr Gesichtsausdruck sprach Bände.

„Möchten Sie irgendwohin gehen, wo es ruhiger ist?“, fragte John. Sie nickte lediglich und strebte zum hinteren Teil des Geländes, wo die unterschiedlichen Regionen des Landes ihre Spezialitäten feilboten. Hier konnte man zwar die Musik immer noch hören, aber immerhin war sie erheblich leiser.

Kyla schüttelte den Kopf. „Puh! Was für ein Radau.“

„Die Geschmäcker sind verschieden. Den jungen Leuten scheint es zu gefallen.“, meinte John gutmütig. Dies brachte ihm einen scharfen Blick von Kyla ein. Er schluckte. „Äh, nicht, dass Sie nicht auch zu den jungen Leuten gehören würden, Kyla. Aber für Ihr sensibles Musiker-Ohr ist so ein Krawall natürlich eine Zumutung.“

Besänftigt schlug sie vor, „Kommen Sie, sehen wir uns an, was die Spezialitäten-Buden zu bieten haben.“ In der nächsten Stunde bummelten sie über das Gelände und probierten sich durch die angebotenen Leckereien wie Lachs aus dem Fluss Tweed, Cheddarkäse aus Galloway und einen unglaublich gehaltvollen Früchtekuchen aus Strathclyde. Sie lauschten einer kleinen Musikertruppe, die mit zwei Geigen und einem Dudelsack traditionelle Weisen aus den Highlands spielte. Dies entsprach Kylas Geschmack wesentlich mehr als die Atomic Pipers. Nachdem sie sich noch die Qualifikationsrunde der Schwerttänzerinnen angesehen hatten, hatte Kyla vorerst genug.

„Wissen Sie was, John? Ich habe plötzlich Heißhunger auf einen richtigen saftigen Cheeseburger, oder auch zwei.“

„Nach all den Sachen, die wir gerade probiert haben? Na gut, Ihr Wunsch ist mir Befehl. Ich glaube, in der Nähe vom Bahnhof ist ein McDonald´s.“

„Lassen Sie uns hinlaufen, John. Bis zum Bahnhof ist es nicht weit.“

Sie setzten sich in Richtung Ausgang in Bewegung.

„Kommen Sie aus der Gegend, Kyla?“, erkundigte sich John, während sie in der Dunkelheit eine Straße hinunterschlenderten. Die Ruhe hier war angenehm nach dem Trubel des Festivals.

Sie schüttelte den Kopf. „Ich bin in einem ganz kleinen Dorf in der Nähe von Dunfermline aufgewachsen. Aber nach dem Schulabschluss war ich für ein, zwei Jahre hier in Edinburgh. Ursprünglich wollte ich Musik studieren, um Lehrerin zu werden. Allerdings merkte ich schon beim ersten Praktikum, dass es mich wahnsinnig machte, die kleinen Bälger zu unterrichten. Was die immer für Ausreden hatten, wenn sie wieder nicht geübt hatten! *Miss Macpherson, mein kleiner Bruder ist mit dem Bobbycar über die Geige gefahren. Miss Macpherson, unser Hund hat den Geigenbogen für einen Knochen gehalten. Miss Macpherson, mein Vater hat das Notenheft zum Anzünden des Kamins verwendet.“* Sie fasste sich in gespielter Verzweiflung an den Kopf.

John lachte. „Ich muss für meine Musiklehrerin in der Grundschule auch eine Zumutung gewesen sein. Nach nur vier Wochen Flötenunterrichts wurde ich als einziger in der Klasse davon befreit und durfte in eine Rudergruppe wechseln.“

Kyla sah in von der Seite an. „Sie haben mit Sicherheit andere Talente, John…“ Sie ließ den Satz in der Luft hängen. John spürte, wie ihm unter dem Kragen heiß wurde.

„Äh, und wie ging es dann weiter, nachdem Sie gemerkt haben, dass das Unterrichten nichts für Sie ist?“

„Ich machte hauptsächlich Straßenmusik. Dann hatte ich das Glück, dass ich einen der Organisatoren des Buskers-Festivals kennenlernte. Sagt Ihnen das etwas?“

„Ist das nicht ein großes Straßenkunst-Fest?“

„Das größte in Europa. Ich bekam damals die Chance, dort aufzutreten und - oh, da sind wir ja. Ich glaube, ich möchte noch einen Erdbeer-Shake zu meinem Cheeseburger.“

„Suchen Sie uns doch schon einen Platz, ich besorge uns das Essen. Also einen Cheeseburger und einen Erdbeershake?“

Kyla nickte und steuerte einen Ecktisch an.

John gab Kylas Bestellung auf und orderte noch eine heiße Schokolade und eine Apfeltasche für sich selbst. „3.98 Pfund, Sir. Soll ich es einpacken?“

„Nein, danke, wir essen hier.“, antwortete John, während er in der Jacke nach seinem Geldbeutel kramte. Das Handy war da, sein Zimmerschlüssel … Dann durchfuhr es ihn siedendheiß: Als er seine Kleidung gewechselt hatte, hatte er die Brieftasche im Sporran gelassen! Er stöhnte auf. Wie konnte ihm nun schon zum zweiten Mal in ebenso vielen Tagen dasselbe passieren? Er hätte vor Peinlichkeit im Boden versinken können.

„Sir? Gibt es ein Problem?“ Der junge Mann hinter der Theke sah ihn mit hochgezogenen Augenbrauen an.

„Äh, einen Moment.“ Hilfesuchend sah John zu Kyla hinüber. Die Sängerin hatte die Brille abgenommen und blätterte in einem herumliegenden Kinomagazin.

„Mr. Mackenzie! Was für ein Zufall, dass wir uns hier treffen!“ Bass erstaunt sah John vor sich Pauline Murray, die ihn erfreut anlächelte. „Das hier sind meine Neffen Barry, Neil und Justin. Jungs, das ist Mr. Mackenzie, der nette Beefeater aus dem Tower, von dem ich euch erzählt habe.“ John schüttelte die Hände der Jungen, die ihm artig entgegengestreckt wurden. Alle drei steckten in Kilts. Ms. Murray trug ein weich fallendes Kleid mit einer Schärpe im selben Tartan, das ihr sehr gut stand.

„Sind Sie allein hier? Dann setzen Sie sich doch zu uns. Ich bestelle schnell drei Juniortüten für die Jungs und dann suchen wir uns ein ruhiges Plätzchen.“

„Äh, das würde ich sehr gern, aber ich bin mit einer … Bekannten … hier.“

„Oh.“ Ms. Murrays Blick fiel auf Kyla, die eben ihre Lederjacke auszog und fröhlich herüberwinkte. „Ah, ich … verstehe. Dann wünschen wir Ihnen einen schönen Abend, Mr. Mackenzie.“

John fasste sich ein Herz. „Ms. Murray, dürfte ich Sie trotzdem um etwas bitten?“

Wenig später lachte Kyla hellauf, als er ihr gestand, dass er sich gerade ein paar Pfund hatte leihen müssen. „Ich habe auch nichts dabei.“, prustete sie. „Für gewöhnlich kümmert Jill sich um alles. Stellen Sie sich vor, die hätten uns zum Teller waschen abkommandiert.“

John grinste. „Zur Not hätten Sie sich zu erkennen geben müssen. Für einen Song hätten wir wahrscheinlich so viele Burger essen können, bis wir geplatzt wären.“

Kyla sah ihn amüsiert an. „Sehen Sie sich doch um: Bei der Menge an Kids hier, die alle mit ihren Handys filmen können, würden Sie sich morgen im Internet wieder finden – der attraktive Unbekannte, der Kyla Macpherson bei ihrer Tour durch Edinburghs Nachtleben begleitete. Würde Ihnen das gefallen?“

Der attraktive Unbekannte? John spürte sich förmlich über seine sechs Fuß hinauswachsen.

„Welchem Mann würde es an Ihrer Seite nicht gefallen?“, brachte er schließlich ein wenig heiser hervor. Sie schwiegen einen Moment. Dann ertönte aus Kylas Lederjacke ein leises Piepsen. Kyla rollte mit den Augen, zog aber ihr Mobiltelefon heraus. Nach einem Blick auf das Display seufzte sie.

„Meine Managerin. Einem Moment bitte, John.“ Sie meldete sich in gereiztem Ton. „Jill? Sind Sie endlich angekommen, oder was?“ Nach einem Moment unterbrach sie das Gequäke, das aus dem Hörer drang. „Nun jammern Sie nicht rum. Ich hoffe, meinem Bobbsie-Bärchen geht es gut? Aha. Was hat er gefressen? Vom Hirschragout? Mhm. Jaja, mir geht's gut, ich bin hier in den besten Händen.“ Sie zwinkerte John zu. „Gehen Sie doch einfach zu Bett, Jill. Wir sehen uns morgen früh.“ Ohne ein Abschiedswort legte sie auf und steckte das Handy wieder weg. „Manager! Die sind einfach die Pest. Aber lassen wir das.“

„Darf ich fragen, wer Bobbsie-Bärchen ist?“

„Das ist mein bester Freund, mein Gefährte seit fünf Jahren. Er ist ein Chihuahua. Seine Mutter war Weltsiegerin und er selbst war nationaler Junghundechampion.“ Kyla strahlte voller Besitzerstolz.

„Er reist überall hin mit mir. Weil er so klein ist, kann er im Flieger in seiner Transportbox neben mir sitzen. Wir sind so gut wie nie getrennt, aber diesmal hatten die Idioten von der Airline nicht nur die Business Class überbucht, in der Bobbsie und ich fliegen, sondern auch die Holzklasse. So hatte auch Jill plötzlich keinen Sitz. Ich musste ihr Bobbsie wohl oder übel anvertrauen und allein weiterfliegen.“

Sie seufzte. Dann jedoch trat ein verschmitztes Lächeln in ihr Gesicht. „Aber ich bin ganz froh, Jill mal für ein paar Stunden los zu sein. Wer weiß, vielleicht hätten wir uns sonst gar nicht kennen gelernt?“

John wurde es wieder heiß unter dem Kragen. „Bitte erzählen Sie doch, wie es nach dem Buskers-Festival für Sie weiter ging.“, bat er sie. Wie die meisten Menschen genoss Kyla es, über sich selbst zu sprechen und so kam es, dass der Restaurantmanager nach einer Stunde an ihren Tisch kam und mit einem bedeutsamen Blick auf die mittlerweile langen Schlangen vor der Theke fragte, ob sie noch etwas wünschen würden. Hastig stand John auf.

„Äh, nein, verzeihen Sie, wir haben hier ganz die Zeit vergessen…" Der Mann musterte Kyla und murmelte dann, „Dafür habe ich volles Verständnis, Sir. Ich wünsche Ihnen noch einen schönen Abend."

Vor der Tür hakte Kyla sich bei John ein und meinte, „Wie wäre es, wenn du mich zu meinem Hotel bringen würdest? Es liegt ganz zentral am Grassmarket, das ist ein schöner Spaziergang."

„Selbstverständlich, gern." Obwohl sie sich Zeit ließen, kamen sie für Johns Gefühl viel zu schnell beim Hotel Carlton an.

„Möchtest du nicht noch hereinkommen? Ich habe eine Suite im obersten Stock. Den Blick auf die Innenstadt und die Burg bei Nacht musst du einfach gesehen haben." John schluckte, aber bevor er etwas sagen konnte, klingelte sein Handy.

„Lass doch das Telefon, John. Es wird schon nicht so wichtig sein." Sie warf ihm einen verführerischen Blick zu. Unschlüssig zog er es aus der Jackentasche. Als er jedoch sah, dass das Display „David" anzeigte, meinte er widerstrebend, „Mein Bruder. Da muss ich rangehen. Es könnte dringend sein." Schmollend verzog Kyla das Gesicht und verschränkte die Arme.

„David? Was gibt es?", meldete er sich.

„John! Wo bist du? Irgendwo auf dem Festivalgelände?"

„Nein, ich bin in der Stadt. Was ist los?", fragte er, alarmiert von seinem drängenden Ton.

„Tante Isabel ist zusammengebrochen."

John sog scharf die Luft ein.

„Gott sei Dank war schnell ein Arzt hier, weil auf dem Gelände ein Krankenwagen stationiert ist. Der hat sie ins St. Martin´s Hospital gebracht. Maggie ist mit ihr gefahren. Könntest du dorthin kommen?"

„Ich bin unterwegs, David." Er verabschiedete sich mit knappen Worten. Da bemerkte er, dass Kyla ihn fassungslos ansah.

„Wie bitte? Was soll das heißen? Du wirst mich doch jetzt nicht hier stehen lassen wollen?"

„Es tut mir leid, Kyla. Meine Großtante hatte einen Zusammenbruch, die Ärzte wissen noch nicht, was ihr fehlt. Ich muss sofort ins Krankenhaus. Das verstehst du doch, oder?" Bittend sah er sie an. Sie jedoch stampfte mit ihrem pumpsbewehrten Fuß auf und stieß halblaut einige Schimpfworte aus, die John höchstens einem Dreizehnjährigen aus Brixton zugetraut hätte. Dann drehte sie sich um stürmte durch die Eingangstür des Hotels direkt auf die Bar zu.

John blieb auf dem Gehsteig zurück, mit dem Gefühl, nach einem Sturz von Wolke sieben soeben mit einem Plumps auf dem steinharten Boden der Realität aufgekommen zu sein.

Er sah ihr einen Moment nach und schüttelte den Kopf – unklar, ob über Kyla oder sich selbst. Dann stieg er in eines der Taxis, die vor dem Hotel auf Gäste warteten.

Kapitel 10

„Ins St. Martin´s Hospital bitte, so schnell wie möglich.“, wies er den Fahrer an. Dann fiel ihm etwas ein. „Reichen dafür sechzehn Pfund?“

„Dürfte hinkommen. Wenig Verkehr um die Tageszeit.“, war die knurrige Antwort. John dankte im Stillen Pauline Murray, die ihm eine Zwanzigpfundnote gegeben hatte.

Während der Fahrt wählte er die Nummer seiner Nichte. Sie meldete sich atemlos. Er erkundigte sich, ob sie etwas Näheres über Isabels Zusammenbruch wusste.

„Oh, John, ich war hinter der Bühne. Das Konzert war ein solcher Erfolg und da haben wir ein bisschen gefeiert und es war so laut, dass ich mein Handy nicht gehört habe und ich bin so froh, dass sie wenigstens Mum erreicht haben, damit Isabel nicht allein ins Krankenhaus fahren musste -“ Unversehens begann sie zu schluchzen.

„Mach dir keine Vorwürfe, Renie. Es konnte ja keiner damit rechnen, dass so etwas geschehen würde. Und es war ja gleich Hilfe zur Stelle. Weißt du denn, wo es passiert ist?“

Sie schniefte. „Dad hat mir erzählt, was er wusste, als er mich endlich gefunden hatte. Scheinbar hatte Isabel sich nach einer ewig langen Besprechung im Ruhebereich der Kommandozentrale ein wenig hingelegt, weil sie erschöpft war. Als sie dann aufstehen wollte, ist sie einfach umgekippt und war bewusstlos. Gott sei Dank haben das eine Menge Leute mitbekommen und das Mädchen am Empfang hat dann Alarm geschlagen.“

„Selena Rawlins?“, fragte John nach.

„Ja. Gott sei Dank ist sie aufgetaucht, so dass ich wenigstens nicht mehr zwei Jobs gleichzeitig machen muss. Apropos Job: Auch wenn mir das im Moment am A… vorbei geht – wo ist Kyla?“

„Ich fürchte, sie befindet sich gerade in nicht der besten Laune in der Bar ihres Hotels. Vielleicht solltest du ihre Managerin alarmieren, dass sie sie da herausholt.“

„John! Wie konnte es dazu kommen? Na, ist jetzt egal. Ich gebe Jill Bescheid. Wir bleiben in Verbindung, John. Bis später.“

Kurze Zeit darauf stand John in der Notaufnahme des Krankenhauses. Eine der Schwestern sagte ihm, dass Maggie gerade zum Gespräch beim Arzt sei. Eine Auskunft über den Zustand der Patientin könne sie ihm nicht geben.

Unruhig ging John den Gang auf und ab. Nach zehn Minuten stieß David zu ihm und berichtete, dass Alan mit Tommy zurück in das Studentenwohnheim gegangen sei. „Wir haben vereinbart, dass er Mum und Dad wecken soll, falls es schlecht um Isabel steht. Es ist wohl besser, wenn sie es persönlich statt am Telefon erfahren."

John nickte zustimmend. Dann tigerten beide eine Zeitlang schweigend den Gang entlang.

„Warum bist du eigentlich klammheimlich vom Festival weggegangen? Erst haben wir dich den ganzen Tag nicht zu Gesicht bekommen und dann bist du plötzlich in der Stadt?" David sah seinen älteren Bruder forschend an. John wand sich ein wenig.

„Lange Geschichte.", meinte er schließlich einsilbig. David aber ließ sich nicht so leicht abwimmeln.

„Warst du zu Ermittlungen unterwegs?"

„Nein", brummte John. Da trat Maggie aus einer Tür und eilte zu ihnen.

„Sie ist immer noch nicht bei Bewusstsein. Gerade pumpen sie ihr den Magen aus."

Verständnislos sahen John und David sie an. „Wieso das denn?"

„Der Arzt meint, es könnte eine Vergiftung sein. Zumindest passen die Symptome nach seiner Einschätzung nicht zu einem Schlaganfall oder einem Herzinfarkt."

David atmete erleichtert aus. „Na, das ist ja schon mal eine gute Nachricht."

John war verwirrt. „Woran könnte sie sich denn vergiftet haben? Als wir uns nachmittags gesehen haben – das war nach der Eröffnung – wirkte sie ganz fit. Allerdings hatte sie sich sehr aufgeregt, weil das Komitee Sir Roberts Tod am liebsten unter den Teppich kehren und zur Tagesordnung übergehen wollte."

Maggie sah ihren Bruder nachdenklich an. „Weißt du, was sie dann vorhatte?"

„Sir Roberts Geschäftspartner machte den Vorschlag, einen zusätzlichen Wettbewerb auszuloben und an den Gewinner so etwas wie den Robert Grant-Gedächtnispokal zu verleihen. Die Idee gefiel ihr und sie sagte, sie wollte sich gleich darum kümmern." Dann fiel ihm noch etwas ein. „Soweit ich mich erinnern kann, wollte sie auch

Fiona Grant kontaktieren, die den Preis im Namen ihres Mannes verleihen sollte."

„Fiona Grant? Ist das nicht Simons Hauptverdächtige? Wir sollten klären, ob sie heute auf dem Festivalgelände war." Maggie zog ihr Handy heraus. „Ich rufe Renie an. Vielleicht kann sie das herausfinden."

Während sie mit ihrer ältesten Tochter sprach, hatte John einen Einfall. „Sag ihr auch noch, sie soll sich umhören, was Isabel zu sich genommen hat -"

„Der Tee!", fiel David ihm aufgeregt ins Wort. „Kurz, bevor sie sich hingelegt hat, hat sie Tee getrunken. Das hat uns doch die Blonde vom Empfang erzählt."

„Du hast Recht, David. Außerdem hat sie von irgendwelchen Keksen gesprochen." Maggie atmete tief ein. „Renie, schau sofort, ob du noch irgendwelche Reste sicherstellen kannst. Außerdem habt ihr doch eine Firma engagiert, die für die Sicherheit zuständig ist? Ich habe da ein paar Leute patrouillieren gesehen. Stell einen Mann vor die Kommandozentrale. Lasst keinen mehr hinein, bis die Polizei da ist."

Sie legte auf und wählte sofort die Notrufnummer der Polizei. Nachdem sie dem Beamten mit knappen Worten geschildert hatte, worum es ging, wandte sie sich an ihre Brüder. „Ihr bleibt hier und haltet mich auf dem Laufenden, was die Ärzte sagen. Ich fahre zurück zum Festivalgelände." Schon war sie fort.

„Major Maggie ist wieder im Einsatz.", grinste David. „Ich kann mir lebhaft vorstellen, wie sie der Polizei Beine macht. Und wenn sie ihr ganzes Gewicht als Staatsanwältin in die Waagschale werfen muss."

Während sie in schweigender Übereinkunft abermals den Gang auf- und abgingen, drehte sich in Johns Kopf ein Gedankenkarussell. Warum sollte jemand Isabel etwas antun wollen?

Er schreckte auf, als David stehen blieb und meinte, „Denkst du, wir sollten Simon informieren?"

John überlegte und sah dann auf die Uhr. „Es ist schon ziemlich spät, und wir können ihm ja eigentlich keine wirklichen Fakten mitteilen, bevor wir nicht mit dem Arzt gesprochen haben -"

Wie aufs Stichwort kam eine Krankenschwester auf sie zu und fragte, „Sie sind Verwandte von Ms. Mackenzie, nicht wahr? Der Arzt möchte mit Ihnen sprechen. Folgen Sie mir bitte."

Gleich darauf saßen John und David einem müde aussehenden grauhaarigen Mann gegenüber, den sein Namensschild als „Dr. Alistair Browning, Oberarzt“ auswies.

„So, meine Herren, es sieht folgendermaßen aus: Ms. Mackenzie ist zwar stark geschwächt, aber sie wird bald wieder auf den Beinen sein.“

John merkte, dass er die Luft angehalten hatte und atmete langsam aus.

„Wie ich vermutet hatte, wurde ihr Zustand durch einige Substanzen ausgelöst, die sie wohl oral zu sich genommen hat. Deren Zusammensetzung müssen wir noch endgültig klären, aber für mich sieht es nach den ersten Ergebnissen wie ein Cocktail aus Schmerz- und Beruhigungsmitteln aus, aber wohl nicht in letaler Dosis.“

Er sah sie durchdringend an. „Halten Sie es für möglich, dass Ihre Verwandte diese Mittel unabsichtlich zu sich genommen hat? Immerhin ist sie in einem sehr fortgeschrittenen Alter, wenn auch offenbar mit einer sehr robusten Konstitution gesegnet. Aber vielleicht lässt es ja im Oberstübchen schon ein wenig nach?“

Beide verneinten dies energisch. „Tante Isabel ist wesentlich fitter im Kopf als viele, die vierzig Jahre jünger sind.“, äußerte John überzeugt.

Der Arzt nickte. „Das dachte ich mir. Ms. Mackenzie ist mir durch ihre zahlreichen Aktivitäten durchaus ein Begriff und es hätte mich erstaunt, wenn sie von der Öffentlichkeit unbemerkt so sehr abgebaut hätte. Dann bleiben uns zwei Möglichkeiten.“ Er verstummte.

„Suizidversuch oder ein Anschlag auf ihr Leben. Ersteres können wir ebenfalls hundertprozentig ausschließen. Also bleibt, dass ihr jemand vorsätzlich diese Substanzen verabreicht hat.“ Johns Worte hingen ominös im Raum.

„So sieht es aus, meine Herren. Da draußen läuft jemand herum, der Isabel Mackenzie zwar vermutlich nicht töten, wohl aber für eine Weile außer Gefecht setzen wollte. Am besten machen Sie sich schnell auf die Suche nach diesem Jemand.“

„Alle versorgt? Dann lasst uns beginnen. Renie kommt sicher gleich. Auch Simon hat versprochen, herzukommen. Ich habe ihm gestern Abend noch eine Nachricht geschickt und er hat mich trotz der späten Stunde sofort zurückgerufen.“ Maggie, methodisch wie immer, zückte Stift und Block.

Morgens um sieben Uhr hatten die drei Mackenzie-Geschwister die Mensa im Studentenwohnheim noch fast für sich allein.

John machte das frühe Aufstehen nichts aus. Seine Arbeit bei der Truppenbetreuung war nie ein neun bis fünf-Job gewesen – in Krisensituationen spielte es keine Rolle, ob es Tag oder Nacht, ein Wochentag oder Sonntag war. Und auch jetzt richtete sein Arbeitstag sich hauptsächlich nach den Bedürfnissen der Raben im Tower – was in den Sommermonaten Aufstehen um fünf Uhr bedeutete.

David dagegen saß noch ziemlich schlaftrunken am Tisch und nippte nur an einer Tasse schwarzen Kaffees. Er pflegte Mandanten selten vor zehn Uhr morgens in seiner Steuerberatungskanzlei zu empfangen. Heute allerdings musste er gleich nach dem Frühstück zu einer Durchlaufprobe für den großen Einmarsch der Dudelsackbläser, bevor das Festival für heute seine Pforten öffnete.

Maggie war energiegeladen wie immer. „Ich habe vorhin mit dem Krankenhaus telefoniert. Tante Isabel ist immer noch sehr schwach. Es hat sie sehr geschlaucht, dass die Ärzte ihr den Magen auspumpen mussten.“

„Können wir zu ihr?“, fragte John.

„Die Schwester sagte, ich sollte nachmittags noch einmal anrufen. Wenn sich Isabel bis dahin ein wenig stabilisiert hat, kann man kurz hinein. Die Polizei wird sie auch schnellstmöglich vernehmen wollen.“

„Hast du dich gestern Abend auf dem Festivalgelände noch mit den Polizisten unterhalten?“

„Pah.“, gab Maggie abfällig von sich. „Die haben nur meine Personalien aufgenommen und als sie hörten, dass ich Isabel den ganzen Nachmittag nicht gesehen hatte – außer auf der Bühne, natürlich – und erst nach ihrem Zusammenbruch zur Kommandozentrale kam, haben sie mich höflich, aber bestimmt weggeschickt. Allerdings habe ich hier die Karte des Chefermittlers, wartet mal…“ Zielsicher zog sie eine Visitenkarte aus ihrer Handtasche. „Ein Chief Superintendent Briarson. Er sagte, ich sollte ihn anrufen, wenn ich ihm noch etwas mitzuteilen hätte.“

John grinste. „Briarson? Das ist doch dieser ignorante Emporkömmling, wie Simon ihn genannt hat. Derselbe Polizist, der Tante Isabel so verärgert hat, weil er sie offenkundig nicht ernst nahm.

Na, hoffen wir, dass er diesmal gewissenhafter ermittelt als nach Sir Roberts Tod."

„Zwischen Grants Tod und dem Anschlag auf Tante Isabel muss es einen Zusammenhang geben." David schien allmählich wach zu werden.

„Darauf habe ich Briarson gestern auch schon hingewiesen. Allerdings hat er mich dann ziemlich verblüfft angesehen und gefragt, wie darauf käme. Ich denke, er ist immer noch felsenfest davon überzeugt, dass Grant sich selbst umgebracht hat." Maggie runzelte die Stirn. „Vielleicht ist er ja wirklich so ein Esel, wie Simon meint."

„Davon könnt ihr mit Fug und Recht ausgehen. Guten Morgen allerseits."

Simon stand, angetan mit feinem Zwirn und einem selbstzufriedenen Lächeln am Tisch. Maggie sprang auf. „Schön, dass du gekommen bist. Kann ich dir etwas zu essen holen? Oder vielleicht einen Kaffee?"

Naserümpfend blickte Simon sich in der Mensa um. „Danke nein." Er setzte sich, nachdem er den Plastikstuhl kritisch beäugt hatte – Gott bewahre, dass sein Cerrutti-Anzug einen proletarischen Fleck davontrüge!

„Also, um es kurz zu machen: Ich bin gerade auf dem Weg ins Polizeipräsidium. Wenn Briarson erfährt, was ich herausgefunden habe, wird er nicht umhinkönnen, einen Haftbefehl gegen Fiona Grant zu erlassen – wegen Mordes an ihrem Ehemann und versuchten Mordes an Tante Isabel." Simon lehnte sich zurück und weidete sich am Erstaunen, das seine Ankündigung hervorrief.

Maggie erholte sich als erste. „Nun spann uns nicht auf die Folter, Simon. Auf welche Beweise stützt sich deine Anklage?"

Der Superintendent lächelte süffisant. „Frau Staatsanwältin, der Fall stellt sich folgendermaßen dar. Die Finanzlage des Verstorbenen ist als äußerst prekär zu bezeichnen. Obwohl seine Einnahmen durchaus beachtlich gewesen sind in den letzten Jahren, hat er einen beträchtlichen Teil des Vermögens durch unbedachte Spekulationen, auch im Zuge der Finanzkrise, verloren. Zudem musste er erhebliche monatliche Zahlungen leisten -"

„Alimente für drei uneheliche Kinder, das wissen wir bereits.", warf John ein.

Simon zog missbilligend eine Augenbraue nach oben, musste aber zugestehen, dass John recht hatte.

„So ist es. Zum gegenwärtigen Stand der Ermittlungen gehe ich davon aus, dass Fiona Grant vor einiger Zeit hiervon Kenntnis erlangte. Daraufhin beschloss sie, Sir Robert zu töten."

„Wie hast du das alles herausbekommen?"

Simon lächelte herablassend. „Wie ihr ja wisst, verfügen meine Frau und ich über beste Kontakte in die gehobene Gesellschaft – soweit man in dieser … Gegend … von gehobener Gesellschaft sprechen kann. Unsere geschätzte Gastgeberin hier hat einige Beziehungen spielen lassen. Auch Patricia hat eine Reihe von Anrufen getätigt – und voilà: Aus vielen Puzzleteilen lässt sich ein komplettes Bild zusammensetzen."

„Grants Geschäftspartner hat mir bestätigt, dass Fiona tatsächlich vor kurzem von Roberts finanziellen Verpflichtungen erfuhr. Sie war verständlicherweise sehr erbost und beschloss, sich scheiden zu lassen. Was sollte es da für einen Sinn machen, Robert umzubringen?", wandte John ein.

„Lieber Cousin, es mag ja sein, dass dir die Niederungen der menschlichen Psyche fremd sind – obwohl mich das bei deinem früheren Beruf doch verwundert – aber sie hatte aus dieser Situation heraus ein doppeltes Motiv: Rache natürlich – und Besitz. Bei einer Scheidung wäre auf Grund des Ehevertrages, den die beiden geschlossen haben, alles aufgeteilt worden. Da keiner der beiden über genügend Geldmittel verfügte, um den anderen auszubezahlen, hätte daraufhin das gemeinsame Anwesen verkauft werden müssen." Er lächelte John siegesgewiss an. „Und das hätte sie auf keinen Fall gewollt, nicht wahr?"

John nickte widerstrebend. „Du hast recht. Es … ist ihr Rückzugsort, der Platz, wo sie sich geborgen fühlt. Ihr kleines Reich, das sie nach ihren Wünschen geformt hat und wo sie ihre Talente ausleben kann."

„Bis jetzt ist es einzig und allein Spekulation, was du hier anführst, Simon. Mag sein, dass sie ein Motiv hatte, aber ohne weitere Hinweise kannst du dir den Weg zur Polizei sparen.", meinte Maggie kühl.

„Sehr gern würde ich dir Beweisstück A der Anklage vorlegen, jedoch muss ich die Sicherstellung des fraglichen Gegenstands den hiesigen Kollegen überlassen, um die Beweiskette zu sichern. Aber ich habe ein Foto." Simon zog ein Smartphone der neuesten Generation aus der Jackentasche. Alle beugten sich gespannt über den Tisch.

„Was ist das denn?" David sah verwirrt auf. „Eine Art Gurt?"

Wortlos zeigte Simon das nächste Foto. Sie erkannten einen Reitsattel. „Das ist ein Sattelgurt!“, ging es Maggie auf. Simon nickte und zeigte ihnen die Detailaufnahme eines Risses. „Seht her. Hier ist für das trainierte Auge zu erkennen, dass der Sattelgurt nicht wegen Materialverschleiß abgerissen ist. Hier wurde nachgeholfen, und zwar sehr geschickt. Es ist kein glatter Schnitt zu sehen. Ich vermute, dass mit einer Art Nagelschere einzelne Fasern durchtrennt wurden. Erst bei höherer Belastung wie zum Beispiel einem Sprung des Pferdes oder einer scharfen Kurve sollte der Gurt reißen. Und genau das ist passiert.“

„Der Reitunfall, bei dem Sir Robert sich den Arm brach!“ John schlug sich an die Stirn. „Ich hätte nie daran gedacht, hier weiter nachzuforschen, ob es sich vielleicht damals schon um einen Anschlag auf sein Leben handelte.“

„Nun ja, es hat schließlich Gründe, warum ich vor Jahren der jüngste Superintendent der Metropolitan Police wurde. Ich rieche es eine Meile gegen den Wind, wenn etwas faul ist.“

Aargh, dachte John. Du bist sicher auch der eingebildetste Superintendent, den London je hatte.

„Nicht so schnell, Simon. Erstens: Wie kommst du darauf, dass Fiona den Sattelgurt präpariert hat? Und zweitens: Warum hat Sir Robert beim Satteln des Pferdes nicht bemerkt, dass der Gurt nicht in Ordnung war?“ Maggie hatte wieder messerscharf mitgedacht.

Simon funkelte sie an, ließ sich aber zu einer Antwort herbei.

„Ich war in Grants Reitclub. Sein Sturz passierte bei einem Geländeritt, der als Vorbereitung für die herbstlichen Jagden durchgeführt wurde. Kurz vor diesem Ritt wurde Fiona Grant in den Stallungen gesehen, was offensichtlich sehr ungewöhnlich war, da sie ansonsten keinerlei Interesse für den Reitsport zeigte. Einem der Stallburschen sagte sie damals, dass sie nach Sir Roberts Pferd habe sehen wollen. Dieser kann und wird ihre Anwesenheit im Stall vor Gericht bezeugen. Die Sattelkammer liegt am Ende des Stalls. Da sie am Vormittag dort war, konnte sie davon ausgehen, hier relativ ungestört zu sein, während sie ihr Werk verrichtete.

Warum Sir Robert die Beschädigung nicht sah? Das ist leicht zu erklären. Der Gurt hatte einen Schonbezug aus Lammfell, der die Manipulation verdeckte.“

John musste sich eingestehen, dass eine solche Vorgehensweise durchaus zu dem Bild passte, das er sich von Fiona gemacht hatte: Es war eine Aktion, die keine direkte Konfrontation mit dem Opfer notwendig machte, anders als zum Beispiel eine Messerattacke. Auch, dass das Manöver fehlgeschlagen war – Grant hätte sich bei dem Sturz leicht das Genick brechen können, aber er war mit einem gebrochenen Arm davon gekommen – stand im Einklang mit Fionas zögerlicher Art.

„Also – sie hatte Motiv, Mittel und Gelegenheit. Dann jedoch musste sie feststellen, dass ihr Plan schief gelaufen war. Und so ergriff sie die nächste Chance, die ihr geboten wurde. Entweder folgte sie Grant auf den Arthur´s Seat oder sie gingen gemeinsam dort hinauf. Es bedurfte nur eines kleinen Stoßes, um ihn über die Klippen zu befördern. Dazu musste man ihm nahe kommen – aber das war kein Problem für sie, schließlich vertraute er ihr. Offensichtlich hatte er nach seinem Reitunfall keinerlei Verdacht geschöpft. Der zerrissene Gurt lag völlig unbeachtet in einer Ecke der Sattelkammer, wo ich ihn gestern fand. Wenn er im Labor gründlich analysiert wird, wird man mit Sicherheit irgendwelche Spuren von Fiona Grant finden. Darauf würde ich meine goldenen Manschettenknöpfe verwetten.“ Beifall heischend sah er in die Runde. „Nun, zufrieden, Frau Staatsanwältin?“

„Hm, warten wir die Analyse der Spurensicherung ab. Aber selbst wenn sich beweisen lässt, dass Fiona für den Reitunfall ihres Mannes verantwortlich war – was sollte sie für einen Grund haben, Tante Isabel zu vergiften?“

„Nun, ich hätte gedacht, einer intelligenten Frau wie dir, Maggie, müsste das unmittelbar einleuchten: Fiona Grant bekam spitz, dass Isabel John nicht nur zu ihr geschickt hatte, um im Namen der Familie Beileid zu bekunden. Ich nehme an, dass ihr im Gesprächsverlauf deutlich wurde, dass es Zweifel an der Suizidtheorie gab. Sie schaffte es, John in ein völlig abstruses Gespräch zu verwickeln, das keinerlei neue Erkenntnisse ergab. Und dann ergriff sie die erstbeste Chance, die sich ihr bat, um die aus ihrer Sicht treibende Kraft hinter diesen Nachforschungen außer Gefecht zu setzen: Isabel Mackenzie.“

Simon stand auf. „Nur übersah sie dabei, dass ein Jagdhund ganz anderen Kalibers bereits ihre Fährte aufgenommen hatte: ich nämlich. Und nun entschuldigt mich, ich muss dem geschätzten Kollegen Briarson einen Besuch abstatten.“ Er rieb sich voller Vorfreude die Hände und schritt hinaus.

Die drei Geschwister blieben sprachlos zurück.

„Was denkst du, John? Könnte Simon richtig liegen?“, fragte David schließlich.

„Hm. Ich muss zugeben, es könnte was dran sein an seiner Theorie. Allerdings kann ich mir immer noch nicht vorstellen, dass Fiona Grant ihren Mann von einer Klippe stoßen könnte.“ Er schüttelte den Kopf. „Aber natürlich kann ich mich auch täuschen. Vielleicht ist sie ja eine außergewöhnliche Schauspielerin und ich habe mich wirklich von ihr einwickeln lassen -“

Hinter John ertönte ein Kichern. „Sprecht ihr über Kyla?“

Renie war angekommen und anders als Simon hatte sie offensichtlich Kohldampf mitgebracht. Ihr Tablett bog sich geradezu unter der Vielzahl an Gerichten. Nachdem sie alle begrüßt hatte, machte sie sich erst einmal über ein Omelett her. Mit vollem Mund brachte sie heraus, „Mach dir nichts draus, John. Die hat schon ganz anderen den Kopf verdreht. Und so, wie sie dich gestern umgarnt hat, hattest du ja gar keine Chance, ihr zu entkommen.“

David starrte verständnislos in die Runde. „Sprecht ihr etwa von Kyla Macpherson? *Meiner* Lieblingskünstlerin? Wie kommt mein großer Bruder, der ewige Junggeselle, dazu, von ihr *umgarnt* zu werden?“

„Äh, das kann ich mir auch nicht erklären.“

David stieß John mit dem Ellbogen in die Rippen. „Du Schwerenöter! In dir steckten ja verborgene Talente! Und jetzt weiß ich auch, warum du abends in der Stadt warst: Du warst mit Kyla unterwegs! Erzähl mir alles: Wart ihr in einem exklusiven Restaurant essen? Oder in einem abgefahrenen Club? Oder habt ihr euch am Ende vielleicht ein abgeschiedenes Plätzchen für ein Tete-à-tete gesucht?“ David wackelte vielsagend mit den Augenbrauen.

„Eigentlich waren wir bei McDonald´s.“ John erzählte, wie knapp er am Teller waschen vorbei geschrammt war und sorgte damit für Heiterkeit.

„Du bist wirklich unverbesserlich.“, grinste David. „Hast du denn daran gedacht, Fotos und Autogramme für die ganze Familie – oder doch wenigstens für mich – abzusahnen?“

„Äh, ich fürchte nicht.“

David schlug sich theatralisch an die Stirn und stöhnte. Dann heiterte sein Gesicht sich wieder auf. „Na, das macht ja nichts. Du wirst sie ja heute sicher wiedersehen, nicht wahr? Vielleicht könntest du uns sogar hinter die Bühne schleusen, damit ich ihr persönlich begegnen kann?“ Erwartungsvoll sah er John an.

Der wand sich verlegen. „Ich glaube eher nicht, dass sie mich wiedersehen will.“

Renie kicherte wieder. „Irgendwann muss der Abend schief gelaufen sein, was? Zumindest hat Jill mir mitgeteilt, dass unser Star gestern Abend wirklich übel gelaunt war. Es war wohl nicht einfach, sie aus der Bar loszueisen und ins Bett zu stecken.“

Entgeistert sah David seinen Bruder an. „Was hast du getan, John?“

„Nun mach mal halblang, David.“, mischte Maggie sich erstmals ein, die bisher amüsiert zugehört hatte. „John ist uns schließlich keine Rechenschaft schuldig. John sah seine Schwester dankbar an, fasste sich dann aber ein Herz.

„Also, es war so: Wir standen vor ihrem Hotel und sie … hatte mich gefragt, ob ich noch auf einen Sprung mit hinaufkommen wollte. Die Aussicht auf die nächtliche Stadt und die Burg wäre so schön, das sollte ich mir unbedingt ansehen -“ Er verstummte, als David, Maggie und Renie in Gelächter ausbrachen. Schließlich brachte David japsend hervor, „Guter Gott, John – die Frau geht ja wirklich ran. Aber erzähl weiter.“

„Es gibt nichts weiter zu erzählen. In dem Moment riefst du an. Für mich war es gar keine Frage, dass ich sofort ins Krankenhaus musste. Das war es, was Kyla so aufgebracht hat. Sie konnte es nicht verstehen, dass ich sie allein lassen musste. Wahrscheinlich ist sie es nicht gewöhnt, ihren Willen nicht zu bekommen. Sie … hat ein paar ziemlich hässliche Dinge geschrieen und ist dann in die Bar verschwunden.“

„Ah, wie heißt es doch so schön: Die Hölle kennt keine Wut wie die einer verschmähten Frau – oder so ähnlich.“, deklamierte David.

„Jetzt kommst du auch noch mit diesem Spruch daher!“, stöhnte John. „Simon sagte dasselbe, als wir zum ersten Mal über Fiona Grant sprachen.“ Ernüchtert sahen sie sich an.

„Lasst uns wieder auf unser eigentliches Thema kommen.“, schlug Maggie vor. Das war John sehr recht.

„Was denkt ihr – sollen wir weiter versuchen, etwas über den Tod von Robert Grant und die Attacke auf Tante Isabel herauszubekommen? Oder sollen wir Simon Glauben schenken, dass die Schuldige bereits gefunden ist?“ Maggie sah in die Runde.

„Was soll das heißen – hat Simon den Fall etwa aufgeklärt?“, fragte Renie verwirrt.

„Ach ja, du warst ja noch nicht hier, als Simon uns von seinen Ermittlungen berichtet hat.“ Maggie fasste für ihre Tochter zusammen, was Simon ihnen gesagt hatte.

In Renies Augen blitzte es auf. „Das glaube ich einfach nicht. Simon hat da irgendwelche Sachen an den Haaren herbeigezogen, nur um seine fixe Idee zu beweisen, dass Fiona Grant schuldig ist. Das Einzige, was er will, ist doch, dem hiesigen Superintendenten so richtig eins auszuwischen. *Scotland Yard klärt fatalen Irrtum der schottischen Polizei auf* – für so eine Schlagzeile geht der doch über Leichen.“

Maggie sah ihre Tochter tadelnd an. „Nanana, Renie. Simon mag ja menschlich ein…“

„Rabenaas“, warf John hilfreich ein.

„Ein wenig schwierig sein, wollte ich sagen. Aber es lässt sich nicht abstreiten, dass er ein gerissener Ermittler ist. Wir können nicht einfach aus Prinzip alles, was er herausgefunden hat, für null und nichtig erklären.“

Renie verschränkte die Arme und setzte ein halsstarriges Gesicht auf. „Ich bin der Meinung, dass wir trotzdem weiterhin versuchen sollten, etwas herauszubekommen. Stellt euch vor, Simon liegt falsch: Morgen Abend ist das Clantreffen zu Ende und die Teilnehmer zerstreuen sich in alle Winde. Ihr seid dann auch wieder weg. Also bleiben uns nur heute und morgen.“

John nickte langsam.

„Du hast Recht, Renie. Solange die Polizei keine eindeutigen Beweise für Fionas Schuld gefunden hat, sollten wir weiter unsere Augen und Ohren offen halten. Es ist schade, dass wir momentan von Tante Isabel nichts über den gestrigen Nachmittag erfahren können. Wir sollten herausfinden, wer alles in der Kommandozentrale war.“ Da fiel ihm etwas ein. „Renie, konntet ihr gestern noch herausfinden, was Isabel tatsächlich zu sich genommen hat?“

Renie nickte. „Sie hatte grünen Tee getrunken, wie immer.“ Sie schüttelte sich kurz. „Das Zeug mochte keiner außer ihr. Wir hatten im Büro extra einen Vorrat für sie, den ich am Freitag Morgen mit in die Kommandozentrale genommen habe. Dazu hatte sie Ingwer-Kekse.“

John lehnte sich aufgeregt nach vorn. „Es wusste also jeder, der mit ihr zusammenarbeitete, dass sie und nur sie diesen Tee trank? Konnte die Polizei noch etwas davon sicherstellen?“

„Die Vorratsdose und die Teekanne haben sie mitgenommen. Die Tasse hatte Selena Rawlins leider schon abgespült. Aber falls da irgendwas drin war, was nicht hineingehört hat, finden sich ja vielleicht trotzdem noch Spuren.“

„Selena Rawlins“, wiederholte John nachdenklich. „Vielleicht sollten wir uns die junge Dame näher ansehen. Renie, sagtest du nicht, dass Grant in der Regel Miss Rawlins beauftragte, wenn er etwas zu schreiben oder zu erledigen hatte? War sie dafür am besten qualifiziert?“

„Hah“, machte Renie spöttisch. „Wie ich schon sagte, ist sie vom Organisationskomitee wohl mehr als Dekoration angeheuert worden als wegen ihrer Fähigkeiten als Assistentin.“

„Hm. Meinst du, sie könnte … eine Beziehung zu Robert Grant gepflegt haben, die über das Berufliche hinausging?“

Renie überlegte einen Moment und nickte dann. „Sir Robert war natürlich Äonen älter als sie, aber er sah immer noch gut aus und er war wirklich ein witziger Typ. Und er machte auch den Eindruck, als hätte er Geld. Eine hohle Nuss wie Selena fand ihn sicher attraktiv.“

John musste sich ein Schmunzeln verbeißen. „Definitiv hat Selena nicht die Wahrheit gesagt, dass sie wegen einer Migräne nicht arbeiten konnte. Das Mädchen hat nicht den Hauch einer Ahnung, was eine Migräne überhaupt ist. Und wir wissen, dass sie gestern in der Kommandozentrale war. Vielleicht hat sie sogar den Tee für Isabel zubereitet. Ja, ich denke, wir sollten ihr ein wenig auf den Zahn fühlen. Renie, könntest du das übernehmen?“

„Klar.“ Unvermittelt sah sie auf die Uhr. „David, solltest du nicht zur Probe? Sie fängt in zwanzig Minuten an.“

Mit einem Schreckenslaut sprang David auf. „Du liebe Zeit. Ich muss mich noch umziehen. Gestern habe ich den Kilt und die Jacke bekommen, die zur Uniform der Pipe Band gehören.“

„Zisch schon ab und vergiss den Dudelsack nicht. Ich bin mit dem Auto hier. In zehn Minuten stehe ich vor dem Eingang, dann fahren wir gemeinsam hin.“ Renie grinste, während David sich eilig entfernte. „Onkel David ist ein wenig nervös, was? Dabei hört das in einem Heer von über tausend Dudelsackspielern doch sowieso kein Schwein, ob er mal falsch pfeift oder nicht.“ Sie löffelte ihr mittlerweile kalt gewordenes Porridge leer.

„Puh, heute wird ein langer Tag. Erst mal müssen wir sehen, dass bei der großen Eröffnung alles glatt läuft, dann muss ich mich um die vielen Musikbands kümmern, die heute auftreten, abends haben wir dann die große Clanparade durch die Stadt und zu guter Letzt noch Kylas Auftritt. Dann bin ich bratfertig, sage ich euch.“

Plötzlich fiel ihr etwas ein. „Könnte einer von euch zwischendurch nach Walter sehen und mit ihm eine Runde Gassi gehen? Ich war heute früh schon mit ihm draußen, aber wir können ihn nicht den ganzen Tag allein lassen. Der arme Kerl fühlt sich bestimmt sehr einsam ohne Tante Isabel.“

„Darum kümmere ich mich. Dann werde ich mir die große Eröffnung mit der königlichen Prominenz und natürlich David nicht entgehen lassen und hinterher gehe ich ins Krankenhaus.“, kündigte Maggie an. „Für Isabel muss es furchtbar sein, dass sie nicht dabei sein kann. Da hat sie jahrelang dafür gearbeitet, dass dieses riesige Treffen stattfinden kann, und nun kann sie es gar nicht miterleben.“ Grimmig schüttelte sie den Kopf. „Wer auch immer dafür verantwortlich ist, gehört ins Gefängnis, auch wenn er Isabel vielleicht nicht töten wollte.“

„Wir sollten soviel filmen, wie wir können, damit sie es sich wenigstens auf diese Weise ansehen kann.“, fiel es John ein.

„Es gibt zwei Crews, die vom Komitee beauftragt sind, das Treffen zu dokumentieren, die eine mit Video, die andere mit Fotos. Aber diese Aufnahmen bekommen wir erst nach Ende des Festivals.“, meinte Renie.

„Alan hat unseren Camcorder dabei, er hat auch bereits gestern eine ganze Menge gefilmt. Wir haben auch einen Laptop dabei. Ich werde ihn gleich mal wecken – es wird sowieso Zeit, dass ich ihn und die Kinder aus dem Bett werfe – und ihm sagen, dass er bei der Eröffnung fleißig filmen soll. Dann kopieren wir das Ganze auf den Laptop und so kann ich Isabel im Krankenhaus vielleicht gleich etwas davon vorführen – zumindest wenn sie sich fit genug dafür fühlt.“

„Gute Idee, Mum. John, was hast du jetzt vor?“

John sah Emmeline und James Mackenzie in den Speisesaal kommen und winkte ihnen. „Ich werde jetzt erstmal unseren Eltern erzählen, was gestern passiert ist. Dann mache ich mich auch auf zum Festivalgelände. Erstens möchte ich natürlich auch Davids Auftritt nicht verpassen. Und dann möchte ich noch mal mit Albert Buchanan sprechen. George hat mich da nämlich gestern auf eine Idee gebracht: Er sagte, dass sich Grant als Politiker doch sicher auch Feinde gemacht hat. Buchanan könnte darüber Bescheid wissen, mit wem Sir Robert sich in der Vergangenheit angelegt hat."

Sie machten einen Treffpunkt für später aus, dann standen Maggie und Renie auf, um zu gehen.

„Heute trägst du aber bitte dein Handy bei dir, John.", mahnte Maggie augenzwinkernd. Renie schob hinterher, „Und deinen Geldbeutel, John. Nicht, dass du wieder jemanden anpumpen musst."

Kapitel 11

Eine Stunde später reihten John und seine Eltern sich in eine der langen Schlangen am Eingang zum Holyrood Park ein.

James Mackenzie hatte sich allerdings erst nach einem Telefonat mit dem Krankenhaus dazu bewegen lassen, heute Morgen hierher zu kommen. Kaum hatte er beim Frühstück von dem Anschlag auf seine Tante erfahren, war er schon drauf und dran gewesen, ein Taxi zu rufen.

„Warum habt ihr uns nicht schon gestern Bescheid gegeben? Ich bin schließlich Isabels nächster noch lebender Verwandter. Ich wäre sofort zu ihr geeilt."

„Es war schon sehr spät, Dad. Wenn Isabels Zustand kritisch gewesen wäre, hätten wir euch natürlich auf der Stelle geholt."

„Schreib dir das hinter die Ohren, John. Wir sind keine alten Leute, die man schonen müsste. Wenn irgendjemandem in unserer Familie etwas passiert, möchten wir beide das erfahren. Sofort."

Emmeline nickte zustimmend.

John schluckte. „Natürlich. Ihr habt Recht, es war ein Fehler, euch nicht gleich zu benachrichtigen."

„Schon gut, mein Junge. Ihr habt es ja gut gemeint." Emmeline tätschelte ihm die Hand.

Als James in der Klinik anrief, versicherte ihm die Oberschwester, dass Isabel auf dem Weg der Besserung sei, aber während der nächsten Stunden noch ihre Ruhe brauchte.

„Nun gut. Dann werde ich im Lauf des Tages auf jeden Fall selbst nach Isabel sehen. Aber nun lasst uns zur Eröffnung gehen."

Beeindruckt beobachtete John das Treiben. Von überall her strömten Menschen herbei. Aus Bussen quollen Männer, Frauen und Kinder, die mit sichtlichem Stolz ihre Tracht trugen. Außer den Mitgliedern der zahlreichen Clans gab es auch eine ganze Menge an Touristen, die sich dieses Spektakel nicht entgehen lassen wollten. Über allem lag eine festliche, erwartungsvolle Stimmung. Der blaue Himmel, der sich über dem Festivalgelände spannte, versprach einen perfekten Tag. Selbst Emmeline trug zu ihrem dunkelgrünen Kostüm – sie hatte sich standhaft geweigert, das traditionell schottische Outfit zu tragen, obwohl auch sie dies als angeheiratete Trägerin des Mackenzie-Names tun hätte können – ein heiteres Lächeln.

Drinnen gingen sie zum Pavillon des Mackenzie-Clans, wo sie wie verabredet auf den Rest der Familie trafen. „Renie kann nicht mit uns die Eröffnungsfeier anschauen.“, meldete Bella etwas enttäuscht. „Sie sagt, dass sie sich um alles mögliche kümmern muss und keine Zeit hat.“

„Dafür kommen wir nachher wieder hierher, um ein Familienfoto zu machen. Dann ist auch David da und Renie hat versprochen, dass sie sich dann wenigstens für kurze Zeit von ihrem Job loseisen kann, damit wir alle zusammen aufs Foto kommen.“, tröstete Maggie ihre Tochter.

„Familienfoto – hualp. Muss das sein?“, moserte Tommy prompt.

Bella kicherte. „Puh, du schämst dich ja bloß, weil du in deinem Röckchen und der schrägen Frisur so doof aussiehst.“

„Bella, es reicht.“, wies ihr Vater sie zurecht. Aber zum Erstaunen der Erwachsenen grinste Tommy nur lässig. „Du hast ja keine Ahnung, Kleine. Andy und Skull sagen, das rockt, vor allem, wenn ich in dem Outfit so richtig abgehe. Vielleicht kommt ein Foto von mir sogar ins Booklet der neuen CD.“

„Was redest du da um Himmels willen, Junge?“ Nicht nur Emmeline sah ihren Enkel verständnislos an.

„Ey Mann, Leute. Andy – ihr kennt doch Renies Freund, den Drummer der Atomic Pipers. Und Skull ist der Sänger. Der hat gestern von der Bühne runter ein paar Fotos von den Fans gemacht, weil da echt voll der Punk abgegangen ist. Und da ist eins von mir dabei, das ist echt g..“ Er fing einen strengen Blick seiner Mutter auf. „Spitze. Na, und für die neue CD suchen die gerade nach Fotomaterial. Gut möglich, dass ich dann da drauf bin.“ Er grinste stolz. „Schon cool, wenn man ´ne große Schwester hat, die Bandmanagerin ist.“

In Maggies Gesicht zogen dunkle Gewitterwolken auf. „Das werden wir noch sehen. Ohne dass wir zustimmen, dürfen diese Herrschaften überhaupt kein Foto von dir verwenden, schließlich bist du minderjährig. Das Recht am eigenen Bild -“ Alan ergriff ihre Hand und drückte sie. „Medienrecht Teil Eins – die Vorlesung findet zu einem späteren Zeitpunkt statt, Frau Juristin.“, meinte er scherzhaft und zwinkerte ihr zu. Maggie verstand und zwang sich zu einem Lächeln. „Darüber reden wir später, Tommy. Jetzt lasst uns ins

Stadion gehen, damit wir einen guten Platz für die Eröffnungsfeier ergattern."

„Gute Idee.", brummte James Mackenzie und schritt voran.

Bella hüpfte aufgeregt hinterher. „Ich will den Prinzen sehen. Ob er wohl auch seine Frau dabei hat?"

„Das ganze Gedöns um die Royals ist doch für den -", hob Tommy an, verstummte aber nach einem weiteren strengen Blick, diesmal von seiner Großmutter.

Mit Glück ergatterten sie Sitze in den oberen Rängen. Das Stadion füllte sich jetzt schnell. John blätterte in einem Programmheft. „Bevor David drankommt, müssen wir uns erstmal ein paar Reden anhören. Der Bürgermeister, der schottische Ministerpräsident und noch ein paar Leute sprechen zur Begrüßung. Dann kommt der Einzug der Dudelsackpfeifer und schließlich die offiziellen Eröffnungsworte des Thronfolgers."

„Gleich danach ist David noch mal dran. Wenn die tausend Pfeifer aus dem Stadion hinausgezogen sind, geleitet die Pipe Band von Inverness die Finalisten der Highland Games herein." Davids Nervosität hatte offensichtlich auf Annie abgefärbt, die rastlos in ihrer Tasche herumkramte. „Ich hatte doch das Fernglas eingesteckt... Wo ist es denn jetzt?"

„Ich habe unseres auch dabei, Annie. Das kannst du gerne nehmen.", bot Maggie an.

Vorerst jedoch passierte wenig Spannendes. Pünktlich um zehn Uhr betrat der Bürgermeister das Rednerpult, das sich am Fuß der gegenüberliegenden Tribüne befand. Anders als gestern jedoch setzte er heute zu einer weitschweifigen Rede an. John merkte lediglich auf, als gegen Ende der Name seiner Großtante fiel.

„Ich darf auch die Grüße unserer sehr verehrten Chefin des Organisationskomitees überbringen, Ms. Isabel Mackenzie. Eigentlich sollte sie heute mit mir gemeinsam an dieser Stelle stehen, aber sie ist gestern ganz plötzlich erkrankt. Wir freuen uns, dass sie bereits auf dem Wege der Besserung ist. Isabel – wir sind bei dir!" Applaus schwoll auf. „Und nun übergebe ich das Wort an unseren sehr verehrten Ministerpräsidenten."

John erkannte Sir Thomas Trout, den er gelegentlich in den Nachrichten gesehen hatte.

„Meine lieben Mitbürgerinnen und Mitbürger, liebe Gäste aus aller Welt! Ich darf wohl sagen, dass ich die kürzeste Anreise hatte zu diesem großartigen Treffen – schließlich befindet sich unser wunderbares Parlament nur einen Steinwurf von hier entfernt gegenüber vom Holyrood House. Wie Sie ja alle wissen, handelt es sich dabei nur um ein Regionalparlament – aber wer weiß, vielleicht dürfen wir alle eines Tages noch erleben, dass unser wundervolles Land wieder eigenständig wird und uns gehört, uns, den Schotten!" Tosender Applaus zeigte, dass Lokalpatriotismus bei den Besuchern gut ankam.

Maggie stieß John an und raunte ihm zu, „Geschickt, der alte Trout. Wie er die Medienpräsenz des Clantreffens ausnutzt, um seine ewig gleiche Botschaft unter die Leute zu bringen."

„Na, immerhin hat er es schon geschafft, dass Downing Street ihm eine Volksabstimmung zugesteht. Bin gespannt, wie das nächstes Jahr ausgeht.", flüsterte John zurück.

Während Trout weiter schwadronierte, schweiften Johns Gedanken ab. Nach der Eröffnungszeremonie wollte er Albert Buchanan suchen. Außerdem wollte er Pauline Murray treffen, um ihr das geliehene Geld zurückzugeben. Dann durfte er nicht vergessen, am frühen Nachmittag ins Tanzzelt zu gehen, wo Erins Wettbewerb anstand. Zwischendurch wollte er auch versuchen, Simon zu erreichen. Wie die örtliche Polizei wohl auf Simons Theorie reagiert hatte?

Endlich war der Ministerpräsident am Ende seiner Rede angelangt und übergab das Mikrofon an einen Vertreter der Clan Chiefs, der wortreich die historische Bedeutung des Treffens würdigte. Mittlerweile war es auf den von der Sonne beschienen Rängen richtiggehend heiß geworden. Alle Herren, die zu Beginn des Tages noch ihre schwarzen Jacketts zum Kilt getragen hatten, hatten diese längst ausgezogen. Viele Besucher wedelten sich mit ihren Programmheften Luft zu.

Christopher wurde es jetzt endgültig zu langweilig. „Will Daddy sehen", krähte er und hüpfte auf seinem Sitz auf und ab.

Aus der Reihe hinter ihm hörte John eine Touristin zu ihrem Begleiter sagen, „Schau doch, der Kleine. Der ist ja allerliebst in seinem Kilt. Mach doch mal ein Foto." Als Christopher bemerkte, dass eine Kamera auf ihn gerichtet war, posierte er, die Hände in die Hüften gestützt, einen kriegerischen Ausdruck im Gesicht. Die Leute ringsum, froh um eine Abwechslung, wurden auf ihn aufmerksam. Noch mehr Fotoapparate wurden gezückt. „Seht mal, ein richtiger kleiner Highlander."

Alan grinste und schwenkte die Kamera von der Rednertribüne weg zu seinem Neffen. „Das gefällt Tante Isabel bestimmt auch besser als diese ewigen Reden.“, meinte er.

Alle waren erleichtert, als der Einmarsch der tausendköpfigen Gruppe aus Dudelsackpfeifern und Trommlern angekündigt wurde. Und es war in der Tat ein zutiefst beeindruckendes Bild, das die rund fünfzig verschiedenen Musikgruppen, allesamt im Gleichschritt marschierend, abgaben. Und sie produzierten eine Klangwolke, die das ganze Stadion einhüllte. John spürte, wie er trotz der Hitze eine Gänsehaut bekam.

Lediglich das Gezeter unter seinen Verwandten, die alle händeringend versuchten, David in diesem bis auf die unterschiedlichen Tartans der Musikvereine identisch gekleideten Heer zu erkennen, trübte den Genuss etwas. Das Fernglas wurde hektisch hin- und hergereicht, ständig gab es Ausrufe, „Da ist er! Nein, doch nicht.“ Christopher war kaum noch zu bändigen. „Daddy! Will Daddy sehen!“

John tauschte über die Köpfe der anderen hinweg einen amüsierten Blick mit seinem Vater aus. Schließlich nahmen die Musiker mit Blickrichtung zur Rednertribüne Aufstellung und die letzte Melodie endete mit einem Trommelwirbel. In den stürmischen Applaus hinein betrat der Thronfolger, auch er in traditionell schottischer Kleidung, das Rednerpult und lächelte in die Menge, bis der Beifall verebbt war.

„Liebe Freunde, liebe Landsleute, liebe Gäste! Ich freue mich, zu diesem einmaligen Anlass hier bei Ihnen im Park von Holyrood House sein zu können. Wie Sie wissen, liebte meine Ururugroßmutter Queen Victoria Schottland und insbesondere die Highlands sehr. Ihr Gatte Albert höchstselbst hat vor über hundertfünfzig Jahren den Balmoral-Tartan entworfen, den ich heute mit Stolz trage.“ Freundlicher Applaus.

Nach erfreulich kurzer Zeit beendete der Prinz seine Rede mit einem launigen „Und nun denke ich, es sind genug der Worte – bevor wir hier noch alle einen Hitzschlag bekommen. Auf ein großartiges, friedliches Fest!“ Mit einem Winken verschwand er vom Podium, verabschiedet mit kräftigem Applaus des Publikums.

Nachdem auch der letzte Dudelsackpfeifer aus dem Stadion marschiert war, trat ein Mann ans Mikrofon, der laut Programmheft der Präsident der Internationalen Vereinigung des Kraftwettkampfsports war, zu dem die Highland Games gehörten. Er erklärte die Disziplinen, in denen die acht Finalisten der diesjährigen Weltmeisterschaft sich messen würden.

„Wir beginnen mit dem Wettbewerb „Weight for Distance“. Hier muss ein 25 Kilogramm schweres Gewicht, das an einer Kette befestigt ist, möglichst weit geschleudert werden.

Danach kommt das Werfen eines zehn Kilogramm schweren Steins aus dem Stand, bewertet wird ebenfalls die Weite.

Es folgt das Hammerwerfen sowie der Wettkampf „Weight for Height“. Hier werden wir eine Anlage ähnlich wie beim Hochsprung aufbauen. Wer ein Gewicht von 25 Kilogramm über die am höchsten liegende Latte befördert, hat gewonnen.

Höhe- und Schlusspunkt der Wettbewerbe wird „Tossing the caber“. Ein Mast mit der Länge von fünfeinhalb Meter oder 18 Fuß muss zum Überschlag gebracht werden. Gezählt wird nicht die Weite, sondern der Winkel, in dem der Mast zum Liegen kommt. Perfekt wäre eine Lage in absolut gerader Linie zum Wurf.

Und nun begrüßen Sie mit mir unsere acht Finalisten! Hereingeleitet werden sie von der Pipe Band von Inverness.“

Diesmal war David leicht auszumachen. Dank Christophers Jubelgeschrei wusste die halbe Tribüne, dass sein Vater soeben den Rasen des Stadions betreten hatte. David marschierte in der zweiten der vier Fünferreihen. Maggie kicherte, als sie ihren Bruder mit der Digitalkamera herangezoomt hatte. „David sieht aus, als wenn ihm gleich die Luft ausgeht.“

Bella drängte sich auf den Schoß ihrer Mutter. „Lass mal sehen, Mum.“ Gleich darauf gluckste auch sie. „Und wie er schwitzt! Das Wasser läuft ihm richtig übers Gesicht.“

„Der arme David.“, meinte John mitfühlend. „Den Dudelsack so lang zu spielen, ist sicher anstrengend. Und dann tragen die Musiker ja auch ihre langärmligen Jacken. Damit fühlt man sich wahrscheinlich wie in der Sauna.“

In der Arena wurden einstweilen die Athleten vorgestellt, allesamt sehr stämmige Männer in Kilt und T-Shirt. Zu Johns Erstaunen hatte sich nur ein Sportler aus Schottland qualifiziert. Einer der bulligen Männer kam aus den USA, der Rest stammte aus Holland, Deutschland, Dänemark, der Schweiz und Australien.

„Meine Herrschaften, bevor der erste Wettkampf beginnt, darf ich noch einen ganz besonderen Zusatzwettbewerb ankündigen: Die Veranstalter haben zu Ehren eines kürzlich verstorbenen

Komiteemitgliedes den Robert-Grant-Gedächtnispokal ausgelobt. Der Preis wird vergeben an das Team, das bei unserer traditionsreichen Sportart, dem Tug o´ War, also dem Tauziehen, als Sieger vom Platz geht. Jede Mannschaft besteht aus acht Sportlern. Meldungen für dieses Wettkampf-Highlight, das morgen zum Abschluss des Treffens um sechzehn Uhr ausgetragen wird, werden an einem gekennzeichneten Schalter im Eingangszelt entgegengenommen. Jede interessierte Mannschaft, sei sie von einem Sportverein oder als Abordnung eines Clans oder einfach ein Zusammenschluss Gleichgesinnter, ist herzlich eingeladen."

Als dann der Start des ersten Wettkampfs angekündigt wurde, schlug Maggie vor, „Lasst uns gehen. Die Pipe Band macht sich auch zum Ausmarsch bereit. Ich denke, wir können jetzt alle ein kühles Getränk irgendwo im Schatten brauchen."

„Gut. Lasst uns zum Pavillon gehen und unser Familienfoto schießen." James Mackenzie stand leise ächzend auf.

Das kleine Dorf mit den weißen Zelten lag still da, die meisten Besucher waren immer noch im Stadion. Renie erwartete sie bereits beim Clanzelt der Mackenzies. Sie hatte ein Tablett voller kalter Getränke organisiert. Kurz nach ihnen traf David ein und sie empfingen ihn mit Beifall. John und Maggie warfen sich einen Blick zu und skandierten dann, „Zu-ga-be! Zu-ga-be!"

„Bloß nicht!", lachte David, gab Annie einen Kuss und hob Christopher hoch, der die Arme um die berockten Knie seines Vaters geschlungen hatte. „Ich will dieses Dudelsack-Ding die nächsten zehn Jahre nicht mehr sehen. Ich sage euch, ich habe einen richtigen Muskelkater rund um die Lippen und zwischendurch hatte ich gar keine Puste mehr. Beim Einmarsch ins Stadion mussten wir gefühlte zwei Tage durchgehend spielen. Ich glaube, dass ich in meinem ganzen Leben noch nie so geschwitzt habe." Er setzte Christopher ab, nahm dankbar eine Flasche Wasser entgegen und trank sie in einem Zug leer.

„Du hast dich sehr wacker gehalten, mein Junge. Es war sehr schön für deinen alten Vater, dich da unten auf dem Rasen einmarschieren zu sehen." James Mackenzie klopfte seinem jüngsten Sohn auf die Schulter.

„Danke, Dad. Aber jetzt muss ich dringend aus diesen Klamotten raus. Annie, hast du meine Sachen mitgebracht?"

„Natürlich, Schatz. Hier sind sie. Geh dich umziehen, damit wir dann unser Familienfoto machen können."

Während David mit seinem Kleidersack davon ging, suchten die anderen nach einem geeigneten Platz für das Foto. Nachdem sie eine Weile diskutiert hatten, entschieden sie, sich vor dem Zelt neben der Fahne des Mackenzie-Clans zu postieren.

„Und wer drückt auf den Auslöser?"

„Das könnte ich machen, wenn Sie möchten."

„Mr. Campbell! Schön, Sie wiederzusehen!", rief Renie. Alle Mitglieder von Johns Familie hatten den Ravenmaster bereits bei diversen Besuchen im Tower kennen gelernt und mochten ihn. Nachdem alle George begrüßt hatten, fand John Gelegenheit, zu fragen, „Bist du gerade zufällig vorbeigekommen oder hast du mich gesucht?"

„Ich wollte dir etwas erzählen, was vielleicht mit deinem Fall zu tun hat. Und wie ich dich kenne, hast du dein Handy wieder mal nicht dabei, also habe ich mich lieber selbst auf die Suche gemacht."

Grinsend zog John sein Mobiltelefon aus dem Sporran. „Ausnahmsweise habe ich heute mal dran gedacht. Oh, aber es ist gar nicht eingeschaltet."

Renie prustete los. „John, bei dir ist wirklich Hopfen und Malz verloren. Aber jetzt lasst uns das Foto schießen, ich muss wieder zurück an die Arbeit."

Mit einem Foto war es natürlich nicht getan. Mit Engelsgeduld drückte George ein ums andere Mal auf den Auslöser, bis alle zufrieden waren.

Bevor Renie wieder in die Kommandozentrale zurückeilte, nahm sie John beiseite. „Jill hat mich vorhin angerufen. Offensichtlich hat unser Star heute besonders miese Laune. Vorhin hat sie eine Autogrammstunde im Einkaufszentrum, die einer unserer Sponsoren arrangiert hatte, vorzeitig verlassen." Sie strich sich eine Haarsträhne aus der verschwitzten Stirn.

„Wahrscheinlich hat sie einfach einen Mordskater.", merkte John unverbindlich an.

„Wohl eher Katzenjammer. Jill sagt, dass sie solche Phasen von Alles-ist-scheiße und Keiner-liebt-mich bei Kyla schon kennt. Sie nennt sie heimlich Miss Up and down-Macpherson." Sie warf John einen flehentlichen Blick zu, der diesen sofort misstrauisch machte.

„Kann es sein, dass du etwas von mir willst, Renie? Falls du meinst, ich soll wieder den Babysitter spielen, dann muss ich dich enttäuschen. Genauer gesagt, kannst du dir das an den Hut stecken."

Renie schüttelte nachdrücklich den Kopf. „Natürlich nicht. Aber würdest du mir erlauben, ihr in deinem Namen einen schönen Blumenstrauß zu schicken? Du könntest auch noch eine Karte dazu schreiben, dass du es für den Rest deines Lebens bedauern wirst, dass du sie, eine so wundervolle Frau und großartige Künstlerin, gestern so abrupt verlassen musstest..." Renie verstummte, als sie bemerkte, dass sich der Gesichtsausdruck ihres Onkels bedrohlich verfinsterte.

Steif erwiderte er, „Zu einer derart hanebüchenen Lüge wirst du mich nicht bewegen können, Maureen."

„Oh John, ich bitte dich! Ich bin für die Musiker verantwortlich und wenn Kyla heute Abend ihren Auftritt schmeißt – was meinst du, was das bedeuten würde. Denk doch an Tante Isabel. Sie hat jahrelang gekämpft und gearbeitet, damit dieses Festival ein Erfolg wird. Es wäre doch schrecklich für sie, wenn etwas schiefginge. Wie sollte sie das in ihrem angegriffenen Zustand verkraften?"

Maggie, die den Wortwechsel verfolgt hatte, begann zu klatschen. „Donnerwetter, Renie. Ohne Skrupel, mit enormem Pathos und der Fähigkeit, an den Haaren herbeigezogene Argumente überzeugend zu verkaufen – als Anwältin hättest du eine exzellente Karriere vor dir. Möchtest du nicht dein Studienfach wechseln?"

Renie fuhr herum. „Ja, das möchte ich tatsächlich. Wo wir gerade davon reden: Ich werde Anthropologie sausen lassen und mich nächstes Trimester für Eventmanagement einschreiben. Da lerne ich das, was ich als Managerin der Band brauche." Sie verschränkte die Arme und warf ihrer Mutter einen herausfordernden Blick zu.

Alarmiert bemerkte John, wie eine Ader an Maggies Stirn anschwoll.

„Äh, darüber solltet ihr nicht zwischen Tür und Angel reden. Dafür ist morgen nach Ende des Festivals Zeit. Momentan sollten wir uns um die wichtigen Dinge kümmern. Renie, du musst doch jetzt zurück in die Kommandozentrale, nicht wahr? Ich möchte mich jetzt mit George unterhalten. Nachher komme ich kurz bei dir vorbei und wir schauen, ob wir etwas für das seelische Gleichgewicht von Ms. Macpherson tun können." Kurzerhand nahm er seine Nichte bei den Schultern, drehte sie um und schob sie mit sanftem Druck in Richtung Kommandozentrale.

Nach kurzem Zögern gab Renie sich geschlagen und trollte sich.

„Irgendwann treibt sie mich noch zum Wahnsinn.“, stellte Maggie sachlich fest.

„Mummy, gehen wir jetzt zu den Highlandtänzerinnen? Du hast mir versprochen, dass wir uns heute ein paar Wettbewerbe ansehen.“, meldete Bella sich.

„Ist gut, Schatz. Ich komme.“

Auch David, Annie und Christopher wollten dorthin. „Ich schieße ein paar Aufnahmen auf den Gelände und sehe mir dann mit Tommy die Band auf der hinteren Bühne an.“, ließ Alan verlauten und Vater und Sohn zogen schleunigst von dannen, bevor sie mit in das Tanzzelt geschleppt werden konnten.

James wurde mit großem Hallo von einem Quartett recht betagter, aber fideler Herren begrüßt, die gerade aus dem Stadion gekommen waren. Ihre Tartans wiesen zwei davon als Clanmitglieder der Mackenzies aus. „Farquharson und Macgregor.“, bemerkte George fachmännisch nach einem Blick auf die Kilts der beiden anderen.

„Donnerwetter, George, du kennst dich aber gut aus. Für mich schauen diese Muster doch alle ziemlich gleich aus.“, meinte John anerkennend.

Als Emmeline die Männer nahen sah, verengten sich ihre Augen zu messerscharfen Schlitzen und sie raunte John zu, „Du lieber Himmel, die schon wieder. Ich höre mir heute nicht schon wieder stundenlang diese alten Geschichten an. John, stell dir vor, die können sich heute noch darüber in die Haare kriegen, ob irgendein Hütehund irgendwelche Meisterschaften vor einem halben Jahrhundert zu Recht gewonnen hat oder nicht. Oder ob irgendein Clan beim ersten Tauziehwettbewerb nach dem ersten Weltkrieg gemogelt hat oder nicht.“ Laut sagte sie, „Bella, deine Oma kommt mit dir zu den Tänzen. Lasst uns gehen, Kinder.“

Nachdem sich die Familie zerstreut hatte – James Mackenzie hatte sich mit einem fröhlichen Winken den vier älteren Männern angeschlossen – blieb John endlich allein mit George zurück. Er ließ sich auf einen Klappsessel im Schatten des Zelts fallen.

„Setz dich, alter Freund. Hast du etwas von Conners gehört? Geht es unseren Raben gut?“

Auch George ließ sich nieder. „Ich habe heute früh mit ihm telefoniert. Es ist alles in Ordnung. Ich vertraue Conners hundertprozentig, aber ich bin doch froh, wenn ich morgen Abend wieder zuhause bin und selbst nach dem Rechten schauen kann. Aber eigentlich wollte ich mit dir über etwas anderes reden. Hast du schon herausfinden können, was es mit dem Tod von diesem Grant auf sich hat?"

John schüttelte den Kopf und erzählte George von dem Anschlag auf Tante Isabel.

Entsetzt sah George ihn an. „Grundgütiger! Wie geht es deiner Großtante jetzt?"

„Sie ist geschwächt, aber sie wird sich wieder erholen. Tante Isabel hat eine eiserne Konstitution und es war wohl auch keine tödliche Dosis, die sie abbekommen hat. Der Arzt meinte, da hätte sie wohl einer außer Gefecht setzen, aber nicht töten wollen."

„Denkst du, es war Grants Mörder?"

„Ganz ehrlich, George: Ich habe keine Ahnung. Allerdings liegt es natürlich nahe, dass die Person, die für Grants Tod verantwortlich ist, dieselbe ist, die Tante Isabel ins Krankenhaus gebracht hat. Simon meint, Beweise gefunden zu haben, dass Grants Frau in beiden Fällen die Schuldige ist. Aber irgendwie kann ich das nicht recht glauben."

„Was hast du jetzt vor?"

„Ich möchte heute noch mit Grants Geschäftspartner reden, ob der etwas über mögliche Feinde aus der Politik oder aus dem Geschäftsleben weiß. Man müsste auch die früheren Geliebten Grants unter die Lupe nehmen, aber es bleibt uns so wenig Zeit." Frustriert raufte er sich die Haare.

„Genau deshalb wollte ich mit dir sprechen. Ich habe die Ohren offen gehalten und mitbekommen, wie ein paar alte Bekannte von mir über Grant geredet haben. Dabei haben sie den Namen eines Mannes fallen lassen, der Grant wohl abgrundtief gehasst hat. Scheinbar hat seine Frau sich wegen Grant von ihm getrennt. Obwohl die Affäre schnell wieder vorbei war, ist die Ehe kaputt. Und dieser Mann, ein gewisser Thomas Brindell, ist auch hier. Er hat einen Stand im Probierzelt, mit dem er Werbung für seine kleine Whiskydestillerie macht."

John setzte sich kerzengerade auf. „Danke für den Hinweis, alter Knabe! Den Mann muss ich mir gleich ansehen."

George lachte in sich hinein. „Du als alter Teetrinker willst einen Mann aushorchen, der sein Geld mit Whisky verdient? Ich weiß nicht recht, John, ob du dafür der Richtige bist."

John musste ebenfalls lachen. „Da hast du wohl recht. Aber ich weiß schon, wen ich da zur Geschmacksprobe schicken kann. Hältst du weiterhin die Ohren offen, George?“

„Ist doch Ehrensache, John. Sehen wir uns nachher bei Erins Auftritt?“

„Davon könnten mich keine zehn Pferde abhalten, geschweige denn weibliche Zweibeiner, und seien sie auch noch so hübsch und berühmt.“

John machte sich auf die Suche nach seinem Vater. Von links hörte er ausgelassenes Gelächter und Männerstimmen. Er ging an den Zelten der Mackays, MacIntyres und MacInnes vorbei und stand vor dem Zelt des Clans Macgregor. Drinnen saßen die Männer gemütlich beisammen. Alle hatten ihre Jacketts abgelegt und die Hemdsärmel aufgekrempelt und amüsierten sich offensichtlich prächtig. Als sein Vater ihn entdeckte, winkte er John hinein. „Komm rein, mein Junge, komm rein und lass dich meinen Kumpels vorstellen.“

John, der sich unter anderen Umständen gern die Geschichten der alten Schotten angehört hätte, hätte seinen Vater nun am liebsten einfach aus dem Zelt gezerrt. Ungeduldig ließ er ein, zwei Anekdoten aus der guten, alten Zeit über sich ergehen. Dann setzte er ein entschuldigendes Lächeln auf und bat, seinen Vater entführen zu dürfen. Plötzlich beunruhigt folgte James Mackenzie ihm nach draußen. „Was ist, John? Du bringst hoffentlich keine schlechten Nachrichten von Isabel?“

„Nein, Dad, keine Sorge. Aber ich hätte eine Bitte an dich. Nun holen wir noch David und Alan dazu, dann erkläre ich es euch.“

Wenig später waren die drei Männer unterwegs zum Probierzelt und John machte sich auf, Albert Buchanan zu suchen. Auf gut Glück versuchte er es im VIP-Zelt. Der Wachmann erkannte ihn von seinen gestrigen Besuchen und zwinkerte ihm zu. „Ms. Macpherson sitzt schon seit einer Stunde da drin an der Bar. Sind Sie heute wieder ihr Begleiter, Sie Glücklicher? Na, dann mal schleunigst rein mit ihnen, Mister.“

John scheute zurück wie ein aufgeschrecktes Pferd. Eine Begegnung mit Kyla war das Letzte, was er jetzt brauchen konnte.

„Äh, mir ist gerade etwas eingefallen. Ich komme später wieder.“, brabbelte er und zog sich hastig zurück.

Nach kurzem Überlegen steuerte er die Kommandozentrale an. Er streckte den Kopf hinein. Drinnen wuselten eine Menge Leute hin und her, von denen er einige von seinen Besuchen im Organisationsbüro wieder erkannte. Renie telefonierte gerade, gab ihm aber ein Zeichen, dass er draußen warten solle.

John ging vor dem Bürocontainer auf und ab. Schon Mittag vorbei! Er hatte das Gefühl, dass die Zeit ihm zwischen den Fingern verrann und er auf der Stelle trat. Endlich trat Renie tief durchatmend aus dem Zelt, in der Hand eine Ansichtskarte mit einem großen Herz darauf.

„Der Blumenstrauß ist schon geliefert worden. Ich habe das Spesenkonto des Komitees um einen Batzen Geld erleichtert und einen Strauß ihrer Lieblingsblumen gekauft, die Jill mir verraten hat. Du musst nur noch die Karte schreiben." Sie drückte ihm die Karte und einen Stift in die Hand. John wand sich. „Was soll ich denn schreiben?"

Renie gluckste. „Wie wärs mit *Du mein Augenstern, schönste aller Frauen, das Leben ist leer ohne dich. Bitte verzeih mir.* "

John schnaubte. „Du hast ja eine Phantasie. Von mir aus schreibe ich *Danke für den schönen Abend – schade, dass er ein so jähes Ende fand.* "

„Schreib wenigstens *wunderbaren Abend,* bitte, John. Du wirst die Frau sowieso in deinem Leben nicht wieder sehen, da kannst du doch deinen Charme ein bisschen herauskehren, auch wenn du ihr nicht wirklich hinterher trauerst."

„Hah, von wegen nie wieder sehen! Gerade wäre ich ihr auf der Suche nach Albert Buchanan im VIP-Zelt fast über den Weg gelaufen."

Alarmiert sah Renie ihn an. „Was, sitzt sie etwa schon wieder an der Bar? Du liebe Güte, kann denn Jill nicht auf sie aufpassen?" Sie griff zum Handy, wählte und zischte John zu, „Bitte, bitte, schreib was Nettes. Ich bringe ihr dann den Strauß und die Karte."

John seufzte ergeben und schrieb dann, „Für Kyla – danke für einen unvergesslichen Abend. John Mackenzie." Unvergesslich – das war wenigstens nicht gelogen.

Renie stieß ein wütendes Knurren aus, als sie ihr kurzes Telefonat beendete. „Diese Kyla! Sie hat Jill weggeschickt, um mit der Töle Gassi zu gehen. Die Frau ist wirklich unbeschreiblich." Sie stampfte in die Kommandozentrale hinein und kam gleich darauf mit einem riesigen Strauß wieder. „Her mit der Karte, ich gehe gleich mal zu ihr.“

„Nicht so schnell.“ John hielt die Karte außer Renies Reichweite. „Ich muss dringend mit Buchanan reden. Du kannst ihn sicher viel schneller finden als ich.“

„Buchanan? Der müsste mit einem Vertreter von Van de Beer unterwegs sein. Warte mal.“ Sie drückte ihm den Strauß in die Hand und verschwand wieder. Mit einem Zettel in der Hand stand sie kurze Zeit später wieder vor ihm.

„Hier hast du Buchanans Handynummer. Er kann nicht weit sein. Alle Komiteemitglieder – und dazu gehört er nach Sir Roberts Tod ja nun auch – waren natürlich bei der offiziellen Eröffnungsfeier. Danach sollte ein Umtrunk mit Ehrengästen und Sponsoren im VIP-Zelt stattfinden. Ob er dort noch ist, kann ich nicht sagen. Aber ich kann ja gleich mal nachsehen, wenn ich zu Kyla gehe. Warte kurz hier, dann gebe ich dir Bescheid.“

Sie schnappte sich Karte und Strauß und trabte davon.

John rief in der Zwischenzeit im Krankenhaus an. Offensichtlich ging es Tante Isabel besser, denn der Arzt erlaubte, dass sie nachmittags Besuch empfangen durfte. Aber nicht mehr als zwei Personen und maximal eine Stunde, schärfte die diensthabende Schwester John in strengem Ton ein.

Erfreut rief er seine Schwester an. Maggie versprach, gemeinsam mit ihrem Vater später in die Klinik zu fahren.

Nachdem John aufgelegt hatte, sah er auf die Uhr. Wo blieb Renie denn? Sie war schon eine ganze Weile weg. Er merkte, wie sein Magen knurrte. Endlich kam sie angelaufen, über das ganze Gesicht grinsend.

„Meine Idee mit dem Strauß war super, ich muss mich selbst loben. Kyla war ganz gerührt, vor allem, als ich ihr in glühenden Farben geschildert habe, dass Tante Isabel fast einem hinterhältigen Giftanschlag zum Opfer gefallen wäre und du gar nicht anders konntest, als sofort ins Krankenhaus zu eilen.“

Sie wischte sich den Schweiß von der Stirn.

„Jill ist auch wieder da, Gott sei Dank. Ich habe ihr eingeschärft, den Rest des Tages nicht mehr von Kylas Seite zu weichen.“

„Na, dann kannst du ja beruhigt sein, dass unser Star für heute Abend fit und gut drauf sein wird.“, meinte John. „Was ist nun mit Buchanan? Ist er auch im VIP-Zelt?“

Renie schüttelte den Kopf. „Der Barmann hat mir gesagt, dass der Bürgermeister, Buchanan und dieser Typ von Van de Beer – irgendein hohes Tier, der Europachef der Firma oder so – vor einer halben Stunde zusammen weggegangen sind. Keine Ahnung, wo sie sein könnten. Am besten versuchst du, ihn auf dem Handy zu erreichen.“

Aus der Kommandozentrale rief jemand, „Renie! Wo bleibst du denn, wir brauchen dich hier.“

„Ich komme!“ In der Tür drehte sie sich noch einmal um. „Ach, John – vielleicht sollte ich dir noch sagen, dass Kyla auf der Suche nach dir ist. Sie sagte, sie will sich bei dir persönlich für den wunderschönen Strauß bedanken. Ach, und mit Selena konnte ich noch nicht sprechen, heute ist hier der Teufel los. Bis später, John!“ Sie verschwand.

John überlegte einen Moment, ob er der offensichtlich wieder versöhnten Kyla gegenübertreten wollte. Als vor seinem geistigen Auge das Bild eines Kaninchens auftauchte, das von einer herrlich schillernden, aber offensichtlich fresslustigen Schlange fixiert wurde, entschied er sich dagegen, auch wenn er sich ein wenig feige vorkam.

Er zog es vor, Albert Buchanan anzurufen. Hier hatte er jedoch kein Glück, offensichtlich hatte Grants Geschäftspartner sein Handy ausgeschaltet oder hatte keinen Empfang.

Simon dagegen meldete sich sofort. „Superintendent Whittington“, bellte er ins Telefon. John verdrehte die Augen, erkundigte sich aber höflich, ob die schottische Polizei Simons Hinweisen gefolgt sei.

„Warte einen Moment, John. Ich gehe kurz hinaus. Weitermachen, Männer. Ich bin sofort zurück.“ Nach einem Moment war er wieder am Apparat.

„So. Die unteren Chargen hier brauchen unser Gespräch nicht mitzuhören. Aber jetzt kann ich sprechen.“

„Wo bist du gerade?“, fragte John verwundert.

Simons Ton war an Selbstgefälligkeit nicht zu überbieten.

„Heute morgen konnte ich mit dem Chief Constable hier sprechen.“ John, der aus seiner Militärzeit mit den Dienstgraden aller möglichen Einsatzkräfte vertraut war, ging davon aus, dass dies der ranghöchste Polizeibeamte der Region war.

„Dieser zeigte sich höchst beeindruckt von der Hartnäckigkeit und Raffinesse, mit der ich Spuren nachging, die sein Untergebener schlicht ignoriert hatte. Er hat mich nach einem Telefonat mit unserem Commissioner in London gebeten, dem Team hier als Berater zur Verfügung zu stehen, bis die Fälle zweifelsfrei geklärt sind.“

„Gratulation, Simon. Du hast den Mann offensichtlich überzeugt. Wie hat dieser Chief Superintendent Briarson reagiert?“

Simon gluckste. „Sagen wir so, seine Gesichtszüge sind erheblich entgleist. Aber es geht hier schließlich nicht um persönliche Befindlichkeiten, sondern um die Sache. Der Täter muss seiner gerechten Strafe zugeführt werden und dank mir sind wir auf dem besten Wege dazu.“

„Hast du tatsächlich Beweise gegen Fiona Grant finden können?“

„Besser. Sie hat bereits bei der ersten Vernehmung zugegeben, dass sie den Sattelgurt manipuliert hat. Allerdings leugnet sie vehement, ihren Mann vom Arthur´s Seat gestoßen zu haben. Auch mit dem Anschlag auf Isabel will sie nichts zu tun haben. Jedoch haben wir hier auf ihrem Anwesen – unter meiner Leitung wird gerade eine Hausdurchsuchung durchgeführt – gerade ein Sammelsurium von Tabletten gefunden. Dabei waren auch verschiedene Schmerz- und Beruhigungsmittel. Ich schätze, dass das Labor bei der Analyse feststellen wird, dass die Wirkstoffe mit denen in Isabels Tee identisch sind.“

John dachte einen Augenblick nach. „Welches Motiv hat sie für die Sattelgurtgeschichte angegeben?“

„Sie sagte, sie hätte kurz davor zufällig erfahren, dass ihr Mann für mittlerweile drei uneheliche Kinder Unterhalt zu zahlen hatte. Obwohl er immer wieder versprochen hatte, ihr treu zu sein, hatte er sie offensichtlich doch wieder betrogen. Gleichzeitig gab er Unsummen für seine Hobbies aus, wie das Segeln, Golfen und Jagdreiten. Auf der anderen Seite verdiente er zwar mit seiner Unternehmensberatung nicht so schlecht, hatte aber im Zug der Finanzkrise viel Geld verloren. Dennoch war er lange nicht bereit, seinen Lebensstil einzuschränken. An dem Abend, als er sie bat, eine Hypothek auf das gemeinsame Haus aufnehmen zu dürfen, begann sie, einen Plan zu schmieden, wie sie ihn loswerden konnte. Wie wir wissen, ist sie hierbei nicht sehr professionell zu Werke gegangen und Grant überstand den Sturz, wenn auch verletzt. Sie sagte, daraufhin habe sie den Mordplan aufgegeben und Grant angekündigt, sich scheiden zu lassen, auch wenn sie dadurch das Anwesen verlieren würde. Sie brachte noch ein weiteres Argument, warum sie Grant nicht mehr umbringen wollte: Zwei, drei Tage vor seinem Tod äußerte er in einem Gespräch mit ihr, dass er nun reinen Tisch machen wolle und zu ihren Gunsten auch auf seinen Anteil am Haus verzichten wolle, da er ihr über die Jahre so viel Kummer bereitet hätte.“ Simon lachte hohl. „Ich bin mir sicher, dass es sich hierbei um eine Schutzbehauptung von Fiona Grant handelt. Vorerst kann ich sie nur wegen vorsätzlicher Körperverletzung drankriegen – aber du wirst sehen, John, Mrs. Grant wird vor Gericht auch wegen Mordes und versuchten Mordes angeklagt werden. Und wenn ich hier das Unterste zuoberst kehren muss, um die Beweise zu finden.“

Als Simon Luft holte, hakte John nach.

„Was könnte Grant gemeint haben, als er sagte, er wolle reinen Tisch machen?“

„Keine Ahnung. Zumindest hat er dann wohl mit seiner aktuellen Geliebten Schluss gemacht. So eine junge Frau aus dem Organisationsbüro, warte mal, ich habe mir den Namen irgendwo aufgeschrieben -“

„Selena Rawlins?“

„Genau. Mrs. Grant gibt an, dass sie am Mittwoch Abend einen heftigen Streit aus dem Arbeitszimmer ihres Mannes gehört hat und dass daraufhin die Nebeneingangstür zuschlug. Durchs Fenster sah sie eine Frau mit blonden Haaren die Auffahrt hinuntereilen. Grant sagte ihr danach, er hätte bereits zwei Tage zuvor die Beziehung mit der jungen Frau beendet gehabt. Sie sei jedoch zu ihm gekommen, um ihn irgendwelche wichtigen Papiere unterschreiben zu lassen und dabei wäre es erneut zum Streit gekommen. Er hätte Miss Rawlins dann gesagt, sie solle sich lieber ein paar Tage frei nehmen, da die Zusammenarbeit momentan zu sehr unter den Spannungen leide.“

„Sie hat sich tatsächlich die nächsten Tage krank schreiben lassen.“

Geistesabwesend kratzte John sich an der Nase.

„Warte mal, Simon. Wenn Selena im Haus der Grants war, hätte sie theoretisch diesen fingierten Abschiedsbrief dort deponieren können. Und sie hat den Tee für Tante Isabel zubereitet!“

„Hm. Wir haben nur die Aussage Fiona Grants als Beleg, dass die beiden ein Verhältnis hatten und Robert Grant dem Mädchen den Laufpass und damit ein Motiv gab. Aber gut, *ich* werde mir nicht nachsagen lassen, dass ich mögliche Spuren außer Acht gelassen hätte.

Also werde ich Miss Rawlins als Zeugin einbestellen, gleich morgen früh. Wir werden auch prüfen, ob sie ein Alibi für die Tatzeit hat. Zufrieden, John? Und nun muss ich mich hier wieder um die Ermittlungen kümmern. Wer weiß, was diese schottischen Bauerntrampel sonst übersehen. Wir hören uns." Damit legte er auf.

John starrte nachdenklich durch die offene Tür in die hektische Kommandozentrale hinein. Zu gern hätte er selbst mit Selena Rawlins gesprochen. Allerdings machte das momentan bei dem Trubel hier wenig Sinn. Auch musste er sich eingestehen, dass er sie nicht für durchtrieben genug hielt, Grants Selbstmord vorzutäuschen.

Er beschloss, Simon die Befragung von Selena Rawlins zu überlassen und ging, um einen Blick ins Probierzelt zu werfen. Vielleicht hatten ja sein Vater, David und Alan etwas über diesen Thomas Brindell herausgefunden.

Als er den Kopf in das große zirkusartige Zelt hineinsteckte, überfiel ihn ein ungeheurer Geräuschpegel. Rundum waren wohl zwei Dutzend Stände aufgebaut, die die Erzeugnisse verschiedenster Destillerien feilboten. Vor jedem Stand waren hohe Bartische aufgebaut, an denen sich massenhaft Menschen drängten. Er musste eine Weile suchen, bis er an der Theke einer Destillerie mit einem unaussprechlichen gälischen Namen fündig wurde. Sein Vater entdeckte ihn im selben Moment und deutete zum Ausgang. Er sagte etwas zu David und Alan, ließ sich drei Flaschen des Whiskys einpacken, bezahlte, verabschiedete sich herzlich von dem Standbesitzer und schob die beiden jüngeren Männer Richtung Zeltausgang. David war hiervon offensichtlich wenig begeistert. Als sie gemeinsam nach draußen traten, atmete John tief durch. „Donnerwetter, da drin ist sogar die Luft hochprozentig."

„Jau, Bruderherz, das war ein super Undercover-Auftrag, zu dem du uns da geschickt hast.", lallte David und fiel fast über eine der Zeltabspannungen. „Uups. Echt ein super Tropfen, den dieser Mensch da braut. Hast du für mich auch eine Flasche gekauft, Dad?"

James Mackenzie sah seinen Jüngsten stirnrunzelnd an. „Whisky wird nicht gebraut, David, sondern destilliert. Und ja, ich habe eine Flasche für dich gekauft. Aber für heute hast du wohl genug, meinst du nicht?"

„Och, Dad, jetzt hab dich nicht so. Es war doch alles im Dienst unserer Ermittlungen." Unvermittelt warf er sich in die Brust und begann, mit Inbrunst zu singen.

„God save our gracious Queen, long live our noble Queen…"

Verlegen sah John sich um, aber die umstehenden Schotten hatten für den fidelen Zecher ein tolerantes Lächeln übrig – selbst wenn er die ungeliebte britische Nationalhymne sang.

Dennoch ergriffen John und Alan Davids Arme und steuerten ihn mit James Mackenzie im Schlepptau Richtung Zeltdorf. Erleichtert sahen sie, dass das Mackenzie-Zelt verlassen da lag. Sie deponierten David auf einem Stuhl und drückten ihm eine Wasserflasche in die Hand. Alan blieb bei ihm, während John und sein Vater vor das Zelt traten. Sie sahen sich einen Moment an und mussten dann beide schmunzeln.

„Morgen wird der Junge einen höllischen Kater haben. Aber immerhin konnten wir etwas herausfinden, John. Dieser Brindell hat uns erzählt, dass er seinen Stand hier schon am Mittwoch aufgebaut hat, nicht wie die meisten anderen erst am Donnerstag."

„Das heißt, er war am Tag vor Grants Tod bereits hier in Edinburgh."

„Richtig. Aber am selben Abend ist er wieder zurück gefahren, weil er einen Anruf aus seiner kleinen Fabrik bekam, dass sich für Donnerstag früh ein Inspektor von der Gesundheitsbehörde angesagt hatte. Scheinbar hat er schon wiederholt Schwierigkeiten mit einem Konkurrenten gehabt, der ihn immer wieder wegen irgendwelchen Verstößen gegen Hygiene- oder Arbeitsschutzvorschriften anzeigt. Natürlich alles aus der Luft gegriffen, sagt Brindell. Auf jeden Fall stand der Inspektor morgens um acht am Donnerstag in seiner Fabrik und Brindell selbst hat ihn auf seinem Rundgang durch die Produktion begleitet."

„Hm. Wo ist diese Fabrik denn?"

„In Inverurie, das ist rund drei Stunden nördlich von hier."

„Sir Robert soll zwischen halb sieben und halb acht Uhr gestorben sein. Wenn Brindells Geschichte stimmt, kann er keinesfalls um diese Zeit auf dem Arthur´s Seat gewesen sein."

„Ich kann mir nicht vorstellen, dass der Mann gelogen hat, John. Was hätte er auch für einen Grund haben sollen. Wir haben Grants Tod mit keinem Wort erwähnt."

Alan trat zu ihnen. „Mir kam sein Ärger auch absolut echt vor. Brindell hat uns noch wortreich geschildert, wie er es nur um Haaresbreite geschafft hat, zur Eröffnung des Festivals am Donnerstag Nachmittag wieder hier zu sein. Offenbar hatte es auf der Brücke über den Firth of Forth einen Unfall gegeben und es gab einen riesigen Stau. Den Mann kannst du getrost von der Liste der Verdächtigen streichen, John.“

„Ich danke euch für euren heldenhaften Einsatz zur Wahrheitsfindung.“ John klopfte den Männern grinsend auf die Schulter. „Leider ging der Einsatz nicht ganz ohne Kollateralschäden zu Ende.“ Aus dem Zelt drang plötzlich lautes Schnarchen. David war auf dem unbequemen Klappstuhl eingeschlafen.

Kapitel 12

Eine halbe Stunde später winkte John seiner Familie nach, die in zwei Taxis zurück zur Unterkunft fuhr. Sein Vater und Maggie wollten von dort weiter ins Krankenhaus und der Rest der Familie hatte sich einmütig für eine Ruhepause vor dem Clanumzug ausgesprochen. Renie hatte allen eingeschärft, pünktlich um halb sechs Uhr wieder beim Festivalgelände zu sein, wo alle Clans sich in alphabetischer Reihenfolge aufstellen würden. Von da aus würden sie begleitet von zahlreichen Musikgruppen durch die Innenstadt bis zur Burg ziehen. Entlang der rund eine Meile langen Strecke wurden Tausende von Zuschauern erwartet.

Auch John verspürte das dringende Bedürfnis, dem Rummel für einige Zeit zu entkommen. Jedoch stand Erins Tanzwettbewerb in Kürze an und auch Albert Buchanan hatte er noch nicht finden können, obwohl nun schon etliche Male versucht hatte, ihn anzurufen.

Als sein Handy klingelte, fischte er es schnell aus dem Sporran, in der Hoffnung, dass Buchanan seine Mailbox abgehört hatte und ihn nun zurückrief. Es war jedoch George.

„John! Der Zeitplan bei den Wettbewerben ist ein bisschen durcheinander geraten. Erin ist schon in ein paar Minuten dran. Kannst du gleich herkommen?"

„Bin sofort da, George.", antwortete John knapp und trabte vom Eingang los zum Tanzzelt. Dort drin herrschten Temperaturen wie in einer Sauna, obwohl alle Seitenteile des großen Pavillons bis auf die Wand hinter der Bühne entfernt worden waren. Dennoch waren fast alle Stühle besetzt, standen doch heute Nachmittag die Finalkämpfe der schottischen Meisterschaften an.

Mit viel Glück fand John einen freien Platz direkt hinter George und Marcia. Gerade nahmen vier Mädchen nebeneinander auf der Bühne Aufstellung. Jede trug eine Art Ballettschuhe, einen karierten Rock, lange Strümpfe im selben Muster und ein langärmliges schwarzes Samtjackett. Erin war nicht dabei. Als der Dudelsackpfeifer zu spielen begann, beugte John sich nach vorn und fragte leise, „Worauf kommt es bei diesem Tanz an?"

„Die Choreographie ist festgelegt, alle Mädchen tanzen gleichzeitig dieselben Schritte. Wie du siehst, muss der Oberkörper völlig aufrecht und ruhig gehalten werden.", raunte George. John nickte.

„In der Regel berührt nur ein Fuß den Boden. Die Tänzerinnen springen die ganze Zeit möglichst geschmeidig von einem Bein auf das andere, während das zweite Bein bestimmte Bewegungen ausführt, und zwar möglichst schnell und exakt. Die Arme werden währenddessen in einer von fünf Positionen gehalten."

John sah beeindruckt, wie die Mädchen sprangen, drehten und wirbelten und dabei scheinbar unbewegt in die Ferne blickten, auch wenn ihnen Schweißtropfen in die Augen liefen.

Das Lied verklang, die Tänzerinnen verbeugten sich abermals. Nun erst bemerkte John zwei ältere Damen, die jeweils mit einem Klemmbrett bewaffnet rechts und links vor der Bühne standen. Beide rissen den obersten Zettel ab und gaben ihn einem bereit stehenden Helfer.

„Das ist der Läufer.", erklärte ihm George. „Er sammelt die Wertungen der Richterinnen ein und bringt sie nach hinten, wo sie zusammengeführt werden. Jede Tänzerin erhält einen Punktwert, so dass nach Ende des Wettbewerbs relativ schnell die Siegerin feststeht."

„Da kommt Erin!" Marcia griff aufgeregt nach Georges Hand.

John drückte die Daumen. Für sein ungeübtes Auge gaben alle vier Mädchen ein graziöses Bild ab und er kam zum Schluss, dass es wohl jahrelangen Trainings bedurfte, um die Feinheiten des Tanzes und die Unterschiede in den Leistungen der einzelnen Sportlerinnen zu erkennen. Als die Wertungsrunde nach wenigen Minuten zu Ende war, applaudierte er kräftig mit den anderen.

„Erin war großartig.", schwärmte George.

„Sie ist perfekt in Form.", nickte Marcia. „Aber die Konkurrenz ist natürlich auch stark. In ihrer Altersgruppe ist die Zahl der Starterinnen am größten."

„Wann steht denn das Ergebnis des Wettbewerbs fest?", fragte John.

„Das dürfte noch eine Weile dauern. Es kommen noch fünf oder sechs Wertungsrunden."

„Gibst du mir dann Bescheid, wenn Erins Platzierung feststeht, George? Ich muss mir jetzt wirklich etwas zu essen besorgen."

George versprach es und John trat aus dem stickigen Zelt. Aus dem Stadion, wo die Highland Games in vollem Schwung waren, drangen Anfeuerungsrufe und dann begeisterter Applaus. Von der Hauptbühne scholl Musik herüber. Eine Mixtur unterschiedlichster Düfte, die von den Spezialitätenbuden herübergeweht wurden, lag in der Luft und ließ seinen Magen laut knurren.

„Einen Happen – einen ziemlich großen Happen – zu essen und dann etwas Ruhe, das ist es, was ich jetzt brauche“, sagte er zu sich. Einem plötzlichen Einfall folgend, zog er zum x-ten Male heute sein Telefon heraus. Er hatte gestern Pauline Murrays Nummer eingespeichert und wählte sie nun.

„Ms. Murray? John Mackenzie hier. Könnten wir uns treffen, damit ich meine Schulden bei Ihnen begleichen kann? Und falls Sie noch nichts gegessen haben, würde ich Sie gerne zu einem kleinen Lunch einladen. Oder natürlich auch zu einem großen Lunch. Oder falls es Ihnen später lieber ist, auch zum Dinner.“

Die Lehrerin lachte. „Sie kommen wie gerufen. Ich finde das Clantreffen wundervoll, aber ich könnte eine kleine Auszeit gebrauchen. Was halten Sie davon, wenn wir ein paar Kleinigkeiten zu essen besorgen und einen kleinen Spaziergang machen? Wir könnten zum Margaret Loch gehen, das ist ein kleiner See im Park, aber außerhalb des Festivalgeländes. Oder auch ein Stück die Radical Road hinauf auf den Arthur´s Seat.“

„Radical Road? Verläuft die nicht unterhalb dieser Klippen, der Salisbury Crags?“ John erinnerte sich vage an einen Übersichtsplan mit Spazierwegen, den er vor wenigen Tagen bei seinem Ausflug auf Edinburghs Hausberg gesehen hatte.

„Genau. Dazu müssten wir nach dem Ausgang des Festivalgeländes nur ein Stück nach links gehen und dann zweigt der Weg nach oben ab.“

Sie verabredeten, sich in fünfzehn Minuten am Ausgang zu treffen und John beeilte sich, ein paar Leckereien und etwas zu trinken zu besorgen. Schwer bepackt kam er am Ausgang an und wünschte, er hätte einen Rucksack dabei. Bei seinem Anblick prustete Pauline Murray los. „Donnerwetter, was schleppen Sie alles an? Damit könnten wir ja eine Kompanie ernähren.“

„Nun ja, ich wusste ja nicht, was Sie mögen. Also habe ich geräucherten Lachs, Sauerteigbrot, einen Früchtekuchen, Käse und eine Pastete mitgebracht.“

„Das wird ja ein Festmahl.“

„Dazu gibt es aber leider nur Wasser, ein anderes Getränk konnte ich auf die Schnelle nicht auftreiben.“

„Das passt doch wunderbar. Nur wie tragen wir das alles den Berg hinauf? Ach, da fällt mir etwas ein. Warten Sie einen Moment.“

Sie verschwand im Eingangspavillon. Als sie wieder heraustrat, schwenkte sie einen Spiderman-Rucksack. „Der gehört einem meiner Neffen. Heute Morgen haben wir ihn am Eingang deponieren lassen, da er sich zum Kilt nicht so gut macht. Den leihen wir uns einfach kurz aus.“ Sie packten alles hinein und marschierten los. Im Gehen plauderten sie über das Festival. Ebenso wie John war auch Pauline Murray mit ihren Eltern, mehreren Geschwistern und deren Nachwuchs angereist.

„Anders als bei Ihrer Familie bin ich aber die Einzige von uns, die unten im Süden lebt. Quasi das schwarze Schaf des Clans.“ Sie lachte. „Aber immerhin gehe ich zum neuen Schuljahr nach York, dann bin ich nicht mehr soweit von meiner Familie entfernt wie jetzt.“

„Sie gehen weg aus Richmond? Dann werde ich in Zukunft keine Führungen mehr für Sie und Ihre Klasse machen können?“, fragte John mit leiser Enttäuschung.

Sie nickte. „Mir wurde die Position als stellvertretende Schulleiterin an einer großen Mädchenschule in York angeboten. Da musste ich einfach zugreifen. Eine Studienfreundin von mir ist ebenfalls dort und die Stadt ist wunderschön. Und letzten Endes finde ich es nach den Jahren im Süden auch schön, wieder näher an meiner Heimat zu sein. Von York sind es nur zweihundert Meilen hierher, so dass ich dann auch mal für ein Wochenende zu meiner Familie fahren kann.“

„Was hat Sie ursprünglich nach England verschlagen?“, fragte John.

„Ein Kommilitone, der von der Südküste nach Edinburgh zum Studieren gekommen war. Ein fescher Kerl und herausragender Historiker – nur habe ich dann leider den Fehler gemacht, ihn zu heiraten und mit ihm in die Nähe Londons zu ziehen, weil er eine Assistenzstelle und später Professur am City College erhielt. Er … war bei seinen Studenten und vor allem den Studentinnen sehr beliebt. Als ich dahinter kam, dass er mit einigen ein … besonders enges Verhältnis hatte, war die Ehe am Ende.“ Sie verfiel in Schweigen.

John spürte, dass sie nicht weiter über sich sprechen wollte. Fieberhaft suchte er nach einem unverfänglichen Thema. Da fiel sein Blick auf einen Wegweiser. „Ich frage mich, wieso dieser Weg Radical Road heißt.“

Offensichtlich froh über den Themenwechsel sah Pauline ihn lächelnd an. „Wollen Sie die Kurzversion oder die ganze Vorgeschichte? Aber ich warne Sie, wenn ich mal in Fahrt gerate, bin ich kaum zu stoppen. Die Geschichte Schottlands war mein Steckenpferd an der Universität.“

„Ich weiß darüber nicht sehr viel, also holen Sie ruhig aus.“, bat John. Obwohl der Aufstieg nicht steil war, kam er in der ungewöhnlichen Hitze doch ordentlich ins Schwitzen und der schwer bepackte Rucksack drückte auf seine Schultern. So freute er sich, dass er sich aufs Lauschen beschränken konnte. Und Pauline Murray konnte wirklich interessant erzählen. Er konnte sich gut vorstellen, wie sie vor der Klasse stand und ihre Schülerinnen für Geschichte begeistern konnte. Und das war beileibe nicht einfach. Das hatte John bei der Führung durch den Tower, die er letzten Winter für Paulines Klasse gemacht hatte, schnell gemerkt.

Paulines Schilderung ließ vor Johns geistigem Auge ein Bild vom Alltag der Arbeiter und Handwerker im frühen neunzehnten Jahrhundert entstehen. Gekonnt schlug sie den Bogen zu den politischen Strömungen und Geschehnissen in jener Zeit der ersten industriellen Revolution in Großbritannien.

Während er ihr zuhörte, entstand in John spontan der Wunsch, sich intensiver mit der Geschichte des Vereinigten Königreichs zu beschäftigen. Natürlich hatte er nicht zuletzt in seiner Ausbildung zum Beefeater viel gelernt, aber im Vergleich zu dem enormen Hintergrundwissen, das aus Paulines Worten sprach, kamen ihm seine Kenntnisse recht oberflächlich vor.

„Nach den Aufständen hatte unser großer Sir Walter Scott die Idee, mit diesem Projekt hier Arbeit für die beschäftigungslos gewordenen Weber zu schaffen. Und knapp zweihundert Jahre später können wir heute auf diesem gut ausgebauten Weg bequem zum Gipfel hinauf kommen.“, schloss sie und verbeugte sich mit einem spitzbübischen Lächeln. „Ich danke Ihnen für Ihre Aufmerksamkeit. Sie waren ein wunderbares Publikum.“

„Ich danke Ihnen. Das war ein faszinierender Einblick in unsere Geschichte. Sie würden einen hervorragenden Beefeater abgeben.“, erwiderte er aufrichtig.

„Sollen wir hier unser Picknick machen? Sehen Sie, da ist eine schöne kleine Ebene und ein flacher Stein, wo wir das Essen deponieren können.“ Sie wies auf eine Stelle oberhalb des Weges, direkt am Fuß der Klippen. Etwa hundert Fuß weiter oben am Weg war ein kleines grasbewachsenes Viereck mit Plastikband abgesperrt.

„Da muss er zu Tode gekommen sein.“, murmelte John.

Pauline sah ihn scharf an. „Zu Tode gekommen? Sprechen Sie etwa von Robert Grant, dieser Kanaille? Der soll doch hier über die Salisbury Crags herunter gesprungen sein.“

Bass erstaunt sah er sie an. „Kannten Sie Sir Robert etwa?“

„Nicht persönlich. Aber ich weiß, dass er wortbrüchig, feige und käuflich war.“ Sie schlug sich die Hand vor den Mund. „Du lieber Himmel, er war doch hoffentlich kein Freund von Ihnen?“

John schüttelte den Kopf. „Kommen Sie, setzen wir uns. Dann erkläre ich Ihnen, woher mein Interesse an dem Mann kommt. Außerdem knurrt mein Magen. Ich brauche jetzt dringend etwas zu essen.“

Als sie den Rucksack ausgepackt hatten, sah John plötzlich betreten drein. „Oh. Ich habe gar nicht an ein Messer gedacht.“, bekannte er und wog den Brotlaib unschlüssig in der Hand.

Ms. Murray lachte und wies auf Johns rechten Strumpf.

„Ein Schotte hat sein Messer immer am Mann. Natürlich haben die Engländer hartnäckig versucht, das Tragen des Sgian Dubh zu verbieten, aber wir sind schließlich ein eigensinniges Völkchen. Auch wenn der Strumpfdolch heute eher dekorativen Zwecken dient – er sollte reichen, um diesem Brot zu Leibe – oder vielmehr zu Laibe – zu rücken.“

Während sie aßen, erzählte er Ms. Murray alles, was er in den letzten Tagen über Sir Robert Grant erfahren hatte. Als er geendet hatte, meinte sie nachdenklich, „Dann könnte es theoretisch tatsächlich Selbstmord gewesen sein. Oder es war Mord und verdächtig sind momentan seine Frau und diese Selena. Habe ich das richtig verstanden?“

„Oder es war irgendjemand ganz anderes. Ich konnte immer noch nichts Konkretes über frühere Geliebte oder politische Feinde Grants herausbekommen. Oh, da fällt mir etwas ein. Ich könnte es noch mal bei Grants Geschäftspartner probieren. Bis jetzt war er telefonisch nicht erreichbar.“

Er hatte jedoch wiederum kein Glück. Knurrend steckte er das Handy wieder ein.

„Versuchen Sie es doch bei der Clanparade.“, schlug Pauline vor. „Alles, was in Edinburgh Rang und Namen hat, wird da sein. Sie wissen schon: Sehen und gesehen werden.“

„Sie haben Recht. Da die Clans sich ja alphabetisch aufstellen, müsste Buchanan dann zu finden sein. Aber nun würde mich interessieren, woher Ihr offenbar wenig schmeichelhaftes Bild von Sir Robert kommt."

„Das kann ich Ihnen gerne sagen. Dazu muss ich allerdings ein wenig ausholen."

„Sehr gern. Soll ich Ihnen ein Stück Früchtekuchen abschneiden?"

Pauline nickte.

„Ich bin in North Berwick aufgewachsen. Das ist gute zwanzig Meilen östlich von hier, direkt an der Küste. Mein Vater ist ein passionierter Ornithologe und hat mich oft zu seinen Vogelbeobachtungen mitgenommen. Der Küstenabschnitt dort ist ein Eldorado für Vogelliebhaber. Vielleicht kennen Sie ja Bass Rock?"

„Ist das nicht ein riesiger Felsen, der ganz nah am Festland liegt?"

„Genau. Er ist über dreihundert Fuß hoch und je nach Jahreszeit von bis zu einer halben Million Seevögeln bewohnt. Wir sind damals oft mit dem Boot hinausgefahren. Ich sage Ihnen, es ist ein unglaubliches Spektakel. Allein schon, einem Basstölpel bei der Jagd zuzusehen, ist ein Erlebnis. Wie sie blitzschnell herabstoßen, kurz vor dem Auftreffen auf die Wasseroberfläche die Flügel anlegen, eintauchen und oft tatsächlich mit einem Fisch im Schnabel wieder auftauchen – das ist fantastisch." Sie lächelte versonnen.

„Oh, eigentlich wollte ich Ihnen ja von Robert Grant erzählen. Also, die Tierwelt dort an der Küste ist so einmalig, dass die kleine Vogelschutzwarte dort im Lauf der Jahre immer weiter ausgebaut wurde und heute das Scottish Seabird Centre beherbergt. Damals wie heute ist dort auch das Hauptquartier des regionalen Vogelschutzvereins. Mein Vater ist dort immer noch sehr engagiert. Paul Henderson, der das Zentrum leitet, ist gleichzeitig Vorstand des Vereins. Er ruft immer wieder Projekte ins Leben, die die Lebensbedingungen für die Vögel verbessern sollen. Vor einigen Jahren hatte der Verein den Plan, einen Streifen Land zu erwerben, der ein kleines Stück östlich von hier am Firth of Forth liegt. Der Küstenabschnitt sollte unter Schutz gestellt werden, um dort eine Wiederansiedlung des Seeadlers zu ermöglichen. Dieses Stück Land war vorher in kommunaler Hand, aber nun sollte es verkauft werden."

„Lassen Sie mich raten – nach der Finanzkrise war die Stadt genauso klamm wie viele andere und wollte ein paar Löcher in ihrem Haushalt stopfen?"

Pauline nickte. „Genau so war es. Es fanden sich mehrere Bieter. Einer davon war der hiesige Golfclub, der eine größere Anlage direkt an der Küste bauen wollte. Ein anderer war unser Vogelschutzverein. Der zuständige Ausschuss im City Council hatte bereits allen anderen Bewerbern, darunter auch einer Hotelkette, eine Absage erteilt. Vor der entscheidenden Sitzung kamen alle Ausschussmitglieder zu einem Ortstermin, wo auch Vertreter der beiden verbliebenen Bieter zugegen waren."

„Robert Grant war Mitglied in jenem Ausschuss?"

„So ist es. Nach diesem Gespräch sagte Grant unserem Vereinsvorstand Paul Henderson zu, dass er bei der Abstimmung für den Verkauf an den Vogelschutzverein stimmen würde. Er hat noch große Töne gespuckt, dass ihm der Schutz der Natur ach so wichtig wäre und dieser unersetzliche Lebensraum für die Tierwelt geschützt werden müsste. Pah!"

Sie atmete tief durch. John schwante, was nun kam.

„Tatsächlich schlug sich dieser ... Mensch ... wenige Tage später nicht nur auf die Gegenseite, sondern überzeugte auch noch ein weiteres Ausschussmitglied, seine Meinung zu ändern. So kam eine knappe Mehrheit für den Verkauf an den Golfclub zustande. Aber das Schärfste ist, dass er sich buchstäblich kaufen hat lassen von diesen Geldsäcken."

„Sie meinen, dass Grant sich bestechen ließ?"

„Und das nicht zu knapp. Paul – Mr. Henderson – hat mir erst gestern erzählt, dass er das aus sicherer Quelle erfahren hätte. Und scheinbar war das nicht das erste Mal, dass Grant sich schmieren ließ. Paul hat sich darüber fürchterlich aufgeregt. Er hat noch gesagt, dass Grant froh sein könne, dass er tot sei, sonst würde er ihn noch eigenhändig erwürgen. Anders wäre diesen Mistkerlen nicht beizukommen."

John schluckte. Ms. Murray schien sich gar nicht darüber im Klaren zu sein, dass sie ihm gerade einen neuen Verdächtigen auf dem Silbertablett serviert hatte.

Vorsichtig fragte er, „Denken Sie, dass Ihr Freund Henderson Konkretes über diese Fälle weiß? Oder geht es hier nur um Gerüchte?"

Pauline Murray sah John empört an.

„Paul ist kein Mann, der Gerüchte verbreitet. Nein, nein, wenn er mir so etwas erzählt, dann nur auf der Basis von Fakten."

John bemerkte, dass er eine empfindliche Stelle getroffen hatte und ruderte hastig zurück. „Selbstverständlich, das bezweifle ich nicht. Ms. Murray – wenn ich konkrete Informationen über diese Bestechungsfälle hätte, könnte das vielleicht auf der Suche nach Grants Mörder weiterhelfen. Meinen Sie, dass Mr. Henderson mit mir sprechen würde?“

Sie warf ihm einen kritischen Blick zu.

„Hm.“

Beschwörend sah er sie an. „Bitte, Ms. Murray. Wir müssen herausfinden, wer meine Tante vergiftet hat und wer Robert Grant vom Arthur´s Seat gestoßen hat – an einen Selbstmord glaube ich nämlich genauso wenig wie meine Tante Isabel. Und morgen ist das Festival zu Ende. Es bleibt uns so verdammt wenig Zeit…“ Er ließ den letzten Satz in der Luft hängen.

„Gut, ich rufe ihn an. Er ist nämlich nicht mehr hier in Edinburgh, da er zurück ins Vogelzentrum musste.“ Sie zog ein Mobiltelefon heraus, das noch betagter aussah als Johns altertümliches Gerät. Er bemerkte, dass sie eine Kurzwahltaste drückte, Hendersons Nummer also offensichtlich eingespeichert hatte. Dann wandte er sich diskret ab und beschäftigte sich damit, die Reste ihres Mahls im Rucksack zu verpacken. Nach einigen Minuten zupfte sie ihn am Ärmel.

„Wollen Sie morgen Vormittag mit mir zum Vogelzentrum hinausfahren? Paul wäre bereit, mit Ihnen zu reden, aber er möchte Sie persönlich kennen lernen.“

Ohne zu überlegen nickte John. „Natürlich. Wann immer es ihm passt.“

„Okay.“ Sie sprach wieder in den Hörer. „Dann sind wir so gegen acht Uhr da, Paul. Bis morgen.“ Sie steckte das Handy weg.

„Ich hoffe, frühes Aufstehen macht Ihnen nichts aus. Für Paul ist es am günstigsten, wenn wir gleich morgens kommen, bevor das Zentrum öffnet.“

„Das ist überhaupt kein Problem. Wenn ich Dienst im Tower habe, stehe im Sommer schon vor fünf Uhr auf, um die Raben zu versorgen.“

„Gut, dann hole ich Sie gegen viertel nach sieben an Ihrer Unterkunft ab.“

„Das ist wirklich sehr nett von Ihnen. Ich könnte mir auch das Auto meines Schwagers ausleihen, mit dem wir hierhergekommen sind.“

„Nein, das ist wirklich nicht nötig. Ich fahre gern.“ Sie schwieg einen Moment und fuhr dann fort, „Verzeihen Sie, dass ich vorhin ein wenig unwirsch reagiert habe. Aber Paul ist seit meiner Kindheit einer meiner besten Freunde. Er … ist ein guter Mann.“

„Sie brauchen sich nicht zu entschuldigen. Ich habe mich dumm ausgedrückt.“ Er hob den Rucksack hoch, der jetzt viel leichter war als beim Aufstieg. „Ich denke, wir müssen allmählich losziehen, sonst kommen wir noch zu spät zur Parade.“

Während sie hinuntergingen, ließ John beiläufig fallen, „Sie kennen Mr. Henderson also schon lange?“

„Wir sind zusammen zur Schule gegangen und sind schnell dicke Freunde geworden, obwohl wir nicht gegensätzlicher hätten sein können.“ Sie lachte vergnügt. „Er war der Teufelsbraten der Schule, schlagfertig, sportlich, immer bereit zu einem Streich. Ich war die kleine Streberin, dazu kugelrund und schüchtern.“ Sie wurde ernst.

„Paul hat mich unter seine Fittiche genommen und mich verteidigt, wenn wieder eins der anderen Kinder mein Pausenbrot wegnehmen oder mich im Sportunterricht nicht in der Mannschaft haben wollte. So war er schon immer: Er setzt sich mit Leidenschaft für die ein, die sich selbst nicht wehren können. Wehe, wenn er sah, dass jemand ein Tier schlecht behandelte: Da konnte er außer sich geraten und es war ihm dann auch egal, wenn er einen Erwachsenen vor sich hatte. Dem gab er trotzdem eins auf die Mütze.“

Während sie arglos weiter plauderte, lief vor Johns geistigem Auge ein Film ab: Wie der fanatische Vogelschützer Henderson sich mit Robert Grant verabredete, um ihn mit seinem Wissen über die Bestechungen unter Druck zu setzen. Wie beide im Morgengrauen den Arthur´s Seat bestiegen, der freien Blick zu dem begehrten Küstenstreifen gewährte. Wie das Gespräch sich in eine andere Richtung entwickelte, als Henderson wünschte. Wie er, getrieben von Frustration und Wut den Politiker in die Tiefe stieß.

Einerseits wünschte John sich, es wäre so gewesen und er hätte den Schuldigen an Grants Tod tatsächlich gefunden. Wenn er dagegen Pauline Murray ansah, hoffte er aus tiefstem Herzen, dass ihr Kindheitsfreund sich nicht als Mörder entpuppen würde.

Kapitel 13

„Mr. Buchanan! Schön, dass ich Sie treffe. Hätten Sie einen Moment für mich?“

Robert Grants ehemaliger Geschäftspartner war tatsächlich leicht zu finden gewesen. Jeder Clan war für die große Parade mit einer Namensstandarte ausgestattet worden und so hatte sich John an den Abercrombies, Andersons und Armstrongs vorbei bis zum letzten Clan mit dem Anfangsbuchstaben B vorgearbeitet. Albert Buchanan trug die Standarte seines Clans mit offensichtlichem Stolz. Nun drückte er sie mit einigen Worten seinem Nebenmann in die Hand, legte jovial den Arm um Johns Schultern und trat mit ihm ein paar Schritte zur Seite.

„Selbstverständlich, Mackenzie. Ich habe Ihre Nachricht gerade erst abgehört, ich war den ganzen Tag beschäftigt.“ Er beugte sich zu John und raunte in vertraulichem Ton, „Ich war mit dem Bürgermeister geschäftlich unterwegs, wenn Sie es genau wissen wollen. Aber jetzt bin ich ganz für Sie da. Also: Wie kann ich Ihnen helfen?“

„Nun, unsere ganze Familie macht sich natürlich Sorgen um Tante Isabel. Wir möchten gerne wissen, was gestern genau passiert ist. Soweit ich gehört habe, waren Sie dabei, als sie zusammenbrach?“

Buchanan nickte. „Schreckliche Sache. Wie geht es Isabel jetzt?“

„Nun ja, sie ist sehr schwach.“, antwortete John ausweichend. Er hatte keine Ahnung, ob die Polizei bereits offiziell hatte verlauten lassen, dass es sich um einen gezielten Anschlag gehandelt hatte oder die Ermittler dies vorerst unter der Decke halten wollten. Er hätte sich ohrfeigen können, dass er nicht mit Simon darüber gesprochen hatte. Bei Buchanans nächsten Worten aber wurde ihm klar, dass dieser offensichtlich eine Menge über den derzeitigen Ermittlungsstand wusste.

„Konnte die Polizei bei der Durchsuchung von Grants Haus die Substanzen finden, mit denen Isabel vergiftet wurde?“

John sah sein Gegenüber erstaunt an. „Sie sind ja bestens informiert über den Fortgang der Ermittlungen, Mr. Buchanan.“

Buchanan zuckte mit den Schultern. „Wenn Sie hier erfolgreich Geschäfte machen wollen, müssen Sie Ihr Ohr am Puls der Zeit haben, mein Freund. Und am besten Mitglied im gleichen Golfclub sein, wie die Leute, die in der Stadt das Sagen haben.“ Er zwinkerte vielsagend. Dann wurde sein Gesicht ernst.

„Hier war Robert für unsere Firma Gold wert. Seine Stärke war weniger die Entwicklung neuer Dienstleistungen und schon gar nicht der Umgang mit Geld, aber seine Kontakte in alle Bereiche des öffentlichen Lebens waren unschätzbar. Er war schlichtweg ein großartiger Türöffner.“ Buchanan seufzte und fuhr dann fort, „Nun, so wie es aussieht, hat die Polizei Fiona zu ihrer Hauptverdächtigen erkoren. Wer hätte gedacht, dass eine Frau wie sie zu so etwas in der Lage ist. Nun sieht es so aus, als hätte Isabel doch mit ihrem Verdacht Recht gehabt, dass Roberts Tod kein Suizid war.“

„Soweit ich gehört habe, leugnet Mrs. Grant jedoch, dass sie ihren Mann vom Arthur´s Seat gestoßen hat. Sie will auch Tante Isabel nichts in den Tee getan haben.“

Buchanan lachte spöttisch. „Na, was soll sie auch sonst sagen. Sehen Sie, Mackenzie: Wenn Sie in meiner Branche so lange tätig wären wie ich, hätten Sie mit Sicherheit mehr Menschenkenntnis entwickelt.“

John war stolz auf sich, dass seine Gesichtszüge keinen Moment entgleisten, während Buchanan weitersprach und ihm von den zahlreichen Seminaren erzählte, die er zu Personalauswahl, Mitarbeiterführung, Motivation und Konfliktlösung im Arbeitsalltag gehalten hatte.

„Sie müssen auch auf die Körpersprache achten, Mackenzie: Wenn Sie die Signale wahrnehmen und deuten können, erfahren Sie daraus eine ganze Menge über Ihr Gegenüber.“

John nutzte eine Atempause Buchanans, um wieder zu Wort zu kommen. „Faszinierend. Ich bewundere Leute, die andere so gut durchschauen können und so feine Antennen haben. Dann bin ich ja genau beim richtigen Mann gelandet – was haben Sie gestern beobachtet, als Sie in der Kommandozentrale waren?“

„Hmm. Lassen Sie mich überlegen. Isabel hatte kurzfristig eine Besprechung anberaumt. Außer mir waren noch drei Komiteemitglieder da, Florence Jamison, Jack Dempsey und Patrick Logan. Patrick ist für die Sportwettkämpfe zuständig. Wir saßen im Besprechungsraum. Der ist durch eine dünne Wand abgetrennt vom restlichen Bereich. Bei dem Trubel in der Zentrale könnte man sich sonst auch gar nicht vernünftig unterhalten. Wir haben dort auch eine kleine Teeküche. Dann stieß noch Fiona Grant dazu. Isabel hatte sie gebeten, zu kommen. Wir legten die Modalitäten für den Zusatzwettkampf zu Ehren Robert Grants fest, was eine ganze Weile dauerte.“ Er rollte mit den Augen.

„Sie können sich gar nicht vorstellen, wie lange man über alberne Kleinigkeiten wie die Farbe des Sockels für den Pokal diskutieren kann. Da merkt man einfach, dass viele Leute es nicht gewöhnt sind, effizient Entscheidungen zu treffen. Nun ja, lassen wir das. Als die Sache sich immer weiter in die Länge zog, hat irgendjemand um eine kleine Stärkung gebeten.“

„Wissen Sie noch, wer das war?“

„Keine Ahnung, wahrscheinlich eine der Frauen. Sie verlangten nach Tee.“ Er schüttelte sich. „Ich kann das Gesöff nicht ausstehen. Wir Männer haben uns lieber ans Bier gehalten. Aber etwas zu essen konnte ich auch vertragen. Also hat eins der Mädchen einen kleinen Imbiss für uns bereitet, belegte Brötchen, Kekse und solches Zeug.“

„Haben die Frauen alle den gleichen Tee getrunken?“

„Nein. Isabel bekam irgendein extra Gebräu, roch scheußlich, das Zeug.“

„Bitte versuchen Sie, sich genau zu erinnern: Wer könnte Gelegenheit gehabt haben, etwas dort hinein zu tun?“

Albert Buchanan starrte eine Minute in die Ferne.

„Das ist schwer zu sagen. Es hat eine ganze Weile gedauert, bis der Imbiss fertig war, weil Miss Rawlins – das ist die junge Frau, die alles hergerichtet hat – zwischendurch immer wieder hinaus zum Empfang musste. Die Teeküche befindet sich neben einem kleinen Waschraum an der Stirnseite des Besprechungsraums. Ich bin sicher, dass Fiona Grant und später auch Patrick Logan während der fraglichen Zeit in den Waschraum gegangen sind. Vielleicht auch Flo Jamison, aber das weiß ich nicht mehr hundertprozentig.“

Entschuldigend hob er die Hände. „Ich war Protokollführer der Besprechung und daher beschäftigt, alles zu dokumentieren. Da konnte ich nicht immer auf das Drumherum achten. Das habe ich auch der Polizei schon gesagt, die uns gestern befragt hat.“

John nickte langsam. „Es liegt natürlich nahe, dass der Anschlag auf Tante Isabel irgendwie mit dem Tod Robert Grants zusammenhängt. Aber vielleicht ist dennoch nicht dieselbe Person für beides verantwortlich. Stellen wir uns doch für den Moment vor, dass die Polizei verkehrt liegt und Fiona nicht die Schuldige ist – wer könnte nach Ihrer Einschätzung Robert Grants Tod gewollt haben?“

Buchanan sah ihn überrascht an. „Was meinen Sie? Robert war ein überaus beliebter Kerl, jeder mochte ihn. Nun gut, mit Ausnahme der Ehemänner, denen er Hörner aufgesetzt hat. Aber soweit ich weiß, war Robert in den letzten Jahren wenigstens so schlau, dass er sich nicht mehr mit verheirateten Frauen eingelassen hat. Also dürfte ein eifersüchtiger Ehemann kaum als Mörder in Frage kommen."

„Gab es im Geschäftsleben Feinde? Vielleicht einen Konkurrenten, dem Ihre gemeinsame Firma einen Auftrag weggeschnappt hat? Oder in der Politik? Auch da wird mit harten Bandagen gekämpft."

Albert Buchanan sah John amüsiert an. „Bei euch unten im Süden vielleicht. Hier oben bringen wir keine Leute um, nur weil sie politisch anderer Meinung sind oder geschäftlich gerade erfolgreicher als wir. Und jetzt entschuldigen Sie mich, die Parade startet in ein paar Minuten. Wir sehen uns sicher morgen noch." Er wandte sich ab, drehte sich aber noch einmal zu John um.

„Wie ich zufällig gesehen habe, machen Sie und Ihre Familie beim Tauziehwettbewerb mit. Da Fiona ja voraussichtlich verhindert ist, werde ich den Pokal übergeben. Ich würde mich freuen, Sie auf dem Siegertreppchen zu sehen. Also toi, toi, toi."

John sah ihm einen Moment verblüfft nach, dann beeilte er sich, zu seinem designierten Platz in der schier endlosen Schlange schottischer Clans zu kommen. Schon nach wenigen Schritten hörte er seinen Namen. Der Clan der Campbells hatte sich nur ein kurzes Stück hinter dem der Buchanans eingereiht. George winkte ihm mit einem glückseligen Ausdruck im Gesicht zu.

„John! Bei dem ganzen Trubel hatte ich ganz vergessen, dir Bescheid zu geben. Erin ist Dritte geworden!"

„Großartig! Wo ist sie? Ich möchte ihr gern gratulieren." John sah sich suchend um.

„Sie zieht sich gerade noch um, müsste gleich zu uns stoßen. Die ganze Familie hat heute Nachmittag schon gefeiert. Und morgen ist die Siegerehrung, das wird noch mal ein Fest für uns alle. Wir haben extra unseren Rückflug verschoben, damit wir dabeisein können. Überhaupt wird das morgen vielleicht sportlich ein großer Tag. Hast du gehört, John? Tim Carlisle, unser Mann bei den Highland Games, hat heute sensationelle Ergebnisse abgeliefert und liegt Kopf an Kopf mit dem Favoriten aus den USA. Ich sage dir, das wäre ein Triumph, wenn endlich einmal wieder ein Schotte die Weltmeisterschaft gewinnen könnte!“ Einige Umstehende hatten gehört, wovon George sprach und intonierten enthusiastisch, „Car-lisle! Car-lisle!“

„Wir sehen uns dann auf jeden Fall bei Erins Siegerehrung, George!“, rief John durch den Lärm seinem alten Freund zu und machte sich wieder auf den Weg. Es schien wirklich von jedem existierenden Clan eine Abordnung hier zu sein. Ihm kam es vor, als wäre er mindestens eine halbe Meile gelaufen, bis er endlich die Standarte der Mackenzies erspähte. Hinter dem Schild hatten sich schon zwei, drei Dutzend nahe und entfernte Verwandte gesammelt.

Als sein Vater ihn kommen sah, rief er ihm zu, „John! Da bist du ja endlich. Komm, ich möchte dich ein paar meiner Cousins vorstellen.“ Während er Hände schüttelte, raunte John seinem Vater zu, „Dad, weißt du etwas von diesem Tauziehwettbewerb morgen? Ich habe gehört, dass wir da teilnehmen?“

„Natürlich, mein Junge, natürlich. Ich habe Renie gesagt, sie soll uns auf die Teilnehmerliste setzen. Weißt du, ich habe da noch ein Hühnchen mit meinem alten Freund Farquharson zu rupfen. Das alte Schlitzohr behauptet doch tatsächlich immer noch, dass es beim Sieg unserer Mannschaft gegen seine Gurkentruppe – damals müssen wir so um die sechzehn, siebzehn Jahre alt gewesen sein – nicht mit rechten Dingen zugegangen wäre. Hah, dem werden wir´ s aber zeigen. Nicht wahr, Seamus?“ James Mackenzie wandte sich an einen betagten Mann, der sich mit seiner knorrigen Hand auf einen Stock aufstützte. „Jawohl, James, mein Jüngelchen. Mit dem Kampfgeist der Mackenzies werden wir sie niederringen, diese -“

„Beruhige dich, Seamus. Könnt ihr diese alten Fehden nicht endlich ruhen lassen? Das ist doch alles fünfzig Jahre her.“, mischte sich eine gepflegte ältere Dame ein, offensichtlich die Ehefrau des kämpferischen Alten.

„Genau gesagt fünfundfünfzig. Ich weiß es noch wie heute. Kannst du dich erinnern, James? Wir hatten in den Vorkämpfen schon Maclean, Sutherland und Ramsay plattgemacht -“

John räusperte sich. „Und nun wollt ihr morgen noch einmal gegen die Farquharsons antreten?“

„Wo denkst du hin? Für unsere alten Knochen ist das nichts mehr. Ihr jungen Leute werdet für uns die Kastanien aus dem Feuer holen, das tut ihr doch für uns, nicht wahr?“ Sein Vater sah ihn erwartungsvoll an.

„Natürlich, Dad, keine Frage.“, antwortete John großmütig, just als ein Fanfarensignal den Beginn der Parade anzeigte. Während sich alle Teilnehmer ordentlich in Sechserreihen aufstellten, dachte er bei sich, dass so ein Tauziehwettbewerb mit der ganzen Familie doch sicher eine Menge Spaß machen würde. Vor seinem geistigen Auge sah er sich bereits mit der Fahne der Mackenzies auf dem Siegerpodest stehen, umringt von seinen jubelnden Verwandten, beklatscht von tausenden von Zuschauern im Stadion. Der Pokal glänzte in der Sonne und eine Dudelsackband spielte „We are the champions“.

Hätte er eine Vorstellung davon gehabt, was da morgen tatsächlich auf ihn zukam, hätte John Mackenzie wohl kein so fröhliches Lächeln auf den Lippen gehabt, als der Zug der Clans sich unter Trommelwirbel in Bewegung setzte.

Kapitel 14

Das Schrillen des Telefons riss John aus dem Schlaf. Benommen schüttelte er den Kopf und tastete in der Dunkelheit nach der Nachttischlampe. Ein Fluch entfuhr ihm, als er seine Wasserflasche umwarf. Warum wachte Tommy bei dem ganzen Lärm eigentlich nicht auf?

Als er den Schalter der Lampe endlich gefunden hatte, bemerkte er erstaunt, dass es erst kurz nach zehn Uhr abends war. Tommy war nicht da. John dämmerte, dass Tommy wahrscheinlich noch mit den anderen auf dem Festivalgelände war. Als seine Eltern nach der Parade angekündigt hatten, zusammen mit Christopher zurück in die Unterkunft zu fahren, hatte er spontan beschlossen, sich ihnen anzuschließen. Der Umzug war anstrengend gewesen. Nach dem langen Tag auf den Beinen hatten ihm die Füße wehgetan und es war durch die zahlreichen mitmarschierenden Musikgruppen sehr laut gewesen. Außerdem war John sich recht komisch vorgekommen angesichts der dicht gedrängten Menschen rechts und links des Weges, die begeistert gewinkt, geklatscht und gejubelt hatten.

„Das ist toll, ich komme mir vor wie eine Prinzessin.“, hatte Bella gestrahlt.

„So müssen sich die Jungs von Chelsea nach dem Gewinn der Meisterschaft fühlen.“ Auch Tommy war tief beeindruckt gewesen.

James Mackenzie war ganz in seinem Element gewesen. Als er mit seinen Verwandten lachte und scherzte, drang auch seine ursprüngliche Sprachfärbung stärker durch, die sich in den Jahrzehnten in England immer mehr glatt geschliffen hatte.

David war immer noch etwas blass um die Nase neben John her geschlurft. „Am liebsten wäre ich im Bett geblieben, sage ich dir. Aber Dad wäre enttäuscht gewesen, wenn wir nicht alle zusammen hier dabei gewesen wären. Außerdem kann ich mir Kylas Konzert nachher nicht entgehen lassen. Du doch auch nicht, Bruderherz, oder?“

John hatte nicht lang überlegen müssen. Die Vorstellung, eine schöne lange Dusche zu nehmen und dann in aller Ruhe die Füße hochzulegen, erschien ihm wesentlich verlockender als stundenlang in einer dicht gedrängten Masse zu stehen, um sich Kylas Auftritt anzusehen. Und so hatte er sich erleichtert auf sein Zimmer zurückgezogen und war früh eingeschlafen.

Auf dem Handydisplay sah er, dass die Anruferin Renie war. Besorgt hob er ab, nahm aber gleich darauf den Hörer vom Ohr. Ein Höllenlärm drang aus dem Telefon. Aus sicherer Entfernung rief er hinein, „Renie? Was ist los? Ist etwas passiert?“

In diesem Moment ebbte der Lärm ab und John vernahm Klavierklänge. Verwirrt starrte er den Hörer an.

„Hör einfach zu, John! Das ist dein Lied!“ Renies Stimme schnappte fast über. Nun vollständig konsterniert fuhr er sich durch den Haarschopf und murmelte, „Gaga. Jetzt ist sie völlig gaga.“

Als Kyla Macphersons unverkennbare Stimme an sein Ohr drang, setzte er sich ruckartig auf. Sie sang eine Ballade, in der es um die schicksalhafte Begegnung zweier Menschen ging, die wie Planeten auf getrennten Umlaufbahnen gefangen waren und nicht zusammenkommen konnten.

Als der letzte Ton verklungen war, hob der Lärm wieder an und John konnte nur einzelne Fetzen von dem verstehen, was Renie in den Hörer rief. „Warte … ruhiger … Idiot!“ Dann riss die Verbindung ab. John seufzte und fischte nach der Wasserflasche, die Gott sei Dank nicht zerbrochen war. Er nahm einen Schluck und überlegte gerade, ob er sich wieder hinlegen oder sein Buch zur Hand nehmen sollte, als das Handy wieder klingelte.

„Hast du das gehört, John?“, sprudelte Renie aufgeregt heraus, kaum dass er abgehoben hatte.

„Dass du mich gerade Idiot genannt hast?“, erkundigte er sich milde.

„Quatsch, da habe ich doch nicht mit dir geredet, sondern mit so einem Halbaffen, der mich nicht vorbei lassen wollte. Ich musste doch aus der Zuschauermenge raus kommen, sonst hättest du kein Wort verstanden bei dem Lärm da. Aber jetzt bin ich in einem unserer Materialcontainer hinter der Bühne, hier ist es etwas ruhiger.“ Just in diesem Moment ertönte ein metallisches Scheppern.

„Ach du Scheiße, jetzt hab ich einen der Pokale umgeschmissen. Moment mal, John, ich muss schauen, ob er einen Kratzer abgekriegt hat.“

Aargh, dachte ihr Onkel. Wieso reißt sie mich für so ein surreales Gespräch aus dem Schlaf – „Alles klar, nichts passiert.“, ließ Renie sich etwas atemlos wieder vernehmen. „Das wäre jetzt echt blöd gewesen, wenn das Ding eine Delle gehabt hätte. Wo hätten wir morgen noch so schnell eine neue Trophäe mit der Gravur „Erster Platz Schwerttanz Juniorinnen“ herbekommen? Aber so ist ja alles in Ordnung.“

John knirschte mit den Zähnen. „Das freut mich, Nichte. Kannst du mir nun verraten, warum du mich mitten in der Nacht aus den Federn holst?“

„Mitten in der Nacht? Es ist noch nicht mal elf, du Schlafmütze. Außerdem wollte ich doch nur, dass du hörst, wie unser Goldkehlchen ein Lied extra für dich singt.“

„Wie – extra für mich? Was meinst du damit?“

„Pass auf, als sie das Lied angekündigt hat, hat sie folgendes gesagt: *Und nun ein spezieller Song, für einen ganz besonderen Menschen, den ich hier auf Ihrem großartigen Festival kennen gelernt habe. John – das ist für dich.“*

Ihrem Onkel verschlug es die Sprache. Schließlich stammelte er, „Aber … wieso … als ich sie zuletzt gesehen habe, wollte sie mich am liebsten in der Luft zerreißen.“

Renie kicherte vergnügt. „Ich sagte dir ja, meine Idee mit dem Blumenstrauß war ein Knaller. Sie hat mich im Lauf des Tages sicher ein halbes Dutzend mal angerufen, ob ich nicht doch deine Handynummer herausrücken würde. Schließlich musste ich ihr sagen, dass du mir das verboten hättest, weil es dir das Herz brechen würde, wenn ihr euch wieder sehen würdet.“

„Du hast *was*?“

„Ich habe sie so richtig vollgesülzt. Du hättest mich hören sollen, ich war echt gut. Vielleicht sollte ich doch in der Theater-AG an der Uni mitmachen.“

„Du könntest auch Groschenromane schreiben bei deiner Fantasie.“, merkte John säuerlich an.

„Jetzt leg dich wieder ins Bett und schlaf, du alter Brummbär. Ich will mir das Konzert weiter ansehen. Kyla legt echt einen starken Auftritt hin. Wir sehen uns morgen, John. Gute Nacht.“ Damit legte sie auf.

John wusste wie so oft im Umgang mit seiner Nichte nicht, ob er lachen oder sich ärgern sollte. Einfach ein verrücktes Huhn, das Mädchen, dachte er schließlich und zog sich die Decke über den Kopf.

Am nächsten Morgen stand John pünktlich vor dem Eingangsgebäude des Studentenwohnheims. Die Luft war noch angenehm frisch und der Tag versprach erneut schön zu werden, auch wenn einige Wölkchen den Himmel zierten. Gut gelaunt winkte er Pauline Murray zu, die in einem alten dunkelblauen Morris Mini um die Ecke bog. Während vom Rücksitz drei fröhlich lachende Jungen zurückwinkten, wirkte Ms. Murrays Lächeln etwas frostig. Besorgt fragte sich John, ob sie es nicht doch als Zumutung empfand, ihn hinaus nach North Berwick zu bringen. Dann fiel ihm ein, dass er ihr gestern gar nicht die zwanzig Pfund zurückgegeben hatte und er kramte hastig nach seinem Geldbeutel. Gleich darauf schlug er sich an die Stirn. Heute Morgen hatte er statt des Kilts einmal wieder seine üblichen Beinkleider angezogen. Und nun ruhte sein Geldbeutel im Sporran. Er knirschte mit den Zähnen. Wie oft würde ihm das eigentlich noch passieren?

„Ein gravierender Fall von präseniler Demenz", hörte er in seinem Kopf seinen alten Neurologie-Professor konstatieren. Der hatte an der Universität ein Gedächtnistraining entwickelt, das John auf seinem Computer installiert hatte. Er nahm sich vor, zu Hause in London das Training sofort in Angriff zu nehmen.

„Sie kennen ja Barry, Neil und Justin bereits. Die drei wollten unbedingt mitfahren. Das stört Sie doch hoffentlich nicht?", meinte Ms. Murray, nachdem John seine langen Beine gefaltet und auf dem Beifahrersitz Platz genommen hatte.

„Natürlich nicht. Hallo, Jungs."

„Hallo, Mr. Mackenzie.", schallte es vom Rücksitz. Dann beugte sich der älteste der drei nach vorn.

„Tante Pauline sagt, Sie hätten was mit Kyla Macpherson?"

John war wie vom Donner gerührt. Pauline errötete bis unter die Haarwurzeln.

„Barry! So etwas habe ich überhaupt nicht gesagt. Außerdem gehört es sich nicht, so neugierig zu sein."

„Natürlich hast du das gesagt! Heute beim Frühstück, weißt du es nicht mehr? Du hast gesagt, du hättest gestern beim Konzert plötzlich erkannt, dass das die gleiche Frau war, die mit Mr. Mackenzie bei McDonald´s war. Und dass er sie dort mit deinen zwanzig Pfund freigehalten und dir nicht mal verraten hätte, dass *sie* das war." Barry tippte auf Johns Schulter. „Mister, das war nicht nett. Wir hätten uns ein Autogramm holen können. Wann trifft man schon mal einen Star beim Burgeressen?"

„Ich hätte mir kein Autogramm geholt. Das ist doch nur was für alte Leute, was die Tussi singt.“, ließ sich sein jüngerer Bruder vernehmen.

„Kennst du auch das Krümelmonster aus der Sesamstraße?“, krähte der Jüngste, der etwa in Christophers Alter sein mochte, hoffnungsvoll nach vorn.

„Leider nicht persönlich.“, bekannte John.

„Nun lasst Mr. Mackenzie endlich in Frieden. Es geht uns schließlich nichts an, mit wem er … seine Zeit verbringt.“

Man musste kein Psychologe sein, um herauszuhören, dass Pauline Murray in Wirklichkeit just das Gegenteil meinte.

„Vielleicht darf ich erklären, warum ich mit Kyla Macpherson dort war? Meine Nichte Renie arbeitet für das Organisationskomitee des Festivals. Sie ist für die Betreuung der Musiker zuständig. Da Ms. Macpherson´s Managerin verhindert war, hat Renie mich gebeten, mich ein wenig um sie zu kümmern. Das war alles. Ich wollte nicht mitten in dem Fastfood-Lokal preisgeben, wer sie in Wirklichkeit war, sonst hätte es wieder einen Auflauf um sie herum gegeben. Das war es genau, was wir mit der Verkleidung vermeiden wollten. Die Frau wollte einfach in Ruhe einen Burger essen und das musste ich doch respektieren, oder nicht?“

„Dann waren Sie quasi ihr Bodyguard?“, fragte Barry.

John nickte erleichtert. „So kann man das sagen, genau.“

Skeptisch kam es zurück, „Sie sehen aber gar nicht aus wie einer. Im Fernsehen haben die immer so schwarze Anzüge an und einen Knopf im Ohr. Können Sie das überhaupt, auf jemanden aufpassen?“

„Äh, naja, als Beefeater ist es immerhin mein Beruf, unter anderem auf die Kronjuwelen aufzupassen.“

Das fanden die Jungen interessant und sie fragten John während der restlichen Fahrt nach seiner Arbeit im Tower aus. Froh um den Themenwechsel, gab er bereitwillig Auskunft.

Kurz vor acht bogen sie auf einen großen Parkplatz ein, der um diese Stunde fast leer war. Kaum hatten sie geparkt, als die Jungen schon aus dem Auto sprangen und auf ein ausladendes rundes Gebäude zuliefen. Pauline Murray schüttelte lächelnd den Kopf.

„Die drei sind hier wie zu Hause. Sie wohnen mit meiner Schwester und ihrem Mann ganz in der Nähe und kommen oft her. Barry gehört schon seit zwei Jahren zum Junior Team des Zentrums. Das sind Schüler, die ausgebildet werden, Gleichaltrige herumzuführen und ihnen etwas über die Ausstellung zu erzählen. Passen Sie nur auf, sonst textet er sie endlos über das Brutverhalten der Dreizehenmöwe zu.“ Sie zog den Autoschlüssel ab, machte aber keine Anstalten, auszusteigen. Abwartend blieb John ebenfalls sitzen.

„Es tut mir leid, was die Jungs gesagt haben. Ich … muss das gestern beim Konzert falsch verstanden haben. Ich dachte, sie spricht von Ihnen, als sie ein Lied speziell für einen Mann namens John angekündigt hat.“

John überlegte einen Moment, ob er lügen sollte. Dann entschied er sich dagegen. Nicht nur hatte diese Frau ihm einen großen Gefallen getan, indem sie den Kontakt zu Paul Henderson hergestellt hatte, nein, er fühlte sich auch sehr wohl in ihrer Gesellschaft. Sie hatte es verdient, dass er ihr die Wahrheit sagte. Er räusperte sich.

„Nun ja, ich bin mir nicht hundertprozentig sicher, aber sie hat wohl tatsächlich mich damit gemeint.“

John meinte, in Paulines Gesicht einen Anflug von Schmerz zu entdecken und sein Herz tat einen kleinen Sprung. Hastig sprach er weiter. Er erzählte ihr alles von Anfang bis Ende, von seiner ersten Begegnung mit Kyla Macpherson – „Ich habe mich von ihrem Charme und ihrer Berühmtheit blenden lassen, ich alter Trottel“ – bis zu Renies schamloser List – „Kyla muss denken, ich wäre unsterblich in sie verliebt und verweigerte den Kontakt nur deswegen, weil ich wüsste, dass wir keine gemeinsame Zukunft haben könnten. Schließlich leben wir in ganz verschiedenen Welten.“

„Different worlds“, sagte Pauline nachdenklich.

„Wie bitte?“

„Das war der Titel des Liedes, das sie gestern gesungen hat -“

Sie erschraken, als jemand ans Fenster der Fahrertür klopfte. Barry stand draußen und rief, „Kommt ihr jetzt, oder was?“

„Lassen Sie uns gehen, John – oh, ich darf doch John sagen? Ich, äh“, sie stotterte ein wenig, „Ich habe das Gefühl, dass wir uns nun doch schon ein wenig kennengelernt haben…“

„Sehr gern, Pauline.“ Er lächelte ihr zu. „Und nun wollen wir mit Mr. Henderson reden.“

Beeindruckt blieb John stehen, als er durch die Eingangstür getreten war. „Donnerwetter, so groß hätte ich mir das Zentrum nicht vorgestellt.“

„Es ist im Lauf der Zeit wirklich enorm gewachsen. Wir haben hier einen Laden, ein Café, dahinter etliche Ausstellungsräume, ein Kino, eine Spielzone für die Kinder und dann natürlich das Beobachtungsdeck."

„Kommen Sie mit, Mr. Mackenzie. Ich zeige Ihnen die Kameras, die sind das Coolste hier." Barry hatte die Eingangstür hinter ihnen sorgfältig geschlossen und zupfte John nun am Ärmel. „Paul ist sowieso noch im Büro beschäftigt. Kommen Sie."

„Gehen Sie ruhig. Es ist wirklich fantastisch, was man mit den ferngesteuerten Kameras alles sehen kann.", meinte Pauline.

John folgte Barry, der wie ein Wasserfall redete und ihm im Vorübergehen alles mögliche über die Ausstellung erklärte. Dann langten sie vor einer Reihe von großen Monitoren an, vor denen jeweils ein Teil, das wie ein Schaltknüppel aussah, aus der Tischfläche ragte.

„Das ist die Steuerung. Wir haben etliche Kameras in der Umgebung, die wir in alle möglichen Richtungen bewegen können und mit denen wir auch zoomen können. Hier zum Beispiel sehen Sie einen Ausschnitt von Bass Rock, der gleich da draußen im Firth liegt." Fachmännisch betätigte Barry den Joystick.

„Kann man da auch diese lustigen Papageientaucher sehen?", erkundigte sich John.

Barry lachte. „Die sind schon lang zum Überwintern davon gezogen. Sie sind hier nur von April bis Juli. Momentan haben wir hauptsächlich Eissturmvögel, Möwen, Krähenscharben und natürlich die Basstölpel da draußen. Haben Sie gewusst, dass die ihren Namen von unserem Felsen bekommen haben?"

„Nein, dass hatte ich noch nicht gehört. Zeig mir doch mal so einen Basstölpel."

„Nichts leichter als das." Barry zoomte näher heran und das, was John vorher für weiße Felsen gehalten hatte, stellte sich als dicht besetzte Brutkolonie heraus. Unzählige große weiße Vögel mit schwarzen Flügelspitzen und langen dünnen Schnäbeln hockten auf ihren Nestern und fütterten ihren Nachwuchs oder flogen auf der Suche nach Nahrung davon.

„Sie sind die größten Seevögel, die wir in Großbritannien haben, mit bis zu 1,80 Meter Flügelspannweite.", erläuterte Barry. Er fokussierte auf zwei Vögel, die mit ihren Schnäbeln zu fechten schienen. „Die beiden gehören zusammen. So begrüßen sie sich. In jeder Brutsaison legen sie nur ein Ei. Sehen Sie, da ist ihr Junges. Es ist noch ganz wollig. Andere Jungtiere sind schon weiter entwickelt und bekommen gerade ihr dunkles Jugendkleid. Da drüben ist so einer. Und jetzt zeige ich Ihnen mal einen im Sturzflug." Sie gingen zu einem anderen Monitor.

„Tölpel können einen Fisch aus über vierzig Metern Höhe entdecken. Sie haben sehr scharfe Augen und -" Barry unterbrach sich und wandte sich John zu. „Vierzig Meter sind ungefähr hundertdreißig Fuß. Unsere Lehrerin sagt, dass es immer noch ältere Leute gibt, die noch in Fuß und Meilen rechnen."

John fühlte sich unversehens, als würde er kurz vor der Pensionierung stehen. „Danke für die Erläuterung, Barry. Ich habe lang im Ausland gelebt und komme daher mit dem metrischen Maß einigermaßen zurecht."

„Aha. Also weiter: Wenn sie sich dann ins Wasser stürzen, erreichen sie eine Geschwindigkeit von bis zu einhundert Stundenkilometern."

Mit Bewunderung sah John einen der großen Vögel, die an Land mit ihrem Watschelgang eher unbeholfen aussahen, seine Flügel nach hinten einklappen und wie eine Rakete ins Wasser zischen.

„Barry, du steckst bald meine hauptamtlichen Dozenten in die Tasche, wenn du so weitermachst." Ein Hüne mit braunem Vollbart stand vor ihnen und klopfte dem Jungen anerkennend auf die Schulter. Der strahlte ob dieses Lobs.

„Paul Henderson, Leiter dieses Zentrums.", stellte der Mann sich vor. Er schüttelte Johns Hand. „Sie wollten mit mir über Robert Grant sprechen? Ich glaube nicht, dass ich Ihnen viel weiterhelfen kann."

„Mr. Mackenzie arbeitet auch mit Vögeln. Er pflegt die Raben im Tower von London.", warf Barry eifrig ein.

„Soso." Hendersons Blick wurde deutlich freundlicher. „Gehen wir in mein Büro."

„Vielen Dank für die Führung, Barry. Du bist wirklich ein Experte, das merkt man."

„Vielleicht können wir ja nachher noch mit einem der Boote hinausfahren, dann zeige ich Ihnen Bass Rock aus der Nähe.", meinte der Junge hoffnungsvoll.

„Die erste Tour startet um zehn und dauert rund drei Stunden, das dürfte für euch wohl ein bisschen zu spät werden.", meinte Henderson. Pauline trat zu ihnen, Neil und Justin im Schlepptau. „Definitiv zu spät. Wir wollen doch noch etwas vom Clantreffen miterleben, nicht wahr? Und nun komm mit uns nach draußen auf die Terrasse, Barry, und lass die Männer sich unterhalten."

Henderson residierte in einem kleinen Raum, der ziemlich chaotisch aussah. Die Regale bogen sich unter Bücherbergen, meist Fachliteratur, wie John bemerkte, der Schreibtisch verschwand unter Papierstapeln und auf dem Boden lagen haufenweise Aktenordner. Der Geruch von Pfeifentabak lag in der Luft.

„Müsste mal wieder aufräumen", brummte Henderson. „Aber ich komme zu nichts. Der Tag müsste für mich oft vierzig Stunden haben." Er räumte zwei Stühle frei und bedeutete John, sich zu setzen. „Ich würde Ihnen gern einen Tee anbieten, aber die Beutel sind aus und ich hab´s noch nicht geschafft, neue zu kaufen."

John winkte ab. „Ich freue mich, dass Sie mir ein bisschen Ihrer wenigen Zeit schenken. Vielleicht hat Pauline Ihnen bereits erzählt, dass ich versuche, etwas über den Tod Robert Grants herauszubekommen. Er könnte im Zusammenhang mit einem Anschlag auf meine Tante Isabel stehen. Die beiden kannten sich gut."

„Sie sind mit Isabel Mackenzie verwandt? Hab nur über sie gelesen, aber ich meine, sie ist eine aufrechte Frau. Keine von diesen Schleimbeuteln, die sich Politiker nennen."

Er stand auf. „Sie haben doch nichts dagegen, wenn ich mir eine anstecke?"

„Nur zu. Zigarettenqualm finde ich schrecklich, aber Pfeifentabak riecht ganz angenehm."

Henderson stopfte seine Pfeife, zündete sie an und setzte sich wieder.

„Ich muss mich immer aufregen, wenn ich über diese geldgierigen Schwachköpfe rede. Das Pfeifchen beruhigt mich. Also was wollen Sie über diesen Grant wissen?"

„Pauline sagte, Sie hätten Informationen, dass er sich bestechen ließ. Können Sie mir darüber etwas sagen?"

„Hm." Henderson zog an seiner Pfeife und sah aus dem Fenster. Draußen waren inzwischen mehr Wolken aufgezogen.

„Also hören Sie zu. Unser örtlicher Vogelschutzverein engagiert sich seit Jahren in der Wiederansiedlung des Seeadlers hier an der Ostküste. Die Jungtiere kommen aus Norwegen, wo sie Gott sei Dank eine stabile Population bilden. Wenn sie wenige Wochen alt sind, werden sie im Flugzeug hierher gebracht und dann in speziellen Volieren aufgezogen, bis sie so weit sind, ausgewildert zu werden. Ich selbst habe im Lauf der Jahre eine Reihe von diesen Tieren betreut. Zuletzt wurden im Juni fünfzehn Jungvögel eingeflogen, die in den nächsten Tagen in die Freiheit entlassen werden."

Er griff in den Wust auf dem Schreibtisch und zog einen Ordner heraus. „Da, sehen Sie, das sind die beiden, um die ich mich in den letzten Wochen kümmern durfte. Ein Junge und ein Mädchen. Ich habe sie Speedy und Curly getauft. Sind sie nicht wunderschön?" Aus Hendersons Stimme sprach derselbe Stolz, mit dem Väter Fotos ihrer neugeborenen Kinder herzeigen.

John blätterte den Ordner durch, in dem zahlreiche Aufnahmen zweier dunkelbrauner Adler mit weißen Schwanzfedern gesammelt waren und nickte. Spontan wollte er Henderson ein Foto des Raben Gworran zeigen, das er in seiner Brieftasche trug. Dann fiel ihm wieder ein, dass diese ja in seinem Zimmer lag.

„Dieser Küstenstreifen wäre geradezu prädestiniert gewesen, die beiden dort frei zu lassen. Es gibt hier bei uns nicht allzu viele einigermaßen unberührte Gebiete, die sich als Habitat für diese großartigen Vögel eignen. So lange das Gebiet in öffentlicher Hand war, war ja alles in Ordnung. Als die Stadt aber die Fläche verkaufen wollte, traten natürlich Leute auf den Plan, die dort etwas *entwickeln* wollten. Entwickeln! Wenn ich das schon höre! Diesen Typen geht es doch nur ums Geld." Hendersons Stimme wurde immer lauter. „Und dieser Grant war genau so einer. Nein, eigentlich sogar noch schlimmer. Diese Hotelfuzzis oder die Geldsäcke vom Golfclub, die machen wenigstens kein Hehl aus ihren Zielen. Aber dieser Grant, dieses ärmliche Würstchen, der hat nach außen hin immer so getan, als wäre er ein großartiger Verfechter des Naturschutzes. Er hat mir noch selbst in die Hand versprochen, dass er im Ausschuss für den Verkauf an uns stimmen wird. Aber dann – waren die Argumente der Gegenseite doch gewichtiger!" Er griff sich ein paar Münzen, die auf seinem Schreibtisch lagen und hielt sie John unter die Nase.

„Natürlich ging es nicht um ein bisschen Klimpergeld. Nein, der gnädige Herr bekam eine VIP-Mitgliedschaft in dem Club, der jetzt an *unserem* Küstenstreifen den angeblich exklusivsten Golfplatz Europas baut. Für so etwas hätte er sonst tausende von Pfund jedes Jahr berappen müssen. Ganz abgesehen davon, dass unsere feine Gesellschaft da draußen ganz nebenher ihre Geschäfte abwickelt. Für einen windigen Unternehmensberater wie diesen Grant war das natürlich ein gefundenes Fressen. So, jetzt wissen Sie, was Sir Robert Grant für ein Mensch war. Abschaum."

„Warum haben Sie nicht Klage gegen ihn eingereicht? Wer weiß, vielleicht wäre der Verkauf noch einmal im Ausschuss behandelt worden, wenn die Bestechung ans Licht gekommen wäre?"

„Hah! Da hackt doch eine Krähe nicht der anderen ein Auge aus. Ich habe meine Informationen von einem anderen Mitglied des City Councils. Ich kenne den Mann seit Jahrzehnten und vertraue ihm. Aber er hat mir klipp und klar gesagt, dass er nicht vor einem Gericht gegen Grant aussagen würde. Da gibt es viel zu viele Verflechtungen und man würde wahrscheinlich ein Wespennest aufstören, wenn man da hineinstechen würde. Nein, nein, auf die Art und Weise kann man den Robert Grants dieser Welt nicht beikommen, sage ich Ihnen." Grimmig knallte er die Münzen auf den Tisch.

„Als ich von der Abstimmung erfahren habe, habe ich ihn angerufen, diesen Sohn einer räudigen Hündin. Ich wollte einfach nur erfahren, warum er plötzlich seine Meinung geändert hat. Aber irgendwann – um genau zu sein, ziemlich schnell – ist das Gespräch völlig aus dem Ruder gelaufen und ich habe ihm wohl ein paar unfeine Sachen an den Kopf geworfen, bis meine Frau aus der Küche gelaufen kam und mir den Hörer weggenommen hat. In dem Moment hätte ich ihn echt erwürgen können."

John schwieg.

Plötzlich warf Henderson ihm einen scharfen Blick zu. „Sie denken doch nicht etwa, ich hätte Grant vom Arthur´s Seat geworfen? Von wegen Rache oder so?" Er stand auf und baute sich vor John auf.

John schluckte, sah seinem Gegenüber aber unverwandt in die Augen. „Zweifellos hätten Sie ein Motiv gehabt. Und auch die körperliche Kraft dazu." Henderson starrte John an wie ein erzürnter Stier, der bereits mit den Hufen scharrt.

„Andererseits wusste Grant ja um Ihr Temperament und hätte wohl kaum riskiert, sich allein mit Ihnen im Morgengrauen an einem abgeschiedenen Ort zu verabreden." John atmete tief durch.

„Also muss ich zugeben, ich hatte Sie ursprünglich durchaus im Verdacht. Aber ich glaube nicht, dass Sie es waren."

Urplötzlich lachte Henderson dröhnend los. „Junge, Sie gefallen mir. Sie nehmen kein Blatt vor den Mund." Er ließ sich wieder in den Stuhl fallen, der unter seinem Gewicht bedenklich knarzte.

„Wissen Sie noch von anderen Bestechungen, in die Grant verwickelt war?“

Henderson steckte die Pfeife wieder an, die ausgegangen war.

„Mein Freund im City Council hat angedeutet, dass Grant schon des öfteren Gefälligkeiten angenommen hatte, allerdings nicht in so großem Ausmaß wie zuletzt. Ich habe was läuten hören, dass er sich auch für die Vergabe der Getränkelizenz an diesen Riesenkonzern stark gemacht hat, dessen Logo jetzt überall auf dem Clanfestival prangt.“

„Van de Beer?“

„Mhm. Eine Schande ist das, so eine ausländische Plörre auf einem schottischen Fest auszuschenken. Aber die haben wohl mit den Dollarscheinen gewunken und schon war die Entscheidung gefallen. Ob Grant in dem Fall auch selbst davon profitiert hat, kann ich nicht sagen.“

„Irgendeine Verbindung gibt es da…“, murmelte John, mehr zu sich selbst. Henderson sah ihn aufmerksam an. „Was meinten Sie?“

John überlegte krampfhaft. Irgendetwas hatte er doch gestern gehört… Dann fiel ihm wieder ein, was Renie ihm erzählt hatte, nachdem sie Albert Buchanan im VIP-Zelt gesucht hatte.

„Genau, jetzt weiß ich es wieder. Buchanan ist gestern nach der Eröffnungsfeier mit dem Bürgermeister und einem hohen Tier von Van de Beer weggegangen und den ganzen Tag nicht wieder aufgetaucht.“

„Wer ist Buchanan?“

„Grants Geschäftspartner. Sie betreiben gemeinsam diese Unternehmensberatung.“

Henderson zuckte mit den Schultern. „Nie von ihm gehört.“

„Wie könnten wir herausfinden, was die drei gestern gemacht haben?“, grübelte John.

Henderson lachte. „Mit Verbindungen in diese erlauchten Kreise kann ich Ihnen leider nicht dienen.“

In diesem Moment klopfte es an die Tür und eine junge Frau, deren Sweatshirt ein Papageientaucher zierte, steckte den Kopf herein. „Verzeih die Störung, Paul, aber hast du einen Moment, mir mit der Pumpe im Aquarium zu helfen? Sie klemmt schon wieder.“

„Ich komme sofort, Mary.“ Henderson erhob sich. „Es tut mir leid, dass ich Ihnen nicht mehr helfen konnte. Ich muss jetzt an die Arbeit.

Schauen Sie sich aber gern noch weiter bei uns um. Bei Barry sind Sie in den besten Händen."

John bedankte sich herzlich und machte sich auf die Suche nach Pauline und ihren Neffen. Er fand sie auf dem Beobachtungsdeck, von dem aus man freie Sicht über das Meer zum Bass Rock hatte. Etliche Ferngläser und Teleskope ermöglichten es, die Tiere aus der Nähe zu beobachten. Pauline lehnte am Geländer und sprach in ihr Mobiltelefon. Nach einigen Momenten steckte sie es weg und winkte die Jungen heran. „Gut, dass Sie kommen, John. Ich fürchte, wir müssen zurückfahren." Sofort brach dreistimmiger Protest los.

„Jungs, es hilft nichts. Eure kleine Cousine hat Bauchschmerzen und muss zum Arzt. Da jemand bei eurer Urgroßmutter bleiben muss, hat eure Tante mich gebeten, ob ich nicht kommen könnte. Also fahren wir jetzt – los, los."

Sie suchten Paul Henderson, um sich zu verabschieden. Er begleitete sie zum Ausgang. John betrachtete reumütig die bunten Plüsch-Papageientaucher. So einer hätte Bella sicher gefallen. Zu ihrem Geburtstag in einigen Wochen wäre das ein hübsches Geschenk gewesen. Aber er konnte sich ja nicht gut schon wieder Geld leihen, um ihn zu kaufen. Paul Henderson bemerkte seinen Blick und hob das Plüschtier hoch.

„Ist der nicht niedlich? Von jedem Pfund, das wie einnehmen, gehen zehn Pence an einen Fonds, der Tierschutzprojekte in Schottland unterstützt. Sie tun also auch noch etwas Gutes mit jedem Kauf."

John wand sich verlegen. „Äh, meine Nichte Bella hätte sicher gern so einen. Aber…"

Da platzte Pauline heraus, „Aber Sie haben schon wieder kein Geld dabei." Sie bog sich vor Lachen, als sie sein betretenes Gesicht sah. Dann zog sie ihren Geldbeutel aus der Handtasche.

„Was kostet der, Paul?"

„12 Pfund."

Sie gab ihm das Geld, nahm dafür den Papageientaucher in Empfang und überreichte ihn feierlich an John, dem das alles ungeheuer peinlich war.

Während der Rückfahrt begann es, wie aus Kübeln zu gießen.

„Oh je, das kann ja ein Vergnügen werden beim Tauziehwettbewerb, wenn das so weitergeht.", meinte John, während Pauline den Scheibenwischer auf die höchste Stufe schaltete.

Sie grinste. „Ich bin ganz froh, dass sich bei uns nicht genügend Leute für eine Mannschaft gefunden haben. Die Erwachsenen sind bei uns nicht so scharf darauf und einen Jugendwettbewerb gibt es leider nicht.“

„Total fies!“, tönte es von der Rückbank.

„Das wär voll die Schlammschlacht geworden.“

„Schlammschlacht?“

„Klar, da schauen Sie hinterher aus wie ein Wildschwein.“ Neil schaute begeistert, John weniger.

„Ihre Familie nimmt wohl teil?“, fragte Pauline.

„Mein Vater hat uns angemeldet. Offenbar gibt es da einen alten Disput mit den Farquharsons wegen eines Wettbewerbs, der schon ein halbes Jahrhundert her ist. Nun brennen die alten Herren darauf, noch einmal gegeneinander anzutreten. Allerdings nicht persönlich, sondern sie schicken die nächste Generation ins Rennen. Vielleicht können Sie mir erklären, wie so ein Wettbewerb vor sich geht?“

Er hatte das Gefühl, dass sie sich ein Lächeln verkniff. „Sie waren noch nie bei so etwas dabei?“

„Haben Sie überhaupt Ihre festen Stiefel dabei? Sonst sind Sie aufgeschmissen.“, kam es von hinten.

John drehte sich in seinem Sitz halb um und sah zu den Jungen nach hinten.

„Ihr hört euch an, als hättet ihr schon Erfahrung mit so was.“

„Klar. Bei uns an der Schule gibt’s eine richtige Mannschaft und wir treten gegen andere Teams an. Mann, wo waren Sie denn auf der Schule? Gab´s das bei Ihnen nicht?“

„Nein. Bei uns in Kew hatten wir Mannschaften für Fußball, Rudern, Cricket und Tennis, soweit ich mich erinnern kann. Na, dann könnt ihr mir ja erklären, wie so ein Tauziehwettbewerb funktioniert.“

„Klar. Es treten immer acht Leute gegeneinander an. Das Seil ist fünfunddreißig Meter lang und ungefähr zehn Zentimeter dick und hat verschiedene Markierungen: In der Mitte eine rote, vier Meter rechts und links davon jeweils eine weiße und noch mal je fünf Meter weiter eine blaue. Da steht der erste Zieher. Wer es schafft, die andere Mannschaft bis zur weißen Markierung über den Startpunkt zu ziehen, hat gewonnen.“

„Wäre es dann nicht das Einfachste, man stellt die besonders großen und schweren Männer auf? Die lassen sich nicht so leicht wegziehen.“

Barry schnaubte. „Das geht natürlich nicht. Es gibt Gewichtsklassen, in denen die Mannschaften kämpfen. Bei den erwachsenen Männern sind das 600, 640 und 680 kg, bei den Frauen entsprechend weniger.“

„Du kennst dich ja wirklich gut aus, Barry.“, sagte John anerkennend.

„Barry ist ein Klugscheißer.“, meinte Neil verächtlich.

„Klugscheißer!“, wiederholte Justin begeistert.

Während auf der Rückbank ein Scharmützel zwischen den Brüdern ausbrach, führte Pauline die Lektion „Tauziehen für Anfänger“ nahtlos fort.

„Natürlich gibt es auch Fouls, die mit sofortiger Disqualifikation bestraft werden. Zum Beispiel, wenn man sich einfach hinsetzt oder sich das Seil um die Hand wickelt. Aber das würde ich sowieso nicht empfehlen, weil man davon mindestens Quetschungen davontragen würde.“

„Wir feuern Sie an, Mr. Mackenzie.“, versprach Barry.

John beschlichen dennoch allmählich leichte Zweifel, worauf er sich da eingelassen hatte.

Kapitel 15

Eine Stunde später klopfte John an die Tür von Isabel Mackenzies Krankenzimmer. Sein Vater hatte ihm gestern erzählt, dass Isabel bei seinem Besuch sehr kraftlos gewirkt habe und nicht einmal Interesse an den Videos gehabt habe, die Alan auf dem Clanfestival aufgenommen hatte. Deshalb hörte er mit Erstaunen ihr mit kräftiger Stimme gesprochenes „Herein". Er trat ein und sah Isabel an einem kleinen Tisch am Fenster sitzend, vor sich einen Laptop.

„John, mein Junge! Schön, dass du kommst."

John küsste sie auf die Wange, schälte sich aus seiner Regenjacke und setzte sich auf den zweiten Stuhl. In ihrem dicken Morgenmantel wirkte Isabel noch zarter als sonst, so als wäre sie eingeschrumpft. Aber in ihren Augen glomm etwas von ihrer alten Tatkraft, wie John erleichtert bemerkte.

„Ich freue mich, dass es dir besser geht, Tante Isabel."

„Ja, ja, es steckt doch noch Leben in der alten Schachtel, was?" Sie lächelte ihm spitzbübisch zu. „Die kriegen mich so schnell nicht klein, wer auch immer die sind."

Sie nahm einen Schluck Tee und verzog das Gesicht. „Grässliche Brühe. Aber nun, John, erzähl mir, was du herausgefunden hast. Wissen wir schon, wer das Rabenaas war, das mir das angetan hat?"

Bedauernd schüttelte John den Kopf.

„Simon ist davon überzeugt, dass Fiona Grant dir etwas von ihren Schmerz- und Beruhigungsmitteln in den Tee getan hat. Er hat sie verhaftet, aber sie leugnet es beharrlich."

„Hm." Unzufrieden sah Isabel ihn an. „Was ist mit Selena? Sie hätte ja wohl die beste Möglichkeit gehabt, meinen Tee zu vergiften."

„Zumindest hätte sie wohl für den Mord an Grant ein Motiv gehabt: Wenn man den Aussagen Fiona Grants glaubt, hatte Selena ebenfalls ein Verhältnis mit Robert, das er wenige Tage vor seinem Tod beendet hatte. Zudem war Selena in seinem Privatbüro, angeblich um ihm etwas zu bringen, und hätte dort auch den „Abschiedsbrief" deponieren können."

Nachdenklich sah Isabel zum Fenster hinaus. Der dichte Regen tauchte alles in einförmiges Grau.

„Ich kann mir nicht vorstellen, dass Selena das Manöver mit dem Abschiedsbrief ausgeheckt hätte. Ehrlich gesagt halte ich sie für einen ziemlichen Hohlkopf."

John musste schmunzeln.

„Ich hätte ihr die nötige Raffinesse ebenfalls nicht zugetraut. Bleiben uns die anwesenden Komiteemitglieder. Kannst du dich erinnern, ob jemand in die Teeküche verschwunden ist, während dein Tee dort stand?"

„Ich habe wirklich nicht darauf geachtet, John. Ich denke schon, dass ein paar zwischendurch mal zur Toilette gegangen sind, die gleich neben der Teeküche ist. Schließlich sind wir ja stundenlang zusammengesessen. Der einzige, bei dem ich sicher bin, dass er den Tisch nicht verlassen hat, ist Albert Buchanan. Er saß direkt neben mir und hat das Protokoll geführt. Ich habe ihm ziemlich genau auf die Finger gesehen, weil ich ihn ja kaum kenne. Vor Roberts Tod hatte ich nur ein paarmal mit Buchanan zu tun, aber nun bemüht er sich durchaus, sein Scherflein zum Gelingen des Festivals beizutragen. Es war auch eine nette Idee von ihm, Fiona mit einzubeziehen, finde ich. Als er mir vorgeschlagen hat, dass wir sie gleich zu der Sitzung mit dazubitten sollen, habe ich sie angerufen und sie kam auch sehr schnell. Offensichtlich war sie erfreut, dass sie den Pokal zu Ehren Roberts überreichen sollte."

„Buchanan…hm. Sag mal, weißt du irgendetwas über die Verbindung von Grants und Buchanans gemeinsamer Firma zu eurem Hauptsponsor, Van de Beer?"

Isabel runzelte die Stirn. „Warum fragst du?"

„Mir hat jemand erzählt, dass Sir Robert sich stark für die Vergabe der Getränkelizenz an den Konzern eingesetzt hat. Und Albert Buchanan war gestern mit dem Bürgermeister und einem Vertreter von Van de Beer zusammen irgendwo unterwegs und wollte dabei offensichtlich nicht gestört werden, weil er sogar sein Mobiltelefon ausgeschaltet hatte."

„Hm. Ich kann mich durchaus an die Sitzung des Komitees erinnern, in dem es um die Ausschanklizenzen ging. Bobby war ja für die gesamte Bewirtung verantwortlich, also fiel das in seinen Zuständigkeitsbereich. Ich weiß noch, dass es einige Diskussion gab, weil natürlich eine heimische Brauerei wünschenswerter gewesen wäre. Aber Bobby hat erklärt, dass die Sponsorengelder von Van de Beer unverzichtbar wären, um die Kosten des Festivals zu decken.

Daraufhin haben wir uns mehrheitlich für seinen Vorschlag entschieden. Aber was könnte das mit seinem Tod zu tun haben?“

John zuckte ratlos die Schultern. „Ich weiß es nicht. Denkst du, es sind da Schmiergelder geflossen?“

„Wie kommst du nur auf so etwas? Wenn ich etwas derartiges mitbekommen hätte, hätte ich es auf der Stelle unterbunden.“ Erzürnt sah sie ihn an.

John bemerkte, dass er sich auf dünnem Eis bewegte.

„Nun ja, es gibt stichhaltige Hinweise, dass Grant sich in mindestens einem anderen Fall bestechen ließ.“

Er erzählte ihr, was Paul Henderson ihm gesagt hatte. Währenddessen wurde Isabels Gesicht erst grimmig, dann immer trauriger.

„Ich hatte mir eingebildet, Bobby zu kennen. Dass er nicht immer den geraden Weg ging, wusste ich. Dass er sich zu Dummheiten hinreißen ließ – vor allem, wenn es um Geld oder Frauen ging – war mir klar. Aber dass er sich auf so etwas einließ…“ Sie schüttelte den Kopf.

John hatte einen Einfall. „Ich rufe Simon an. Vielleicht hat er mittlerweile einen Einblick in Grants finanzielle Situation und die Geschäftspraktiken seiner Firma.“

„Mach das, mein Junge.“

John wählte Simons Nummer, allerdings erfolglos. Er runzelte die Stirn. „Er geht nicht ans Telefon. Wie könnte ich ihn sonst erreichen?“

„Versuch es doch über die zentrale Nummer der Kriminalpolizei. Die können dich sicher weitervermitteln.“

„Weißt du die zufällig?“

„Nein, aber ich wollte ohnehin Renie anrufen, wie es beim Festival läuft. Sie kann das herausfinden.“

Sie griff nach dem Telefon, das neben dem Bett stand und wählte auswendig Renies Nummer. John, der nicht einmal seine eigene Handynummer auswendig wusste, war beeindruckt.

„Renie, mein Kind, wie ist die Lage? Jaja, mir geht es gut, mach dir keine Sorgen. Erzähl mir lieber, was bei euch los ist.“

Offenbar gab es viel zu berichten. Während Isabel lauschte, verdüsterte sich ihr Gesicht immer mehr. Sie gab Renie einige Anweisungen.

„Halt mich auf dem Laufenden, hörst du? Ach ja, und finde doch bitte schnell die Nummer der Kriminalpolizei hier in Edinburgh heraus.“ Nach einigen Momenten wiederholte sie laut die Nummer, die Renie ihr sagte, während John sie in sein Handy eintippte.

„Ruf mich am besten gleich an, sobald du mit den Leuten gesprochen hast.“, schärfte Isabel Renie noch einmal ein und legte dann auf. Dann ließ sie ein paar Kraftausdrücke hören.

„Was ist los, Tante Isabel?“

„Der Teufel ist los, John. Die Waage, die wir für den Tauziehwettbewerb brauchen, ist kaputt. In das Tanzzelt regnet es hinein und die Zapfanlage im VIP-Zelt hat über Nacht den Geist aufgegeben. Und das ist nur eine kleine Auswahl der Dinge, die schief laufen. Und ich sitze hier in diesem gottserbärmlichen Krankenhaus fest und kann nichts tun, das macht mich wahnsinnig!“

Beunruhigt sah John, dass auf ihrer Stirn eine Ader zu pochen begann. Genau wie bei Maggie, fiel ihm ein.

„Mach dir keine Sorgen, Tante Isabel. Bestimmt geht der letzte Tag des Festivals noch gut über die Bühne. Deine Mannschaft ist gut im Improvisieren, das weißt du.“

„Hm.“ Sie trommelte unzufrieden mit den Fingern auf der Tischplatte. „Nun ruf endlich bei der Polizei an, John.“

Der tat, wie ihm geheißen und landete prompt in einer Warteschleife. Nach zwei Minuten legte er auf und versuchte es noch einmal mit Simons Handynummer. Wieder kein Erfolg. Resigniert wählte er wieder die Nummer der Polizei.

Er war überrascht, als sich tatsächlich jemand meldete. „Kriminalpolizei, was kann ich für Sie tun?“

„Können Sie mich bitte mit Superintendent Whittington verbinden? Es geht um den Mordfall Robert Grant.“

„Möchten Sie eine Zeugenaussage machen? Dann kommen Sie bitte direkt aufs Revier.“

„Nein, ich möchte keine Zeugenaussage machen. Am einfachsten wäre es, Sie würden Mr. Whittington ausrichten, sein Cousin John Mackenzie wäre am Apparat.“

„Er ist gerade in einer Besprechung.“

John holte tief Luft.

„Können Sie mir sagen, wie lange das wohl noch dauert?“

„Tut mir leid, das weiß ich nicht.“

„Könnten Sie sich bitte erkundigen? Es wäre wichtig, dass ich mit ihm spreche.“

Schließlich bequemte sich der Beamte. „Na gut, bleiben Sie dran.“

Wieder Warteschleifenmusik.

Isabel hob fragend die Augenbrauen. John schüttelte den Kopf.

Sie seufzte, starrte kurz zum Fenster hinaus und zog schließlich den Laptop wieder heran. John stand auf und sah ihr über die Schulter. Offensichtlich hatte sie vor Johns Besuch das Videomaterial gesichtet, das Alan aufgenommen hatte. Nun ließ sie den Film weiterlaufen. Über den Bildschirm marschierte gerade die Pipe Band von Inverness mit David.

„Mr. Mackenzie? Ich verbinde Sie noch oben.“, meldete sich der Polizeibeamte wieder. Danach hörte John ein weiteres Mal die nun schon vertraute Melodie und wandte seine Aufmerksamkeit wieder dem Videofilm zu. Nach der Eröffnungsfeier hatte Alan das langwierige Entstehen des Familienfotos festgehalten, was Isabel ein Schmunzeln entlockte. „Davon möchte ich auf jeden Fall einen Abzug haben, John.“, raunte sie ihm zu.

„Kriminalpolizei, was kann ich für Sie tun?“, kam es auf einmal aus dem Hörer.

John räusperte sich.

„Hier ist wieder John Mackenzie. Sie sagten, Sie wollten mich nach oben verbinden? Das hat offensichtlich nicht geklappt.“

Der Beamte knurrte. „Diese verdammte Telefonanlage! Bleiben Sie dran, ich versuche es noch mal.“

Mittlerweile konnte John schon mitsingen.

Nun sahen sie Aufnahmen, die Alan offensichtlich auf einem Rundgang über das Gelände gemacht hatte. Verschiedene Stände mit Spezialitäten, Musiker, Tommy im Gespräch mit einem kahl rasierten Mann, der zu seinem traditionell schottischen Outfit zahlreiche Tätowierungen zur Schau trug. Albert Buchanan, der mit einem anderen Mann hinter dem Stand der schottischen Schafzüchter ins Gespräch vertieft war…

„Buchanan! Kannst du den Film noch mal zurücklaufen lassen?“ John wies auf den Bildschirm. Sie sahen sich die kurze Szene noch einmal an. Der Fremde war in einen leicht verknitterten Sommeranzug gekleidet und hatte die Hemdsärmel hochgekrempelt.

„Kennst du den Mann?“, fragte John.

Isabel schüttelte den Kopf.

John sah auf die Zeitangabe, die die Kamera automatisch registriert hatte,

„Elf Uhr dreißig. Hm. Das muss gewesen sein, bevor Buchanan ins VIP-Zelt ging, aus dem er dann nach kurzer Zeit mit dem Bürgermeister und dem Van de Beer-Mann wieder verschwand.“

„Warum denkst du, dass das wichtig ist?“, erkundigte sich Isabel.

„Ich weiß es nicht.“, musste John eingestehen.

Isabel ließ den Film noch einmal zurücklaufen und hielt dann an, als Buchanan und sein Gesprächspartner zu sehen waren. Beide studierten das Standbild. Plötzlich wies sie auf die Brust des Mannes. Dort baumelte ein Festivalpass.

„Schade, dass Alan nicht näher dran war. Warte mal…“ Isabel betätigte ein paar Tasten und der Bildausschnitt vergrößerte sich.

„Hm, jetzt wird es unscharf. Aber ich denke, die Markierung auf dem Pass ist grün. Was meinst du?“

„Es könnte auch blau sein. Ich weiß nicht recht. Was bedeuten die Farben?“

„Wir haben unterschiedliche Farbkodierungen für verschiedene Personengruppen verwendet. Alle, die für das Organisationskomitee arbeiten, haben einen Balken in dunklem Lila auf dem Pass. Die normalen Besucher haben Gelb. Grün steht für die Sportler und ihre Betreuer, Blau für alle, die in der Bewirtung tätig sind. Alle, die im Unterhaltungsprogramm auftreten, haben Rot und die Ehrengäste Silber.“

John merkte, dass aus seinem Handy immer noch das Gedudel der Warteschleife drang. Grummelnd legte er auf. Im selben Moment klingelte es. John warf einen Blick auf das Display. „Endlich. Das ist Simon.“

„Donnerwetter, John, bei dir ist ja ständig belegt. Ich versuche schon die ganze Zeit, dich zu erreichen, dabei habe ich hier wahrlich Wichtigeres zu tun, als dir hinterherzutelefonieren.“ Angesichts Simons anklagendem Ton ging John die Hutschnur hoch.

„Ich hänge seit einer Ewigkeit in der Warteschleife der Kriminalpolizei, wenn du es genau wissen willst. Tatsächlich versuche ich seit geraumer Zeit, *dich* ans Telefon zu bekommen.“

Simon knurrte. „Lassen wir das. Die Zeit läuft uns davon.“

Da war John ausnahmsweise hundertprozentig derselben Meinung.

„Wie geht es mit den Ermittlungen voran?“

„Wir stehen wieder am Anfang. Fiona Grant leugnet immer noch hartnäckig, etwas damit zu tun zu haben. Laut den Aussagen der Anwesenden waren sie und Ms. Jamison die Einzigen, die in der Nähe der Teeküche waren, nachdem Miss Rawlins den Tee zum Ziehen dort gelassen hatte. Allerdings ist es auch möglich, dass die Medikamente fein gemörsert bereits vorher in der Kanne waren. Offensichtlich war allgemein bekannt, dass Tante Isabel ihren Tee immer aus derselben Kanne trank, so einem altmodischen weißen Ding aus Porzellan. Miss Rawlins hat ausgesagt, den Deckel von der Kanne genommen zu haben und ohne hineinzusehen das Teenetz mit der Kräutermischung hineingehängt zu haben."

„Das heißt, das Zeug kann irgendwann da platziert worden sein, auch schon vor dieser Besprechung?"

„So ist es. Damit müssen wir den Kreis der Verdächtigen gehörig ausweiten. Isabels Teeutensilien wurden am Donnerstag Abend in einem Karton vom Büro in der Stadt hierher gebracht. Renie hat nach eigener Aussage die Sachen eingepackt und dazu die Kanne mit Zeitungspapier umwickelt. Nachdem sie sie wieder ausgepackt hat, hat sie die Kanne ausgespült und ins Regal gestellt. Verwendet wurde sie danach zum ersten Mal während dieser Besprechung."

„Also könnte jeder, der von Donnerstag Abend bis Freitag Nachmittag in der Kommandozentrale zu tun hatte, das Zeug in die Kanne getan haben?"

„Genauso ist es.", antwortete Simon grimmig. „Das sind Dutzende von Leuten. Selbst wenn ich die Einsatzkräfte der gesamten Region zusammenziehe, kann ich nicht jeden, der in Frage kommt, vor Ende des Clantreffens vernehmen. Noch dazu werde ich morgen im Yard zurückerwartet."

Ah, daher weht der Wind, dachte John. Simon sah seinen grandiosen Fahndungserfolg gefährdet, mit dem er nach seiner Rückkehr nach London hatte glänzen wollen.

„Was hat Selena sonst noch ausgesagt?"

John hörte Papier rascheln.

„Es hat eine Weile gedauert, aber sie hat dann zugegeben, dass sie ein kurzes Verhältnis mit Robert Grant hatte. Er hätte dann vor wenigen Tagen mit ihr Schluss gemacht. Das deckt sich mit der Aussage Fiona Grants. Interessant ist, was Grant sagte, als er sich von Selena an jenem letzten Abend verabschiedete, als sie nach ihrer Trennung noch einmal bei ihm in seinem Privatbüro war: Sie solle nicht böse mit ihm sein, es hätte nicht an ihr gelegen. Er hätte in der Vergangenheit zu viele Fehler gemacht und wolle nun mit allem Schluss machen."

„Schluss machen?“, wiederholte John. „Dann könnte es am Ende doch Suizid gewesen sein?“

„Das glaube ich nicht. Es könnte auch sein, dass er einfach einen Schlussstrich unter alle seine Verfehlungen ziehen wollte – ähnlich, wie er es auch seiner Frau gesagt hatte.“

„Möglich. Verfehlungen hatte er scheinbar eine ganze Reihe.“ John schilderte Simon knapp, was er über Grants Bestechlichkeit erfahren hatte.

Simon stieß einen leisen Pfiff aus.

„Das passt ins Bild. Ich habe aus gewöhnlich bestens unterrichteten Kreisen erfahren, dass Grant das Wasser bis zum Hals stand. Der Mann konnte wirklich nicht mit Geld umgehen. Man munkelt, dass er zuletzt seine ganze Hoffnung auf einen Großauftrag einer ausländischen Firma setzte, die hier in Edinburgh groß investieren will.“

John richtete sich aufgeregt auf. „Weißt du den Namen der Firma?“

„Noch nicht. Aber wir arbeiten daran.“

„Sag doch Patricia, sie soll sich erkundigen, ob es hier vielleicht um den Van de Beer-Konzern geht.“

„Wie kommst du darauf, dass Patricia meine Quelle ist?“, entgegnete Simon kühl.

John schwieg.

„Es ist nun mal so, dass sie gute Verbindungen hat. Sie kann Informationen aus Kreisen bekommen, zu denen man als Polizist – erst recht auf fremdem Terrain – keinen Zugang hat. Es wäre ja geradezu ignorant, wenn man dies nicht nutzen würde.“, verteidigte sich Simon in steifem Ton.

John grinste.

„Natürlich. Pass auf, Simon: Grants Geschäftspartner Albert Buchanan war gestern mit dem Bürgermeister der Stadt und irgendeinem hohen Tier von Van de Beer mit unbekanntem Ziel unterwegs. Wir sollten herausbekommen, ob es irgendwelche Deals zwischen der Stadt, dem Konzern und Grants Firma gibt.“

„Ich sehe zwar noch nicht, was das mit Grants Tod zu tun haben soll, aber ich werde sehen, was wir eruieren können. Was konntest du in der Zwischenzeit sonst noch herausfinden?“

„Ich konnte zwei Männer finden, die ein Motiv gehabt hätten, Grant von der Bildfläche verschwinden zu lassen, aber beide kommen nicht für den Mord in Frage.“

Simon seufzte. „Ich hatte Isabel gestern gebeten, zu überlegen, wer ihr Böses wollen könnte. Wir können schließlich nicht ausschließen, dass die Geschichte mit ihrem Tee ein simpler Racheakt war, der mit Grants Tod gar keine Verbindung hat. Weißt du, ob ihr jemand eingefallen ist?“

„Frag sie selbst. Sie ist hier.“ John reichte das Telefon an Isabel weiter.

Sie lauschte kurz und lachte dann. „Simon, ich habe mich in meinem Leben schon mit einer Menge Leute angelegt. Aber dass mir einen von denen nun Medikamente in den Tee kippen würde, halte ich für abstrus. Es sei denn…“ Sie ließ ein Lächeln aufblitzen, während John aufgeregtes Gequäke aus dem Hörer vernahm.

„Hör zu, Simon. Es könnte doch sein, dass ich mir als prominentes Mitglied der schottischen Separatisten-Bewegung den Zorn von ganz oben zugezogen habe und Downing Street nun ein Killerkommando auf mich angesetzt hat. Am Ende hat MI 5 meinen Tee vergiftet.“

Offensichtlich war Simon von dieser Theorie wenig erbaut. Nach einem kurzen Wortwechsel war das Gespräch beendet. Isabel rollte mit den Augen und gab John das Telefon zurück.

„Simon hat wirklich keinen Humor.“, stellte sie fest. „Und nun, John, hol meinen Koffer aus dem Schrank. Ich bleibe hier nicht länger untätig liegen. Wir haben ein Festival zu Ende zu bringen und einen Mörder zu finden.“

„Aber Tante Isabel…“

„Widersprich mir nicht, John.“, beschied sie und läutete nach der Schwester.

Es dauerte nicht lange, bis John mit seiner Großtante im Taxi saß. Isabel hatte den jungen Stationsarzt, der sonntags Dienst hatte, kaum zu Wort kommen lassen und kurzerhand die Erklärung unterzeichnet, dass sie das Krankenhaus auf eigene Verantwortung verlassen würde. Als erstes machten sie einen Abstecher in Isabels Wohnung in der Stadt.

Sir Walter Scott konnte sich gar nicht mehr beruhigen, als sein geliebtes Frauchen zur Tür hereinkam. Der betagte Vierbeiner bellte, winselte, hüpfte, drehte sich im Kreis und hinterließ schließlich in seiner Aufregung eine kleine Pfütze auf dem Parkett.

„Mein kleiner Liebling, mein Putzischnutz, endlich bin ich wieder da.“, gurrte Tante Isabel und knuddelte das Tier ausgiebig. John musste ein Grinsen unterdrücken. Putzischnutz! Er ging einen Lappen suchen.

Nachdem Isabel sich umgezogen hatte, machten sie sich auf den Weg zum Festivalgelände. Isabel hatte den Hund auf dem Schoß. Der Taxifahrer, der den Mund zu einem Protest geöffnet hatte, klappte ihn nach einem Blick in ihr finster entschlossenes Gesicht schnell wieder zu.

Als sie am Eingangszelt eintrafen, gab es ein großes Hallo. John hatte von Isabels Wohnung aus Maggie verständigt. Nun hatten sich alle Mackenzies am Eingang versammelt und begrüßten Isabel begeistert. Als letzte trat Renie heran.

„Oh Gott, ich bin so froh, dass du hier bist. Wir brauchen dich wirklich, wenn wir den Rest dieses Treffens einigermaßen über die Bühne bringen wollen."

Isabel lächelte zufrieden. „Dann lass uns gleich an die Arbeit gehen. Ihr entschuldigt uns." Damit verschwanden die beiden nach hinten in die Kommandozentrale, mit Walter im Schlepptau, der seine Besitzerin nicht mehr aus den Augen ließ.

Der Rest der Familie blieb im Eingangszelt zurück.

„Wir haben deinen Kilt mitgebracht, John."

„Danke, Maggie. Was habt ihr den ganzen Vormittag gemacht?"

„Wir haben ausgiebig gefrühstückt und uns dann die Zeit im Studentenwohnheim vertrieben. Ehrlich gesagt hatten wir keine Lust, uns in diesem Regen auf dem Festival herumzutreiben. Vor einer halben Stunde sind wir hier angekommen."

John sah auf die Uhr. Sein Frühstück war etliche Stunden her, ihm knurrte der Magen.

„Wann ist eigentlich dieser Tauziehwettbewerb?", erkundigte er sich.

Sein Vater wies auf eine Plakatwand. „Sieh her, da ist ein Aushang mit allen Modalitäten des Wettkampfs. Er wird direkt nach dem finalen Wettbewerb der Highland Games sein, noch vor der Siegerehrung. Das Stadion wird sicher komplett voll sein, weil heute Nachmittag die Entscheidung über die Weltmeisterschaft fällt und unser Landsmann Tim Carlisle beste Chancen auf den Titel hat. Das werden sich Tausende ansehen wollen, egal, wie das Wetter ist. Du machst doch mit, John?", fragte James Mackenzie besorgt.

„Natürlich, Dad. Ich habe mir sagen lassen, dass eine Mannschaft aus acht Mitgliedern besteht. Wer also ist noch dabei?“ John sah seinen Bruder an, aber David schüttelte den Kopf.

„Du weißt ja, John, ich bin ein Bürohengst. Wenn ich etwas Schwereres als einen Kugelschreiber heben soll, hole ich mir eine Muskelzerrung.“

John schnaubte. „Alan?“ Er schaute zu seinem Schwager hinüber.

„Er hätte sich zur Verfügung gestellt, aber er ist schließlich kein Blutsverwandter. Ich werde dem alten Farquharson keinen Vorwand liefern, wieder am Ausgang des Wettbewerbs herumzumäkeln, wenn der Clan der Mackenzies über seine windige Truppe triumphiert hat.“

John sah seinen Vater amüsiert an. „Du nimmst den Wettbewerb ganz schön ernst, was, Dad?“

„Ach was, ernst.“, wehrte der ab. Dann gluckste er fröhlich. „Aber ich möchte nicht mit anschauen müssen, wie Jolly Farquharson den Pokal in Empfang nimmt, das sage ich dir!“

John lachte. „Also, wer ist nun noch in der Mannschaft? Maggie?“

„Ich wurde gewogen und für zu leicht befunden – leider.“ Seine Schwester zwinkerte ihm zu. „Wo ich doch so gern die Familienehre verteidigt hätte.“

Ratlos sah John seinen Vater an. „Wer sind denn nun die anderen sieben?“

„Es sind alles Großcousins von dir. Du hast sie vor vielen Jahren, als wir bei Tante Isabel zu Besuch waren, kennen gelernt. Kannst du dich erinnern?“

„Sehr vage.“

„Ich habe dir gestern bei der Clanparade einige von ihnen vorgestellt.“

„Ach ja. Da war es allerdings so laut, dass ich nicht alles mitbekommen habe.“

Sein Vater nickte.

„Wenn Seamus′ Sohn Padraig sich nicht bei der letzten Schafschur in die Hand geschnitten hätte, hätten wir unsere Mannschaft ohnehin schon beieinander gehabt. Aber so brauchten wir noch einen kräftigen Mann und da habe ich dich vorgeschlagen.“

Maggie musterte ihren großen, schlanken Bruder und kicherte.

„Naja, viel Kampfgewicht bringt unser John auch nicht gerade auf die Waage.“

Ihr Vater winkte ab.

„Keine Sorge, John, du bekommst das schon hin. Die anderen Jungs haben von Kindesbeinen an an solchen Wettbewerben teilgenommen. Du machst einfach das, was sie auch tun und dann werden wir´s diesen Farquharsons schon zeigen."

„Ich habe dir übrigens eine Sporthose und ein T-Shirt von Alan eingepackt. Der schleppt immer ein Sortiment an Trainingssachen mit sich herum, damit er zwischendurch zum Laufen oder ins Fitnesscenter gehen kann. Das kannst du anziehen."

„Danke, Maggie. Ich hatte mir schon überlegt, dass der Kilt wohl nicht das geeignete Outfit wäre."

„Ich hab mir gestern auf YouTube ein paar Videos angeschaut. Das geht ja ganz schön krass ab bei solchen Wettbewerben. Einmal haben sogar zwei Männer ihren Arm verloren, als das Seil gerissen ist."

„Tommy! Du Fiesling! Mach John doch keine Angst." Bella, die Johns entsetzten Blick bemerkt hatte, hängte sich an den Arm ihres Onkels.

James Mackenzie klopfte seinem Sohn auf die Schulter. „Kleinere Verletzungen kommen schon mal vor, aber das steckst du doch weg, nicht wahr, mein Junge? Mehr als einen Muskelkater wirst du schon nicht davontragen." Plötzlich fiel sein Blick auf Johns leichte Slipper und er runzelte die Stirn. „Hast du irgendwelche festen Schuhe dabei? So etwas wie Wanderstiefel? Mit solchen Schuhen können wir dich nicht aufs Feld lassen."

John schüttelte den Kopf. „Als ich gepackt habe, habe ich unbegreiflicherweise nicht mit einem Einsatz beim Tauziehen gerechnet. Aber das Schuh-Problem betrifft ja sicher mehrere Leute."

Er besah sich die Liste der teilnehmenden Mannschaften auf dem Aushang.

„Das sind ja eine ganze Menge!", sagte er überrascht.

Maggie nickte. „Es hätten sich sogar noch mehr Teams angemeldet, hat Renie mir erzählt. Sie mussten das Teilnehmerfeld jedoch auf sechzehn begrenzen, da der Wettbewerb sonst zu lange dauern würde."

„Sie haben auch den Ablauf verändern müssen im Vergleich zu einem regulären Wettkampf. Es wird ein K. o.-Verfahren geben. Der Sieger aus einem Zweikampf kommt in die nächste Runde. Für den ersten Platz muss ein Team also hintereinander vier Gegner schlagen."

„Und wo steht, wer gegen wen antritt?"

„Das wird noch ausgelost. Wenn ich Renie richtig verstanden habe, findet das vor der ersten Disziplin der Highland Games statt." James sah auf die Uhr. „Oh, das müsste ja in ein paar Minuten sein! Kommt, Kinder, lasst uns ins Stadion gehen."

„Geht schon vor, Dad, ich komme dann nach. Ich muss mir erst etwas zu essen besorgen."

John eilte zum nächstbesten Verpflegungsstand. Es regnete kaum noch, aber die mittlerweile arg strapazierte und aufgeweichte Rasenfläche des Holyrood Parks gab schmatzende Geräusche von sich, als er darüber ging. Er kaufte sich zwei belegte Brote und rief George an, um sich zu erkundigen, wann Erins Siegerehrung sein würde.

„Zwischen den letzten beiden Wettkämpfen der Highland Games, also dem Gewicht-über-die-Latte und dem Baumstammwerfen. Du wirst doch da sein, nicht wahr?"

„Klar, ich möchte Erin auch noch persönlich gratulieren."

„Dann komm doch nach der Siegerehrung zum Tanzzelt, dort treffen sich alle, die es aufs Treppchen geschafft haben und ihre Familien zu einem kleinen Imbiss."

„Ich werde da sein, George.", versprach John. Er legte auf und machte sich auf den Weg zurück ins Eingangszelt, um sich umzuziehen.

Selena Rawlins war zurück an ihrem Platz hinter der Theke. Sie war etwas blass um die Nase. John mutmaßte, dass die erneute Befragung durch die Polizei ihr zugesetzt hatte. Simon Whittington war ein absoluter Verhörspezialist und nun, da er unter Erfolgsdruck stand, sicher nicht zimperlich im Umgang mit Zeugen wie Verdächtigen.

Während er sich umzog, fiel John wieder ein, dass er immer noch keine geeigneten Schuhe für den Wettkampf hatte. Er beschloss, direkt in der Kommandozentrale nachzufragen, ob man von Organisationsseite daran gedacht hatte, dass sicher viele Teilnehmer ohne passendes Schuhwerk angereist waren.

Als er das abgetrennte Besprechungszimmer betrat, legte Isabel eben den Hörer auf und setzte mit triumphierendem Lächeln ein Häkchen auf eine handgeschriebene Liste, die sie vor sich liegen hatte.

„Das Problem hätten wir erledigt. Binnen einer Stunde sollte eine LKW-Ladung Gummistiefel hier sein."

„Du bist echt spitze, Tante Isabel." Renie drehte sich zu John um.

„Sie hat es tatsächlich geschafft, dass uns eine Firma ein paar Dutzend Gummistiefel für die Teilnehmer des Tauziehwettbewerbs zur Verfügung stellt."

„Auf Kerrington Farm Supplies kann ich mich verlassen.“, lächelte Isabel zufrieden. „Dort kaufe ich seit Jahrzehnten alles, was ich für meine Schafzucht brauche. Renie, wir brauchen zwei Masten, auf denen wir das Werbebanner der Firma anbringen können. Kümmerst du dich darum?“

„Wird sofort erledigt.“ Renie eilte hinaus, um gleich darauf den Kopf wieder hereinzustecken.

„Hier ist jemand, der dich sprechen möchte, Tante Isabel. Oh, verzeihen Sie, ich hatte Sie gar nicht erkannt. Sie sind Tim Carlisle, nicht wahr?“

Der junge Mann, der den Türrahmen fast komplett ausfüllte, nickte etwas schüchtern. „Ich, äh, ich weiß nicht, ob ich bei Ihnen richtig bin, aber ich möchte gern etwas melden.“

„Kommen Sie rein, Mr. Carlisle. Kann ich Ihnen etwas zu trinken anbieten?“

Nach kurzem Zögern schüttelte Carlisle den Kopf.

„Bitte setzen Sie sich doch. Was kann ich für Sie tun?“

„Ich… ich möchte Ihnen als der Chefin des Organisationskomitees etwas mitteilen. Etwas Vertrauliches.“ Er sah zu John hinüber, der an einem Schrank lehnte und gerade den letzten Brotbissen in den Mund schob.

„Das ist mein Großneffe, John Mackenzie. Sie können vor ihm frei sprechen.“

„Nun ja, ich dachte, Sie sollten wissen, dass es, wie soll ich sagen, womöglich unsaubere Geschäfte bei den Highland Games gibt.“

Isabel starrte den Mann schockiert an. „Was meinen Sie damit?“

„Gestern Abend kam ein Mann auf mich zu und bot mir Geld. Verstehen Sie? Ich sollte schlechtere Leistungen zeigen und damit den Sieg verschenken.“

Empört hieb Isabel mit der Hand auf ihre Sessellehne. „Das schlägt ja dem Fass wohl den Boden aus. Erzählen Sie genau, was passiert ist.“

„Gestern Abend habe ich mich in meinem Hotelzimmer schon früh hingelegt, um für heute hundertprozentig fit zu sein. Gegen acht, halb neun kam ein Anruf der Rezeption, dass in der Hotelhalle ein Mann auf mich warten würde. Ich wollte eigentlich gar nicht mehr aufstehen, aber irgendwie war ich doch neugierig.“ Er wand sich ein wenig verlegen.

„Ich dachte, dass es vielleicht ein Reporter wäre. Da wollte ich nicht abweisend erscheinen. Auf jeden Fall wartete da unten ein Mann auf mich, der mir anbot, mich auf ein Bier einzuladen. Ich sagte ihm, dass ich am Vorabend des wichtigsten Wettkampfs meiner Karriere kein Bier trinken wollte. Dann sagte er, ich solle doch ein Stück mit ihm gehen. Das kam mir schon komisch vor, aber ich dachte immer noch, dass er ein Vertreter der Presse wäre. Wir sind dann also hinausgegangen. Draußen war alles menschenleer, weil die meisten Leute wohl in der Stadt oder auf dem Festival unterwegs waren. Kaum waren wir ein paar Schritte gegangen, da zog er eine Brieftasche heraus und hielt sie mir unter die Nase. Da war ein dickes Bündel großer Scheine drin. Er sagte, das wären fünftausend Pfund. Ich könnte das auf der Stelle kriegen und nach dem Wettbewerb noch mal zehntausend Pfund, wenn ich wie vereinbart verlieren würde."

„Wem könnte es fünfzehntausend Pfund wert sein, wenn Sie die Weltmeisterschaft verlieren?" John zog einen Stuhl heraus und setzte sich neben Tim Carlisle.

Der zuckte die Achseln. „Keine Ahnung."

„Wer hat momentan sonst noch Chancen auf den Titel?"

„Der Amerikaner liegt gleichauf mit mir und dahinter kommt Hans Müri aus der Schweiz. Die anderen dürften es beim derzeitigen Stand kaum noch ganz nach vorn schaffen."

„Könnte einer der beiden dahinter stecken?"

„Hans auf keinen Fall. Wir waren schon oft gemeinsam auf Wettkämpfen und verstehen uns super. Der würde mir den Sieg hundertprozentig gönnen. Den Ami kenne ich kaum."

John überlegte krampfhaft. Irgendein Gedanke sirrte in seinem Gehirn herum wie ein lästiger Moskito, aber er bekam ihn nicht zu fassen. Unruhig stand er auf und tigerte durch das Büro.

„Wir müssen uns überlegen, wie wir vorgehen. Solche Vorgänge auf unserem Clantreffen sind ungeheuerlich." Isabel war tief erschüttert. Besorgt sah John sie an. „Wir müssen vor allem auf dich aufpassen. In deinem Zustand -"

„Papperlapapp. Du nervst mich allmählich mit deiner Fürsorge, Junge. Es geht hier schließlich um Wichtigeres als um mich alte Schachtel."

Carlisle sah beunruhigt von einem zum anderen und erhob sich halb. „Ich wusste nicht … ich sollte vielleicht gehen."

„Setzen Sie sich, junger Mann.“, befahl Isabel. „Wir müssen Kriegsrat halten. John, organisiere uns bitte eine kleine Stärkung. Die Polizei hat meinen guten Tee wohl mitgenommen, also nehme ich wohl oder übel eine Tasse Schwarztee und ein paar Ingwerkekse, falls noch welche da sind. Was möchten Sie, Tim?“

„Nichts, danke. Ich muss in spätestens fünfzehn Minuten raus, um mich für die vorletzte Wettkampfrunde aufzuwärmen.“

Während John den Tee zubereitete, ließ Isabel sich den Mann beschreiben, der Carlisle Geld geboten hatte.

„Er wirkte ganz schön nervös, also nicht gerade der Typ Profi-Verbrecher. Ungefähr so groß wie ich, ein bisschen dicklich.“

„Alter? Haarfarbe?“

„Vielleicht so um die fünfzig. Und Haare hatte er nicht mehr viele. An die Farbe kann ich mich nicht erinnern. Ich habe mir erst im Nachhinein gedacht, dass ich mir den Mann genauer hätte anschauen sollen. Ehrlich gesagt…“

„Ja?“

„Naja, also, um ehrlich zu sein, war ich irgendwie geschmeichelt. Plötzlich wurde meine Leistung offenbar ernst genommen. Bis jetzt … stand ich meistens im Schatten von Rory. Natürlich hatte ich auf nationaler Ebene meine Erfolge, aber Rory ist doch eine Klasse für sich.“

„Das ist es!“ John schoss aus der Teeküche.

„Jetzt ist es mir wieder eingefallen. Rory McAllister – er konnte wegen einer Lebensmittelvergiftung nicht antreten, nicht wahr?“

Carlisle sah ihn mit großen Augen an und nickte. „Salmonellen, habe ich gehört.“

„Könnte es sein, dass ihn jemand absichtlich außer Gefecht gesetzt hat?“

Der junge Sportler zuckte verwirrt mit den Schultern. „Wer würde denn so etwas tun?“

„Dieselben Leute, die versucht haben, Sie zu bestechen. Wir müssen versuchen, diesen Mann zu finden, Tim. Würden Sie ihn wieder erkennen, wenn Sie ihn sehen würden?“

Carlisle nickte zögernd. „Ich glaube schon.“ Plötzlich hellte sein Gesicht sich auf. „Ich habe seine Handynummer. Er hat sie mir gegeben, falls ich meine Meinung doch noch ändern würde.“ Er griff in die Taschen seiner Trainingshose. „Ich habe den Zettel doch extra eingesteckt. Wo ist er denn jetzt? Ah, ich hatte ihn in die Jacke gesteckt. Hier ist er."

Isabel griff nach dem Papier, auf das mit Kugelschreiber eine Nummer gekritzelt war und wechselte einen Blick mit John.

„Was denkst du?"

„Wir sollten Simon einschalten. Er kann herausfinden, was mit McAllister ist und er kann über diese Telefonnummer vielleicht auch unseren Mann identifizieren."

Isabel überlegte einen Moment. „Wir werden die Polizei einschalten. Aber uns bleibt zu wenig Zeit. Wir müssen selbst etwas unternehmen."

Sie hielt Carlisle das Telefon hin. „Rufen Sie ihn an. Sagen Sie ihm, dass Sie auf sein Angebot eingehen wollen."

Entsetzt sah er sie an. „Wie bitte? Das würde ich nie tun."

Isabel schloss für einen Moment die Augen und rieb sich die Stirn.

John setzte sich wieder neben Tim Carlisle.

„Wir wollen versuchen, ihm eine Falle zu stellen.", erklärte er geduldig. „Wenn Sie es schaffen, ihn zu einem Treffpunkt zu locken, können wir – beziehungsweise die Polizei – ihn vielleicht schnappen."

„Und wenn er gar nicht hier ist oder kein Treffen will?"

„Ich bin sicher, dass er in der Nähe ist, so lange er damit rechnen kann, dass Sie doch noch dem Charme des Geldes erliegen. Falls er sich nicht mit Ihnen treffen will, sagen Sie ihm, er soll den ersten Teil des Geldes hier auf dem Gelände deponieren."

Carlisle wirkte immer noch unsicher, nickte aber schließlich widerstrebend. „Gut, ich mache es. Aber nur, weil solche Machenschaften unseren ganzen Sport in Verruf bringen."

„So ist es recht, mein Junge.", lobte Isabel und drückte ihm das Telefon und den Zettel mit der Nummer in die Hand.

Carlisle atmete einmal tief durch und wählte dann. Isabel und John lauschten gebannt. „Ja, hallo? Hier ist Tim Carlisle. Hören Sie, Mister, ich habe es mir noch einmal überlegt."

Aufgeregtes Gequäke drang aus dem Hörer.

„Okay. Fünftausend gleich, zehntausend nach dem letzten Wettkampf. Wie komme ich an das Geld?"

„Die Schließfächer am Eingang? Mhm. Dann hole ich es mir vor dem letzten Wettkampf. Über den Rest reden wir hinterher. Okay. Bye."

Erleichtert legte Carlisle auf und wischte sich die schweißnassen Hände an seiner Trainingshose ab. „Ich muss jetzt los. Wenn Sie mich noch brauchen, kommen Sie zum Athletenzelt. Aber bitte erst nach Ende der Highland Games. Ich muss mich jetzt wirklich auf den Wettkampf konzentrieren."

„Das haben Sie gut gemacht, Tim. Alles andere können Sie vorerst uns überlassen. Wir wünschen Ihnen viel Glück und alles Gute. Machen Sie Schottland Ehre."

„Ich werde mein Bestes geben, Ms. Mackenzie." Damit verschwand Carlisle eilig.

„Wir müssen sofort Selena instruieren und ein paar von unseren Sicherheitsleuten im Eingangszelt postieren. Wer weiß, ob die Polizei rechtzeitig hier ist, um unseren Mann in Empfang zu nehmen." Isabel stand auf und öffnete die Tür am rückwärtigen Ende des Raums, die hinaus zum Eingangszelt führte. Sie winkte Selena herein.

„Wir wollen den Kerl aber nicht verschrecken. Wenn er einen Haufen Sicherheitsleute herumstehen sieht, wittert er vielleicht die Falle.", gab John zu bedenken.

„Auch wieder richtig." Sie starrte John einen Moment nachdenklich an. „Aber wozu brauchen wir eigentlich jemanden vom Sicherheitsdienst? Du bist schließlich ein königlicher Beefeater, nicht wahr? Wir postieren dich da draußen und halten ein paar von unseren Leuten im Hintergrund bereit."

„Ich?" John schluckte. „Naja, also ein Nahkampfspezialist bin ich ja nicht gerade."

„Du schaffst das schon. Nun mach schon, John: Du rufst Simon an, ich manage das mit Selena und dem Sicherheitsdienst. Abmarsch."

John zog sich in die Teeküche zurück. Während er Simons Nummer wählte, ging ihm durch den Kopf, dass es quer durch die Generationen doch bemerkenswerte Ähnlichkeiten zwischen den Frauen des Mackenzie-Clans gab. Allesamt hätten sie das Zeug gehabt, ein Regiment zu befehligen.

Kapitel 16

Nachdem er sein Telefonat mit Simon beendet hatte, ging John in das Eingangszelt hinaus. Selena stand inzwischen wieder hinter der Empfangstheke und gab ihm verstohlen ein Daumen hoch-Signal. Er zwinkerte ihr zu und schritt zu der Plakatwand hinüber, wo mittlerweile das Ergebnis der Auslosung hing. Während er studierte, welche Teams in der ersten Runde des Tauziehwettbewerbs gegeneinander antreten würden, behielt er mit einem Auge die Empfangstheke im Blick. Da klingelte sein Mobiltelefon.

„John! Wo bleibst du? Du wolltest doch zu uns auf die Tribüne kommen, oder nicht?“ Maggie klang besorgt.

„Ich erkläre es dir später, aber ich bin hier gerade unabkömmlich.“

„Wo bist du? Dad nervt mich die ganze Zeit. Er ist wirklich ganz aus dem Häuschen wegen diesem bescheuerten Wettbewerb. Wehe, wenn du bis dahin nicht hier bist.“, wisperte sie.

„Ich bin ganz in der Nähe, Maggie, wirklich. Direkt im Eingangszelt. Aber jetzt muss ich Schluss machen.“ Er legte hastig auf, als er einen Mann mit einer Plastiktüte kommen sah. Der ging zu Selena und zeigte ihr die Tüte. Selena antwortete etwas und zeigte auf die Schließfächer. John ging mit klopfendem Herzen einige Schritte auf den Mann zu, bis er Selenas Kopfschütteln bemerkte. Nachdem der Mann seine Tüte deponiert hatte, steckte er den Schlüssel ein und ging pfeifend wieder zurück auf das Festivalgelände.

John atmete tief aus und ging zum Empfang. „Geräucherter Schinken“, zischte Selena. John zog sich wieder an die Plakatwand zurück. Die Mackenzies würden in der ersten Runde gegen eine Mannschaft mit Namen „Crazy Pipers“ antreten. Falls sie hier den Sieg davontragen würden, wäre der nächste Gegner der Sieger der Paarung McDougall – FC Dunfermline.

Während John nach dem Team der Farquharsons suchte, um festzustellen, in welcher Runde es möglicherweise zu einem Zusammentreffen der rivalisierenden Clans kommen würde, kam von der Straßenseite ein Mann in Latzhosen und mit Schiebermütze herein. Auf seinem Hemd war ein Schaf abgebildet, zusammen mit dem Firmenlogo „Kerrington Farm Supplies“.

„Ich habe auf dem LKW mehrere Paletten mit Gummistiefeln. Wo soll ich die abladen?“, wandte er sich an Selena, die ihm den Weg zum

Lieferanteneingang wies. Gleich darauf knackte der Lautsprecher, der in der Ecke des Eingangszeltes hing.

„Alle Teilnehmer am Tauziehwettbewerb werden gebeten, sich Punkt drei Uhr an der Waage links vom Eingang zum Tanzzelt einzufinden. Ich wiederhole: Um drei Uhr startet das Wiegen für alle Mannschaften, die für den Tauziehwettbewerb gemeldet sind. Dort werden auch die Gummistiefel ausgegeben für alle diejenigen, die kein passendes Schuhwerk dabei haben. Dank Kerrington Farm Supplies können wir Ihnen für den Wettbewerb Stiefel in mehreren Größen zur Verfügung stellen. Bei Interesse können die Stiefel hinterher auch zu einem speziellen Messepreis erworben werden."

John sah auf die Uhr. In einer halben Stunde musste er sein Team bei der Waage treffen. Das durfte er keinesfalls verpassen.

Er schreckte aus seinen Gedanken hoch, als er bemerkte, dass Selena ihm hektisch Zeichen gab. Tatsächlich, an einem der Schließfächer hantierte ein übergewichtiger Mann mit schütterem Haar. Er schien Schwierigkeiten zu haben, den Schließmechanismus zu betätigen. John näherte sich langsam. Er bemerkte, dass der Mann stark schwitzte. Nun hatte er es geschafft, den kleinen Schlüssel abzuziehen. Er erhob sich mühselig und ging ein wenig gebückt zum Empfangstresen. Dort legte er den Schlüssel hin und wechselte einige Worte mit Selena. Ihr Blick schweifte panisch zu John. Dies bemerkte der Unbekannte, griff sich den Schlüssel wieder und wollte in Richtung Ausgang davon. John stellte sich ihm in den Weg. „Einen Moment bitte, Sir."

Plötzlich hatte der Mann ein Messer in der Hand. „Hauen Sie bloß ab." Er fuchtelte wild umher.

Selena schrie auf. John wich einen Schritt zurück und hob beschwichtigend beide Hände. „Ganz ruhig. Ich möchte nur mit Ihnen reden. Keiner tut Ihnen was."

Beide Männer standen sich endlose Momente lang schweigend gegenüber. John bemerkte, dass die Hand, die das Messer hielt, zitterte. Er sprach in freundlichem Ton weiter.

„Und Sie wollen auch niemandem etwas tun, nicht wahr? Sie sind kein gewalttätiger Mensch." Er ging wieder einen Schritt auf den Bewaffneten zu und streckte eine Hand aus. „Geben Sie mir das Messer. Bitte." Der Blick des Mannes flackerte unentschlossen und seine Hand sank nach unten. In diesem Augenblick ertönte hinter Johns Rücken ein scharfes „Waffe weg! Sie haben keine Chance!".

John spürte einen heftigen Stoß und er landete schmerzhaft auf seiner linken Seite. Auf dem Boden liegend sah er, wie sich mehrere bewaffnete Polizisten auf den Unbekannten stürzten und ihn niederrangen. Dann tauchte in seinem Blickfeld ein smart gekleideter Mann auf, der wie eine jüngere Ausgabe von Simon Whittington wirkte. Er streckte John die Hand hin, um ihm aufzuhelfen.

„Chief Superintendent Briarson", stellte er sich vor, nachdem John sich aufgerappelt hatte. „Na, da haben Sie ja gerade noch einmal Glück gehabt, dass wir rechtzeitig hier waren."

John rieb sich die schmerzende Schulter. „Ich hatte den Mann gerade so weit, dass er mir das Messer aushändigen wollte. Er hätte mich nicht angegriffen, da bin ich mir sicher."

Briarson fixierte ihn mit zusammengekniffenen Augen.

„Wer oder was sind Sie denn, dass Sie etwas von Gewaltverbrechern verstehen wollen?"

„John Mackenzie. Ich war Psychologe bei der Army, bevor ich in den königlichen Wachdienst eingetreten bin."

Briarson erstarrte. „Mackenzie? Von Ihnen habe ich doch schon gehört. Dieser aufgeblasene Schnösel Whittington hat von Ihnen gesprochen." Er wandte sich an seine Leute, die den dicklichen Mann mittlerweile in Handschellen gelegt hatten. „Seht her, Männer, schon wieder einer aus dieser englischen Brut, die meint, unseren Job besser erledigen zu können als wir."

„Erstens entstammt John einer ehrenwerten schottischen Familie und zweitens verstehen er und sein Cousin, Superintendent Whittington, tatsächlich mehr von Polizeiarbeit als Sie."

Isabels Stimme war schneidend. Auf ihren Stock gestützt kam sie zu ihnen herüber.

Überrascht starrte Briarson sie an. „Was tun Sie hier? Ich dachte, sie liegen im Krankenhaus."

„Wie Sie sehen, konnte ich mein Krankenlager verlassen. Aber das tut hier nichts zur Sache. Wo ist Mr. Whittington? Ihn hatten wir gerufen."

Briarson verzog das Gesicht zu einem hämischen Grinsen.

„Mr. Whittington hat hier in Edinburgh keinerlei Befugnisse. Auf Druck von oben wurde als Berater im mutmaßlichen Mordfall Robert Grant hinzugezogen. Darüber hinaus hat er hier null und gar nichts zu sagen." Er wandte sich an seine Leute. „Führt ihn ab."

„Nicht so schnell.", wandte Isabel in eisigem Ton ein.

„Dieser Mann hat versucht, unseren Sportler Tim Carlisle zu bestechen. Wenn Sie eine Gegenüberstellung veranlassen und Tim zu der Sache befragen wollen, sollten Sie dies hier tun, da er bis Ende der Highland Games das Gelände nicht verlassen wird. Ich kann Ihnen unser Besprechungszimmer in der Kommandozentrale für die Vernehmung anbieten."

Briarson sah aus, als wollte er den Vorschlag ablehnen, musste dann aber einsehen, dass die Zeugenaussage Tim Carlisles unverzichtbar war. „Zeigen Sie mir den Raum, dann entscheide ich."

Isabel winkte Selena heran, die den Chief Superintendent nach hinten führte. Kaum war er außer Hörweite, zog John sein Handy heraus und wählte Simons Nummer.

„Whittington!", bellte Simon.

„Ich bin´s, John. Briarson hat unseren Mann gerade verhaftet."

„Diese stinkende Ratte! Verbietet mir der doch rundheraus, bei dieser Aktion dabei zu sein. Statt dessen sitze ich hier und arbeite am Hintergrundcheck für Robert Grant. Aber natürlich ist Wochenende und da bekommt man kaum jemanden an die Strippe. Immerhin konnte ich feststellen, bei welchen Firmen Grants Unternehmensberatung in diesem Jahr tätig war. Die Liste ist nicht besonders lang. Boyd IT Solutions, Cobbley – das ist ein Maschinenbauer – und eine Hamilton Bottling Company. Ist dir einer dieser Namen bekannt?"

„Nein, die habe ich alle noch nie gehört."

Simon seufzte. „Ich werde weiter versuchen, den Chef des Bankhauses ans Telefon zu bekommen, über das alle Geschäfts- und Privatkonten Grants laufen. Außerdem gehe ich mit meinem Mini-Team hier noch einigen von Grants früheren Liebschaften nach."

„Konntest du etwas über die Lebensmittelvergiftung Rory McAllisters herausfinden?"

„Es geht ihm immer noch sehr schlecht. Offensichtlich war ein Hühnergericht, das er auf einer Sponsorenveranstaltung zu sich genommen hatte, salmonellenverseucht. Seltsamerweise wurde keiner der anderen Gäste dort krank. Es ist also gut möglich, dass jemand sein Essen manipuliert hat. Allerdings kann ich den Aufwand, alle zu überprüfen, die Zugang zu der Veranstaltung hatten, hier und heute nicht stemmen."

Nachdenklich legte John auf.

Isabel sprach gerade mit einem der Beamten, die Briarson mitgebracht hatte und winkte John herüber.
„Der Chief Superintendent hat eingewilligt, Ihr Büro benutzen, Ms. Mackenzie. Sie beide halten sich bitte hier zur Verfügung. Ihre Vernehmung wird zeitnah erfolgen." Damit drehte der Polizist sich um und verschwand durch die Tür der Kommandozentrale.
„Was bildet sich dieser Hornochse eigentlich ein? Als ob ich nichts Besseres zu tun hätte, als hier demütig darauf zu warten, bis der gnädige Herr mich empfängt. Ohne uns hätte er diesen Kerl gar nicht schnappen können." Erbost donnerte Isabel ihren Stock auf den Boden.
„Apropos Besseres zu tun – ich sollte schleunigst zum Mannschaftswiegen. Und danach möchte ich unbedingt zur Siegerehrung der Tanzwettbewerbe. Die Nichte unseres Ravenmasters ist Dritte in ihrer Altersklasse geworden und ich möchte ihr gern gratulieren."
„Natürlich, mein Junge, geh. Ich freue mich schon auf den Tauzieh-Wettbewerb – mal sehen, wie unser Clan sich schlagen wird."
„Was, wenn dieser Briarson mit mir sprechen will?"
„Den lass meine Sorge sein. Diesem Jüngelchen werde ich schon den Marsch blasen."

Also ging John zum Tanzzelt, neben dem eine riesige Waage aufgebaut war. Sein Vater winkte ihm schon von weitem. Er stand inmitten mehrerer Männer in Johns Alter.
„Da bist du ja. Da ihr euch gestern nur flüchtig gesehen habt, werde ich euch noch mal vorstellen. Also, Jungs, das ist mein Sohn John. John, das sind Aidan, Russell, Gavin, Ewan, Lachlan, Kenny und Jack. Und Padraig hier wird euer Coach sein, da er mit seiner Handverletzung selbst nicht antreten kann."
„Cheers, John. Bist du nicht der, der früher bei den Treffen bei Tante Isabel immer die Ode an den Haggis aufsagen musste?"
John grinste und warf sich in Pose. „*Fair fa′ your honest and sonsie face, great Chieftain o′ the puddin′ race.* Die ersten drei Strophen kann ich immer noch, so oft mussten meine Schwester Maggie oder ich das Ding vortragen."
James Mackenzie strahlte. „Wie schön war das damals, als wir jedes Jahr am 25. Januar zu unserem Essen zu Ehren unseres großen Dichters Robert Burns zusammengekommen sind. Allein schon das

großartige Haggis, das Isabel immer zubereitet hat, war die lange Anreise aus dem Süden schon wert."

John schüttelte es unwillkürlich. Nicht nur, dass er die Auftritte vor der versammelten Verwandtschaft gehasst hatte, auch beim Gedanken an das schottischen Nationalgericht grauste es ihm.

„Kinder, wir sollten diese Familientradition wirklich wieder aufleben lassen! Ich werde nachher gleich mit Isabel darüber sprechen."

John konnte für den Vorschlag seines Vaters nur ein schwaches Lächeln aufbringen.

„Clan Mackenzie! Antreten zum Wiegen!"

Die acht Männer drängten sich durch die versammelten Teams nach vorn zur Waage. Renie und eine weitere Mitarbeiterin des Organisationskomitees protokollierten die Ergebnisse.

„So, meine Herren, dann mal los. Ich hoffe, ihr habt auf eure schlanke Linie geachtet, denn mehr als 640 Kilogramm dürft ihr nicht auf die Waage bringen.", meinte Renie munter.

Als alle standen, zeigte die Digitalanzeige „642.5 kg" an. Allgemeines Aufstöhnen.

„Schuhe ausziehen!", gab einer von Johns Großcousins das Kommando. Nachdem alle sich ihres Schuhwerks entledigt hatten, stand die Waage bei 638 Kilogramm.

„Alles klar, ihr dürft in dieser Zusammensetzung teilnehmen. Jeder von euch bekommt einen Stempel auf die Hand. Die nächsten, bitte: Crazy Pipers!", rief Renie und scheuchte die Männer von der Waage.

„Das sind unsere ersten Gegner. Die schauen wir uns an, Jungs."

Abschätzend betrachteten die Mackenzies die acht Männer, die nun auf die Waage stiegen. Auf ihren weißen Hemden trugen sie das Emblem *Ullapool Pipe Band.*

„580 Kilo!", johlte einer von ihnen auf, als die Waage das Resultat zeigte. „Da können wir ja noch einen ins Team aufnehmen."

Renie schüttelte lächelnd den Kopf. „Ihr kennt die Regeln, Leute. Acht Mann und nicht mehr. Und jetzt Abmarsch. Die nächsten, bitte."

„Hah, die putzen wir ja weg wie nichts, diese Bohnenstangen. Wahrscheinlich haben sie auch noch Schiss, sich ihre Musikerhände zu verletzen." Das siegesgewisse Gemurmel in Johns Mannschaft verstummte, als aus dem Stadion donnernder Applaus dröhnte.

„4,66 Meter! Oder für die Älteren unter uns: 15 Fuß und 3,46 Zoll. Damit hat Tim Carlisle im nächsten Versuch die Chance, den

Weltrekord bei Highland Games, der seit über zehn Jahren unangefochten steht, zu knacken.“ Nach diesen Worten des Stadionsprechers drängte die Menge, die sich um die Waage versammelt hatte, ins Tanzzelt hinein. Von dort kam man in das Zelt der Athleten, das sich im hinteren Bereich ins Stadionrund öffnete.

John fand sich von einer regelrechten Welle von Menschen fortgespült. Niemand wollte sich den Weltrekordversuch entgehen lassen. Die beiden Ordner, die am Stadioneingang standen, wichen angesichts der Masse, die auf sie zuwogte, zurück.

„Meine Damen und Herren, wenn mich nicht alles täuscht, möchten sich auch die Teilnehmer am Tauziehwettbewerb, der vor der Siegerehrung unserer Highland Games stattfindet, diese mögliche Sensation am heutigen Tage nicht entgehen lassen.“ Offensichtlich hatte der Ansager die Hereindrängenden entdeckt.

Von den Rängen kam Applaus. Viele der Anwesenden hatten Freunde oder Verwandte, die in einer der sechzehn Mannschaften am Wettbewerb teilnehmen würden.

„Kommt herein, Männer. Aber bleibt im hinteren Bereich und verhaltet euch ruhig. Tim Carlisle hat die Latte auf 4,68 Meter legen lassen. Zur Erinnerung: Der bisherige Weltrekord wurde 1998 aufgestellt und liegt bei 4.67 Meter. Tims schärfster Konkurrent Dan Reid hat bei 4.62 Meter die Latte dreimal gerissen und liegt derzeit vor Hans Müri aus der Schweiz auf Rang zwei. Und nun bitte absolute Ruhe. Tim Carlisle unternimmt seinen ersten Versuch.“

Atemlos beobachteten die Zuschauer, wie Carlisle das schwere Gewicht, das an einem Eisenring befestigt war, mit der rechten Hand packte. Mit dem Rücken zur Latte stehend, ging er breitbeinig in die Knie. Er schwang das Gewicht durch die Beine hindurch nach hinten, um Schwung zu holen. Noch einmal, dann warf er es hoch.

Ein Stöhnen ging durch die Zuschauer, als die Latte fiel.

„Der erste Versuch ist nicht gelungen. Ruhe bewahren, Tim. Du schaffst es! Das Publikum steht hinter dir.“ Anfeuerungsrufe und Applaus erfüllten das Stadium, erstarben aber, als Carlisle abermals in Startposition ging. Doch auch dieses Mal klappte es nicht. Der Sportler hielt sich einen Moment mit schmerzverzerrtem Gesicht den Wurfarm. Dann gab er dem Schiedsrichter ein Signal, winkte ins Publikum und ging Richtung Athletenzelt. Zwei der Rettungskräfte, die am Rand postiert waren, sprangen auf und folgten ihm.

„Tim Carlisle verzichtet auf den letzten Versuch. Dennoch bleibt er vor der abschließenden Disziplin, dem Baumstammwerfen, auf Platz eins. Natürlich hoffen wir alle, dass er sich bei seinem letzten Versuch nicht verletzt hat. Bevor wir zum großen Finale der Highland Games kommen, möchten wir nun die Siegerehrung für die Tanzwettbewerbe vornehmen. Begrüßen Sie mit mir die Gewinner und Platzierten der offenen schottischen Meisterschaften!"

Angeführt von der unvermeidlichen Pipe Band marschierten wohl zwei Dutzend Mädchen und junge Frauen und ein Junge ins Stadion ein. John entdeckte Erin Campbell und winkte ihr zu. Ausgelassen winkte sie zurück.

Die Ehrung in den verschiedenen Altersklassen und Tanzdisziplinen ging flott vonstatten. Als Erin das Siegertreppchen bestieg, klatschte John sich schier die Hände wund. Mit Blumensträußchen und Medaillen ausgestattet drehten alle Geehrten eine Ehrenrunde durchs Stadion.

„Meine Damen und Herren, bis zur letzten und entscheidenden Disziplin bitten wir nun um etwas Geduld. In rund zwanzig Minuten geht es hier mit Hochspannung in das Finale der Weltmeisterschaften in den Highland Games. Bis gleich also."

Augenblicklich setzte ein Ansturm auf Verpflegungsstände und Toiletten ein.

„Dann genehmigen wir uns schnell noch ein Pint, was, Cousin?" Einer seiner Verwandten – war es Gavin? – schlug John herzhaft auf die Schulter.

„Ich möchte einem der Mädchen gratulieren." John wies auf das Tanzzelt. „Wir treffen uns nachher."

Im Zelt herrschte großes Gedränge. Auf der Stirnseite war ein Büffet aufgebaut. Die Stühle für die Zuschauer der Wettbewerbe waren fortgeräumt worden, stattdessen gab es nun Stehtische, um die sich bereits eine Menge Leute drängten.

John hielt nach den Campbells Ausschau. Da zupfte ihn jemand am Ärmel.

„Erin! Herzliche Gratulation! Tolle Leistung." Er schüttelte dem Mädchen die Hand.

„Danke, Mr. Mackenzie! Sehen Sie her, meine Bronzemedaille. Und mein Pokal."

John bewunderte beides gebührend und fragte dann, „Wo sind deine Verwandten?“

Erin sah sich suchend um. „Es ist noch keiner da. Wahrscheinlich stecken sie noch im Gewühl fest. Wir könnten uns ja einstweilen etwas vom Büffet holen.“

„Ich leiste dir gern Gesellschaft, aber ich esse jetzt lieber nichts. Mir ist ehrlich gesagt etwas flau vor diesem Tauziehwettbewerb. Ich habe noch nie bei so etwas mitgemacht.“

Erin lachte. „So schwierig ist das nicht. Das kriegen Sie schon hin. Wie wäre es, wenn Sie den Tisch da ganz hinten freihalten, während ich mir etwas hole? Und nehmen Sie den doch bitte gleich mit.“ Sie drückte ihm den Pokal in die Hand.

John schob sich durch die Masse und sicherte sich den hintersten Tisch, der im Durchgang zum Athletenzelt stand. Während er auf Erin wartete, beobachtete er die hektische Betriebsamkeit, die dort herrschte. Ein ganzes medizinisches Team drängte sich um Tim Carlisle.

Plötzlich stutzte er. Das war doch der Unbekannte, den Alan im Gespräch mit Albert Buchanan gefilmt hatte! Der Mann stand in einer Ecke des Zelts und hatte sein Handy am Ohr.

Als Erin mit einem voll gehäuften Teller kam, fragte er sie, „Kennst du zufällig den Mann dort hinten?“

Erin reckte den Hals. „Mhm. Das ist der Manager von einem der Finalisten. Der tut immer ganz geschäftig.

„Weißt du, von welchem Sportler?“

„Dan Reid. Die anderen Jungs haben alle nur einen Trainer dabei, nur der Amerikaner hat noch einen extra Manager.“

John runzelte die Stirn. Was hatte Albert Buchanan, der nach dem Tod seines Geschäftspartners für den Bereich Bewirtung zuständig war, mit einem amerikanischen Sportmanager zu schaffen?

„Ihr Telefon klingelt. Wollen Sie nicht rangehen?“, riss Erin John aus seinen Gedanken.

„Oh! Natürlich. Ich war gerade einen Moment geistesabwesend.“ Er fischte sein Mobiltelefon aus dem Sporran. Als er die Nummer sah, die im Display angezeigt wurde, stutzte er: Dies war die Durchwahl des Rabenhauses im Tower. Es musste Michael Conners sein.

Beunruhigt nahm er ab.

„John! Gut, dass ich dich erreiche. Ich … habe hier ein kleines Problem.“

„Was ist los, Michael? Fehlt einem der Raben etwas?“
„Nein, nein, John, keine Sorge.“
John atmete erleichtert auf.
„Zumindest hoffe ich das.“, fügte Conners kleinlaut hinzu. In diesem Moment kamen George, Marcia und noch mehr Verwandte Erins zum Tisch.
John winkte kurz und suchte sich eine ruhige Ecke.
„Jetzt erzähl der Reihe nach, Michael. Was ist passiert?“
„Nun, also, ich habe vorhin schon mal das Fleisch für die Abendfütterung geschnitten. Ich hatte gerade die Hälfte oder so fertig, da fiel ein kleines Mädchen genau vor dem Rabenhaus hin und schlug sich das Knie auf. Die hat Zeter und Mordio geschrieen und die Mutter war auch ganz hysterisch, kann ich dir sagen. Ich also raus und die Kleine mitsamt ihrer Mutter zum Doc gebracht.“
Doc Hunter war der Arzt der Towergemeinschaft. Seine Wohnung und seine Praxis befanden sich am Tower Green.
„Gott sei Dank war er da und konnte sich gleich um sie kümmern. Ich habe die beiden also dort abgeliefert und bin wieder zurück zum Rabenhaus. Soweit, so gut. Allerdings…“
John könnte direkt hören, wie Michael Conners sich verlegen wand.
„Nun, also, irgendwie hatte ich in der Eile die Tür zum Rabenhaus nicht geschlossen gehabt. Als ich rein bin, war der Teil vom Fleisch, den ich noch nicht geschnitten hatte, weg.“
„Du meinst, einer von den Besuchern hat in der Zwischenzeit das Fleisch geklaut?“
„Ich habe keine Ahnung. Eigentlich sind heute gar nicht so viele Touristen hier gewesen. Es regnet schon den ganzen Tag Hunde und Katzen. Also, auf jeden Fall ist das Fleisch weg und da George erst morgen früh auf dem Markt frisches besorgen wollte, ist auch keines mehr da. Soll ich jetzt die Portionen, die ich schon geschnitten habe, verteilen? Dann bekäme aber jeder nur knapp die Hälfte der üblichen Menge.“
John überlegte.
„Ich habe im Gefrierfach noch ein ordentliches Stück Rinderfilet, das ich für ein Panang-Curry gedacht hatte. Das könntest du auftauen. Bonnie hat einen Schlüssel für meine Wohnung, da sie sich um die Pflanzen kümmert.“
„Es ist Sonntag, John. Bonnie kommt erst morgen wieder zur Arbeit.“, erinnerte Michael ihn.

„Du hast Recht, das hatte ich ganz vergessen. Aber Chief Mullins hat in seinem Büro einen Generalschlüssel. Nimm doch den her. Das Fleisch kannst du in der Mikrowelle auftauen. Dann bist du für die Abendfütterung rechtzeitig fertig.“

„Alles klar, John, danke. So mache ich es. Wir sehen uns dann morgen Abend, nicht wahr?“

„Wir werden hier im Lauf des Vormittags aufbrechen. Dann müssen wir sehen, wie lange die Fahrt diesmal dauert. Georges Flug müsste schon gegen neun Uhr ankommen, er und Marcia nehmen den ersten Flieger morgen von hier nach Heathrow. Wir feiern übrigens gerade den dritten Platz seiner Großnichte Erin bei den schottischen Meisterschaften im Highland Dancing.“

„Dann grüß ihn schön.“

„Möchtest du noch mit ihm sprechen?“

„Äh, nein, ich denke nicht Bis morgen, John, und noch mal danke.“

John grinste amüsiert. George, normalerweise ein ruhiger und freundlicher Zeitgenosse, konnte ordentlich in Rage geraten, wenn seine gefiederten Lieblinge nicht bestens umsorgt waren. Der arme Michael hatte beim Gedanken, dem Ravenmaster seine kleine Nachlässigkeit zu beichten, offensichtliches Muffensausen.

Er ging zum Tisch zurück, wo bei den Campbells glänzende Stimmung herrschte.

„John, mein Junge, könntest du ein paar Fotos schießen? Diesen Moment müssen wir festhalten.“, bat George ihn, nachdem er John seinen Verwandten vorgestellte hatte. Und so knipste John, bis Erin schließlich lachend feststellte, „Jetzt ist aber genug. Danke, Mr. Mackenzie.“

„Verzeihung, bitte lassen Sie uns durch.“ Eine resolute junge Dame mit einem Mikrofon in der Hand und einem Kameramann im Schlepptau drängte sich an ihnen vorbei. Ein Mann, den der lila Streifen auf seinem Festivalpass als Mitglied des Organisationskomitees auswies, begleitete sie. Der Manager des amerikanischen Sportlers entdeckte sie und ging ihnen entgegen. „Mr. Logan! Wir haben nur wenige Minuten für das Interview. Der letzte Wettkampf beginnt bald und die Athleten müssen sich in Ruhe vorbereiten können.“

„Selbstverständlich, Mr. Dixon. Wir sind gleich wieder weg. Wir möchten nur ein kurzes Stimmungsbild unserer Sportler vor der entscheidenden Runde. Wenn die drei Erstplatzierten bitte hier herüber kommen würden!“

John sah, wie Tim Carlisle, angetan mit einem Verband, und zwei ebenso kräftig wirkende Männer, der eine mit der amerikanischen, der andere mit der Schweizer Flagge auf dem Shirt, zu der Reporterin hinübergingen.

Der Manager griff blitzschnell in einen kleinen Kühlschrank und holte eine Getränkedose heraus, die er dem Amerikaner in die Hand drückte.

„Nein, Mr. Dixon. Sie wissen doch: während der Weltmeisterschaft keine Werbung für den eigenen Sponsor.“ Mahnend sah der Offizielle den Manager an.

„Ach was Werbung, Logan, ich wollte Dan nur etwas zu trinken reichen.“, verteidigte sich der, nahm aber die Dose grummelnd wieder zurück.

Erin, die das Geschehen ebenfalls beobachtete, stieß John mit dem Ellbogen an. „Hah! Dieses Gesöff würde er in Wirklichkeit nie trinken.“

„Was ist das?“

„Irgend so ein Energy-Drink. Dieser Typ, der Manager, hat in den letzten Tagen ständig welche davon auch an uns verschenkt. Ich habe das Zeug mal probiert, aber mir schmeckt es nicht. Dan offensichtlich auch nicht, denn den habe ich immer nur Wasser trinken sehen.“

Wie aufs Stichwort kam der Manager mit einem ganzen Karton Getränkedosen zu ihnen herüber.

„Darf ich Ihnen eine Kostprobe von Blue Lightning anbieten? Sie werden sehen, es schmeckt nicht nur hervorragend, sondern verleiht Ihnen Energie für den ganzen Tag.“

John ließ sich eine der schwarzen Dosen mit einem neonblauen Blitz darauf geben. Einem plötzlichen Einfall folgend, studierte er die Herstellerdaten. Horizon Refreshments aus Austin, Texas.

Aus dem Stadion ertönte eine Fanfare.

„Meine Damen und Herren, in wenigen Minuten beginnt das große Finale. Vor uns liegt die großartige Disziplin des Baumstammwerfens. Wer wird am Ende die Nase vorn haben und damit die diesjährige Weltmeisterschaft gewinnen? Die Erstplatzierten liegen nach Punkten dicht beieinander, so dass alle drei noch eine Chance auf den Titel haben. Die Athleten werden nun in umgekehrter Reihenfolge ihrer

Platzierung antreten. Als erstes werden wir also gleich Sven Larsson aus Dänemark im Stadion begrüßen."

„Dann sollten wir allmählich wieder ins Stadion gehen. Kommst du mit, John?"

„Ich mache mich auf die Suche nach meiner Familie, George. Vielleicht sehen wir uns später noch, ansonsten spätestens morgen Abend im Tower."

„Ich werde dich auf jeden Fall beim Tauziehen anfeuern, John." George musterte seinen jüngeren Kollegen. „Vielleicht solltest du dich allmählich umziehen. In dem Aufzug wirst du ja nicht aufs Feld gehen wollen."

„Du hast Recht. Ach je, da fällt mir ein, dass ich mir noch gar keine von diesen Gummistiefeln besorgt habe. Darum muss ich mich gleich mal kümmern."

John winkte den Campbells zu und ging durchs Tanzzelt nach draußen. An dem Stand von Kerrington Farm Supplies waren kaum noch Stiefel übrig. Eine junge Frau, die er im Büro des Organisationskomitees schon gesehen hatte, warf ihm einen mitleidigen Blick zu. „Ich habe nur noch Größe 45. Passen Ihnen die?"

„Eigentlich habe ich Größe 43."

„Dann stopfen Sie sie vorn ein bisschen aus. Das wird schon gehen. Füllen Sie bitte diese Empfangsbestätigung aus. Wenn Sie die Stiefel hinterher erwerben wollen, bekommen Sie einen Rabatt von fünfzehn Prozent." Sie warf einen sehnsüchtigen Blick zum Stadion hinüber.

John nahm die riesigen Stiefel in Empfang. Dann zog er sein Handy aus der Tasche und rief erst Simon, dann seine Schwester an.

„In welchem Abschnitt seid ihr? Ist da noch Platz für mich?"

„Abschnitt C, die dritte Reihe von oben. Wenn wir etwas zusammenrücken, geht es schon. Aber beeil dich, der erste der Finalisten kommt gerade herein."

„Alles klar. Ich ziehe mich schnell um, dann komme ich."

Als John wenig später in Alans Sportklamotten und den zu großen Gummistiefeln auf den Zuschauerrängen auftauchte, kam er sich höchst lächerlich vor. Dankbar bemerkte er, dass die Aufmerksamkeit des Publikums auf das Geschehen unten auf dem Rasen fixiert war. Er quetschte sich zwischen Maggie und Tommy.

„Hallo Bruderherz, schön, dich auch mal wieder zu sehen. Wo hast du die ganze Zeit gesteckt?“

„Längere Geschichte. Ich erzähle es dir später, Maggie.“

Sie sah ihn forschend an. „Ist mit Isabel alles in Ordnung?“

Er nickte. „Es tut ihr gut, wieder mitten im Geschehen zu sein. Sieh mal, da drüben ist sie!“ Er deutete quer über den Rasen zur gegenüberliegenden Tribüne, wo ein Abschnitt für Ehrengäste reserviert war.

Isabel begrüßte dort soeben eine Reihe von Leuten, die sich bei ihrem Anblick alle erhoben hatten, unter ihnen das versammelte Organisationskomitee. Dann nahm sie würdevoll Platz, zu ihren Füßen der treue Walter.

Maggie kicherte. „Die Grande Dame der Highlands! Es fehlt nicht mehr viel, dann winkt sie so huldvoll wie die Queen.“

„Sie kann aber immer noch fluchen wie ein Scheunendrescher, sage ich dir. Und zäh ist sie, unglaublich. Wenn ich auch nur ein Quäntchen von ihrer Tatkraft hätte, wäre ich schon froh.“, gab John zurück. Dann bemerkte er, dass Tommy ihn breit grinsend musterte.

„Du siehst total bescheuert aus, John, ehrlich.“

„Tommy! Wie sprichst du mit deinem Onkel?“ Maggie langte über John hinüber und verpasste ihrem Sohn einen scherzhaften Klaps.

„Mum! Du hast uns so erzogen, dass wir immer die Wahrheit sagen sollen, oder nicht? Und es ist nun mal so, dass John total bescheuert aussieht in diesem Aufzug.“

Maggie biss sich auf die Lippen. Dann sah sie ihren Bruder entschuldigend an.

„Ich muss leider sagen, mein Sohn hat nicht ganz unrecht. Du bist eben doch ein Stück größer als Alan. Dass die Sporthose bei dir so kurz aussieht, hätte ich nicht gedacht.“

„Und dann noch diese grünen Riesentreter dazu!“ Tommy schlug sich auf die Schenkel und lachte lauthals los. Maggie bedeckte das Gesicht mit den Händen, aber John konnte spüren, wie sie vor Lachen erbebte. Dann lehnte David sich herüber, der auf der anderen Seite neben Maggie saß. „Ich soll dir von Annie bestellen, dass du sie an die Village People erinnerst. Weißt du noch, diese Disco-Band aus den Achtzigern mit den verrückten Kostümen?“

Nun war es an John, den Kopf in den Händen zu vergraben.

„Ich kann unmöglich nachher so da runter gehen. Dann lachen sich tausende von Leuten über mich schief.“

„6500“, warf David hilfreich ein. „Hat der Stadionsprecher vorhin gesagt.“

John stöhnte nur.

Maggie klopfte ihm tröstend auf den Rücken.

„Das macht doch nichts, John-Boy. Hier kennt dich doch sowieso keiner.“

„Von wegen! Georges ganzer Clan ist hier und natürlich unsere Verwandten und Pauline Murray mit ihrer Familie…“ John stöhnte abermals.

„Patricia und ihre Gastgeberin sind auch hier. Sie hat mich vorhin angerufen. Vielleicht stößt Simon auch noch dazu, wenn er sich von diesem Fall loseisen kann.“ Maggie schlug sich die Hand vor den Mund und sah ihren Bruder mitleidig an.

Ausgerechnet Simon! Der würde von nun an bei jeder sich bietenden Gelegenheit lästern.

John war drauf und dran, das Weite zu suchen. Ein Blick auf seinen Vater, der ein paar Meter weiter mit dem alten Seamus saß und gebannt das Baumstammwerfen verfolgte, ließ ihn sitzen bleiben.

Er seufzte ergeben und wandte seine Aufmerksamkeit ebenfalls dem sportlichen Wettkampf zu. Mittlerweile war bereits der fünfte der Finalisten in der Arena.

John beobachtete, wie zwei Helfer einen hohen, schlanken Stamm senkrecht vor dem australischen Teilnehmer deponierten. Dieser umfasste ihn am unteren Ende und wuchtete ihn hoch. Er lief ein paar Schritte mit dem Holz, das ihn um mehrere Manneslängen überragte und stemmte es dann nach oben weg. Der Stamm schoss in die Höhe, neigte sich vorn, kam mit dem vorderen Ende auf der Erde auf und überschlug sich. Das Publikum applaudierte.

„Kein schlechter Versuch. Ein zwölf Uhr dreißig-Wurf. Damit geht der dritte Versuch von Thomas Miller in die Wertung ein. Vorläufig behält er damit die Führungsposition. Aber die drei Bestplatzierten kommen ja noch, meine Damen und Herren.“

„Was ist ein zwölf Uhr dreißig-Wurf?“, erkundigte sich John verwirrt.

„Das heißt, dass der Baumstamm nicht in einer ganz geraden Linie zum Abwurf zum Liegen kam. Stell dir vor, der Werfer läuft quasi auf sechs Uhr los. Dann ist das bestmögliche Ergebnis ein zwölf Uhr-Wurf.“, erklärte Tommy ihm.

„Es kommt also gar nicht auf die Weite, sondern auf den Winkel an?“

„Genau. Und natürlich erst mal darauf, dass der Baumstamm sich überhaupt überschlägt. Manchmal fällt er nämlich einfach wieder zurück, wenn der Wurf zu schwach war. So ein Stamm wiegt immerhin fast siebzig Kilogramm.“

„Donnerwetter. Das ist ja fast soviel wie drei von unseren Trockenfuttersäcken für die Vögel.“, kommentierte John beeindruckt.

Als nächstes war der Schweizer an der Reihe. Sein zweiter Versuch gelang mustergültig.

„Hervorragend, Hans Müri! Ein zwölf Uhr-Wurf! Damit steht unser Schweizer Teilnehmer auf jeden Fall auf dem Podest – wir wissen nur noch nicht, auf welchem Platz. Und nun: Dan Reid aus den USA!“

Auch Reid gelang das Kunststück, den Baumstamm exakt im 180 Grad-Winkel zu platzieren. Das Publikum tobte.

„Damit hat Dan Reid mindestens die Silbermedaille! Aber nun hoffen wir natürlich auf unseren Lokalmatador Tim Carlisle. Er braucht einen perfekten Wurf, um die Führung zu verteidigen.“

Die Zuschauer begrüßten ihren Favoriten mit rhythmischen „Carlisle! Car-lisle!“-Rufen. Als er in die Menge winkte, konnten alle sehen, dass er eine Art Stützverband am Unterarm trug.

„Meine Damen und Herren, wie Sie sehen können, hat Tim sich bei der letzten Disziplin verletzt. Wir drücken die Daumen, Tim, dass der Arm hält.“

Sprechchöre, Jubeln und Trampeln begleiteten Carlisle auf seinem Weg zum Startpunkt. Dann wurde es still.

Die Großbildleinwand zeigte, wie Tims Gesicht sich schmerzerfüllt verzog, als er das schwere Holz vom Boden hochhob. Er lief ein paar Schritte. Mit einem Schrei riss er die Arme hoch, der Baumstamm überschlug sich und fiel. Die Zuschauer auf den Rängen hielten den Atem an.

„Zwölf Uhr fünfzehn!“ Ein kollektives „Ooh“ ging durch das Stadion. Unten auf dem Rasen war Tim Carlisle in sich zusammengesunken. Er hockte auf dem Boden und hielt sich den Arm. Lange Momente später schüttelte er den Kopf und stand auf. Er ging zum Schiedsrichter.

„Meine Damen und Herren, Tim Carlisle muss verletzungsbedingt aufgeben. Damit kann er seinen Vorsprung nicht halten und wird Zweiter. Neuer Weltmeister ist damit Dan Reid aus den USA!“

Kapitel 17

Während weite Teile des Publikums zu den Getränkeständen strebten, um die Trauer über den verpassten schottischen Sieg zu ertränken, stiefelte John zum Treffpunkt der Tauzieh-Teams neben dem Tanzzelt.

„So, Leute, alle herhören. Ich bin Patrick Logan, Komiteechef für die Sportwettkämpfe. Wir starten die erste Runde des Wettkampfs in fünfzehn Minuten. Für jede der acht Paarungen steht ein Schiedsrichter zur Verfügung. Die Startmarkierungen A bis H werden soeben im Stadion angebracht und die Seile werden parallel zueinander ausgelegt. Und nun aufgepasst. Ich verlese, welche Mannschaften sich an welchem Punkt aufstellen sollen."

Nachdem klar war, wo sich jeder einzufinden hatte, fuhr Patrick Logan fort.

„Die Regeln setze ich als bekannt voraus. Auch wenn dies im wesentlichen ein Spaßwettbewerb ist, halten wir uns ans Reglement. Kein Körperteil außer den Füßen berührt den Boden, keine Manipulationen am Seil und am Untergrund. Der Boden wird in kürzester Zeit schlammig werden. Darauf könnt ihr euch einstellen. Der jeweilige Schiedsrichter wird vor Beginn der ersten Runde das Schuhwerk eines jeden prüfen. Noch irgendwelche Fragen? Falls nicht, können die jeweiligen Coaches ihre Teams schon mal zu den designierten Startpunkten führen. Viel Glück Ihnen allen."

Padraig Mackenzie winkte seine Mannschaft zu sich. „Los geht's. Wir stellen uns bei Punkt C auf." John trottete hinter seinen Mannschaftskollegen her, die in ihren festen, knöchelhohen Stiefeln und passenden Sportsachen recht professionell aussahen. Die Crazy Pipers dagegen waren allesamt mit Gummistiefeln und zusammengeschusterten Outfits angetan, wie John erleichtert bemerkte.

„John? So, wie ich das verstanden habe, hast du noch nie beim Tauziehen mitgemacht? Dann erkläre ich dir schnell, wie es geht. Unser vorderster Mann wird sich hier bei der blauen Markierung aufstellen. Kenny, komm her. Die anderen reihen sich dahinter ein. Als letzter kommt unser Anker, wie man ihn nennt. Das macht Ewan. Vor ihn platzieren wir dich, John. Du umgreifst das Seil mit beiden

Händen. Wir müssen es schaffen, die andere Mannschaft vier Meter in unsere Richtung zu ziehen. Der Schiedsrichter erkennt das an dieser weißen Seilmarkierung. Wenn die sich über den Startpunkt hinaus zu uns bewegt, haben wir gewonnen."

„So, Männer, nun zeigt mal eure Schuhe her."

Der Schiedsrichter inspizierte die Sohlen der beiden Mannschaften und nickte dann zufrieden.

„In wenigen Minuten beginnt der Tauziehwettbewerb. Sechzehn Mannschaften kämpfen im K. o.-System um den Robert Grant-Gedächtnispokal. Lassen Sie sich diesen letzten Wettkampf bei unserem großartigen Clantreffen nicht entgehen. Und hinterher erleben Sie den großartigen Moment, in dem unser Landsmann Tim Carlisle sensationell als Vizeweltmeister der Highland Games geehrt wird."

Das Stadion füllte sich wieder. John sah zu den Tribünen hinauf und winkte seiner Familie, um die sich mittlerweile noch zwei Dutzend weitere Clanmitglieder versammelt hatten, alle erkennbar an ihrem Tartan. Ein kleiner, aber enthusiastischer Sprechchor hob an, „Mack-en-zie! Mack-en-zie!"

Postwendend scholl von der Gegentribüne, „Farqu-har-son! Farqu-har-son!"

Ein durchdringender Pfiff des Oberschiedsrichters kündigte den Beginn des Wettkampfs an.

„Aufstellen, los, los." Padraig scheuchte seine Mannen an ihren Platz. „John, sobald der Schiedsrichter sagt: Seil spannen, darfst du dir mit dem linken Fuß eine kleine Kuhle in den Boden drücken, um dich abzustützen. Das rechte Bein nimmst du erstmal nach hinten, damit du das Gleichgewicht nicht verlierst. Wenn du auf den Boden plumpst, musst du sofort wieder hoch, sonst verpasst uns der Schiedsrichter erst eine Ermahnung und beim nächsten Mal sind wir draußen. Und ansonsten zieh, was das Zeug hält. Alles klar?"

John nickte stumm.

„Team Mackenzie – fertig?"

„Jawohl!", kam es von Padraig.

„Team Crazy Pipers – fertig?"

„Ja!"

„Seil aufnehmen!" Das dicke, raue Seil lag schwer in Johns Händen.

„Seil spannen!" Der Schiedsrichter hob beide Arme über den Kopf.

Beide Mannschaften legten sich ins Seil.

„Fertig – zieht!“

John linker Hacken bohrte sich in den aufgeweichten Boden, er lehnte sich zurück, machte ein paar Schritte rückwärts – und plumpste unsanft auf den Rücken. Einer von Ewans Füßen bohrte sich in sein Schulterblatt, während sein Vordermann wiederum auf Johns Schienbein gelandet war. Verwirrt richtete er sich auf.

Ein Pfiff ertönte. „Gewinner ist der Clan Mackenzie.“

„Häh? War´s das schon?“, fragte John.

„Schlag ein, Alter. Ich hab ja gesagt, die fegen wir weg. Wir sind eine richtige Urgewalt, was, Jungs?“

Der Coach der Crazy Pipers kam herüber, während sich sein Team aufrappelte.

„Gratulation, Leute. Ihr habt meine Jungs weggezogen wie ein Elefant einen Mäuseschlitten.“ Er schüttelte Padraig die Hand und nickte der Mannschaft zu. „Ich glaube, wir bleiben lieber bei unseren Dudelsäcken. Toitoitoi für die nächste Runde, Mackenzies.“

„So, Männer, jetzt ruht euch aus bis zur nächsten Runde. Da drüben zieht grade Dunfermline seinen Gegner vom Platz. Denen stehen wir dann als nächstes gegenüber. Die Fußballer werden sicher mehr Gegenwehr leisten, da könnt ihr Gift drauf nehmen.“

Dennoch gelang es den Männern unter den begeisterten Anfeuerungsrufen des Mackenzie-Clans, auch den FC Dunfermline zu besiegen. Mittlerweile waren John und seine Teamkollegen vollkommen verdreckt und der weiche Boden war aufgewühlt, als wäre eine Rotte Wildschweine durchgezogen.

„Wir kommen nun zum Halbfinale. Vier Mannschaften sind übrig geblieben: Clan Mackenzie tritt nun gegen das Rugby-Team aus Glasgow an, Clan Farquharson gegen die Firmenmannschaft von Brodie Building Incorporated.“

Ein drittes Mal stellten die Männer sich auf.

„Jungs, diesmal wird es hart. Das sind ganz schön dicke Brocken da drüben. Also hängt euch rein! Wir können es schaffen. Gebt alles!“, schwor Padraig sein Team ein.

„Mack-en-zie! Mack-en-zie!“ drang es von den Rängen. Plötzlich ging John auf, dass die Rufe nicht nur aus Block C kamen, wo seine Familie saß. Suchend schaute er sich um. Tatsächlich, direkt hinter der

Bande stand Pauline Murray mit ihren Neffen, die aus Leibeskräften brüllten. Lachend winkte er hinüber.

„Seil spannen! Fertig – zieht!"

Beide Mannschaften legten sich ins Seil. Anders als bei den vorigen Runden aber passierte nun erst einmal gar nichts. Zwei offensichtlich gleich starke Teams standen sich gegenüber. Minutenlang bewegte das Seil sich keinen Millimeter.

John hatte das Gefühl, dass ihm jeden Moment beide Arme abfallen würden. Seine Beinmuskeln brannten, während er die Füße mit aller Macht in den Matsch bohrte und schon fast waagrecht nach hinten hing. Seine Handflächen brannten. Er biss die Zähne zusammen und hob den Kopf. Zu seinem Entsetzen hielten die bulligen Kerle auf der anderen Seite so lässig dagegen, als würden sie gerade einen Sonntagsspaziergang machen.

Padraig feuerte seine Mannen unablässig an. „Zieht! Zieht! Die Fleischklöpse da drüben haben keine Chance gegen uns! Greift an! Jetzt!"

Wie in Zeitlupe bewegte das Seil sich tatsächlich zu ihnen herüber. John setzte gleichzeitig mit den anderen einen Schritt zurück und verlagerte das Gewicht auf das andere Bein.

„Weiter! Jetzt habt ihr sie! Bleibt dran!"

Plötzlich aber fühlten die Mackenzies sich unwiderstehlich nach vorn gezogen. Mit der Präzision eines eingespielten Teams bewegten sich die Glasgower unaufhaltsam Schritt für Schritt nach hinten. John geriet ins Rutschen und landete auf dem Rücken.

„Los, los, komm hoch!"

Mit einer letzten Kraftanstrengung rappelte er sich auf. Doch es half alles nichts, die weiße Markierung rückte immer weiter vor.

Ein Pfiff.

„Aus! Sieger ist die Mannschaft aus Glasgow."

John ließ sich fallen und blieb schnaufend liegen. Auch seine Verwandten lagen geschlagen im Matsch. Ihm tat alles weh. Ob die Sanitäter ihn wohl mit einer Bahre wegtragen konnten?

Schließlich forderte der Schiedsrichter sie auf, die Bahn zu räumen.

Stöhnend gingen die Männer zum Rand der Arena, wo sie sich wieder fallen ließen.

„Damit steht das Finale fest: das Rugby-Team aus Glasgow gegen die Mitarbeiter von Brodie Building Incorporated hier aus Edinburgh! Um den Teams Gelegenheit zu geben, für diese entscheidende Runde noch einmal Kraft zu tanken, machen wir nun eine Pause von fünfzehn Minuten, in der uns die Pipe Band aus Stirling unterhalten wird."

John hob den Kopf. „Dann haben die Farquharsons auch verloren?"

„So ist es. Damit müssen jetzt beide Seiten zufrieden sein. Unsere Altvorderen sollten endlich ihre Dauerrivalitäten begraben.", meinte Padraig.

„Glückwunsch, Kinder! Ihr habt euch sehr respektabel geschlagen."

Alle drehten sich um. Isabel stand hinter der Bande.

„Heute Abend veranstalte ich ein kleines Bankett für das Organisationskomitee. Ihr Jungs und alle Familienmitglieder, die noch in der Stadt sind, sind dazu herzlich eingeladen. Das habt ihr euch verdient."

„Jawoll, Tante Isabel! Darauf müssen wir einen heben."

Isabels Augen funkelten vergnügt. „Das machen wir, Jungs. Und nun muss ich John entführen. Er wird gebraucht."

John erhob sich stöhnend und kletterte über die Bande. „Was ist los? Will Briarson mich sprechen?"

„Genau. Er hat nach Ende der Highland Games Tim Carlisle holen lassen und der hat den Mann, den Briarson festgenommen hat, eindeutig identifiziert. Nur verweigert der jede Aussage. Bis auf seinen Namen hat er bis jetzt keinen Ton gesagt. Briarson will ihn aufs Präsidium bringen lassen, aber vorher will er noch mit dir reden."

John sah an seiner verkrusteten Kleidung hinab. „Soll ich in dem Aufzug hingehen?"

„Du kannst dich im Waschraum in der Kommandozentrale notdürftig restaurieren. Wir haben zwar einige Duschen hinten beim Athletenzelt, aber dort wird jetzt ein ziemlicher Andrang herrschen." Sie wandte sich halb ab. „Ich muss jetzt wieder zurück auf die Ehrentribüne. Nachdem ich schon soviel vom Treffen verpasst habe, möchte ich jetzt jeden Augenblick auskosten. Ach ja, da fällt mir noch ein, dass Simon mich angerufen hat, nachdem er dich nicht erreichen konnte. Er sagte, er hätte jetzt die Informationen, die du wolltest. Warte, ich habe es mir aufgeschrieben, was er gesagt hat."

Sie zog einen Zettel aus der Tasche ihres Kleides. John warf einen Blick darauf und nickte langsam.

„Was hat das zu bedeuten?", wollte Isabel wissen.

„Ich … glaube, ich bin mir jetzt sicher, wer Robert Grant getötet und dich mit den Medikamenten vergiftet hat. Die Frage ist nur, ob wir das je beweisen können.“

Kapitel 18

„John! Komm hierher! John!“ Maggie, David und der Rest der Familie winkten von ihren Plätzen wie verrückt. Auch Renie hatte sich zu ihnen gesellt.

John zögerte kurz und schnaufte dann die Stufen hinauf. Der Chief Superintendent konnte noch ein paar Minuten warten.

„Mein Junge! Ich bin stolz auf dich. Unsere Mannschaft hat wahrlich die Familienehre verteidigt.“ Sein Vater umarmte ihn, ungeachtet des Schlamms, der überall an John klebte.

„Du hast dir doch hoffentlich nicht wehgetan?“, fragte seine Mutter mit einem Blick auf seine Hände besorgt. „Du blutest ja. Das muss schnell desinfiziert werden. Wer weiß, was in diesem Matsch alles für Keime lauern.“

John winkte ab. „Da habe ich mich nur ein wenig am Seil aufgescheuert. Und morgen werde ich einen wahnsinnigen Muskelkater haben, von Kopf bis Fuß. Aber ansonsten geht´s mir gut, Mum.“

„Hm. Ich müsste ein Wundspray in meiner Tasche haben, warte mal.“ Sie zog ihre Handtasche heran.

„Nur schade, dass es zu keinem Vergleich mit den Farquharsons kam.“, seufzte sein Vater. Dann hellte seine Miene sich auf. „Aber vielleicht können wir ja spaßeshalber einen kleinen Wettstreit organisieren, wenn wir einmal wieder bei Isabel zu Besuch sind.“

„Spaßeshalber!“ Johns Mutter richtete sich empört auf. „Jetzt hör endlich mit diesen alten Kamellen auf, James. Das interessiert doch heute wirklich niemanden mehr, wer vor fünfzig Jahren zu Recht irgendwas gewonnen hat oder auch nicht. Du wirst unseren Jungen nicht noch einmal für deine so genannte Familienehre in so einen kindischen Wettstreit schicken. Gott, was bin ich froh, wenn wir wieder zuhause in England sind. Vielleicht fängst du dann endlich wieder an, normal zu denken!“

Dem Rest der Familie blieb der Mund offen stehen. Solche Töne hatte man von Emmeline Mackenzie noch nie gehört.

Widerspruchslos ließ John sich von ihr das Wundspray in die Hand drücken, dazu mehrere Pflaster in verschiedenen Größen. „Mach das sauber, sprüh die offenen Stellen ordentlich ein und mach ein Pflaster darüber.“, schärfte sie ihm ein.

„Ja, Mum.“, murmelte er gehorsam.

„Hach, wenn Kyla dich so sehen könnte! Sie wäre hingerissen. Gezeichnet von der Schlacht, blutend, geschlagen, aber aufrecht – ein echter Held. Und dazu noch diese knappen Höschen – da kommen deine Beine erst richtig zur Geltung.“, frotzelte Renie.

Alarmiert blickte John sich um. „Kyla ist doch nicht mehr hier, oder?“

„Nein, keine Sorge. Sie ist zu einem Festival in Glasgow gefahren, wo sie heute einen Auftritt hat. Ich hätte aber nicht übel Lust, ihr ein Foto von dir zu schicken.“

„Ich habe alles gefilmt.“, warf Alan ein. „Wir könnten diese historisch wertvolle Dokumentation natürlich auf Youtube stellen. Du hättest sicher tausende von Klicks, John.“

„Noch besser wäre gewesen, wir hätten seinen mutigen Einsatz bei der Festnahme dieses Typen vorhin aufgenommen, das war ja echt filmreif.“, sprudelte Renie heraus. „Selena hat mir alles haarklein erzählt. Wie dieser dicke Mann mit seinem riesigen Messer direkt vor deiner Nase rumgefuchtelt hat und du trotzdem nicht weggelaufen bist -“

„John!“, fuhr seine Mutter auf. „Was machst du wieder für gefährliche Sachen?“

John warf seiner Nichte einen unfreundlichen Blick zu.

„Renie übertreibt wieder maßlos. Das Messer war ganz klein und der Mann war sowieso kurz davor, aufzugeben. Aber dann kam die Polizei genau in dem Moment dazu und hat ein großes Drama daraus gemacht. Apropos Polizei: Genau dort muss ich jetzt hin. Der Chief Superintendent will mich vernehmen. Wir sehen uns dann später.“

Er wandte sich ab, da fiel ihm noch etwas sein. „Tante Isabel hat uns übrigens alle für heute Abend zu einem großen Essen mit dem gesamten Organisationskomitee eingeladen.“

„Sehr schön. Da können wir gleich mit ihr über das Wiederaufleben unseres jährlichen Familientreffens sprechen.“, freute sein Vater sich.

John sah, wie im Gesichtsausdruck seiner Mutter dunkle Gewitterwolken auftauchten und trat nun endgültig den Rückzug an.

Er kam allerdings nicht weit. Als er die Treppe hinunterächzte, kamen ihm Pauline Murray und ihre Neffen entgegen, die sich mit großem Hallo auf ihn stürzten.

Barry streckte ihm die Hand zum Einschlagen entgegen. „Geben Sie mir fünf! Für Ihren ersten Versuch beim Tauziehen war das echt cool."

„Und wir haben´s Ihnen ja gesagt: Sie sehen wie ein Wildschwein aus.", triumphierte Neil.

„Wildschwein, Wildschwein!", echote Justin.

„Jungs! Benehmt euch." Pauline lächelte John entschuldigend an.

„Sie haben ja Recht. Ich fühle mich auch so, als wenn ich mich gerade ausgiebig gesuhlt hätte." Er zupfte sich eine getrocknete Matschkruste vom Arm. „Verflixt. Jetzt hätte ich endlich meine Schulden bei Ihnen begleichen können. Aber nun habe ich natürlich wieder kein Geld bei mir. Möchten Sie mich vielleicht zum Eingangszelt begleiten? Dort habe ich meine Sachen deponiert."

„Nee, nee, Tante Pauline. Wir können jetzt nicht weg vom Stadion. Jetzt ist gleich das Finale im Tauziehen. Da möchte ich doch sehen, wer gewinnt.", meldete sich Barry. „Komm, gehen wir zurück auf die Tribünen!"

„Ja… ja, natürlich. Wir wollten auch nur schnell Hallo sagen. Und dass Sie gut gekämpft haben."

„Danke, Pauline."

„Wann reisen Sie ab? Heute noch?"

John schüttelte den Kopf.

„Wir bleiben bis morgen. Nach dem Frühstück machen wir uns dann auf den Weg."

„Tante Pauline fährt auch morgen, leider. Aber in ein paar Wochen ist sie wieder da und dann kann sie uns ganz oft besuchen, wenn sie in York wohnt." Neil fasste nach Paulines Hand. „Und jetzt gehen wir." Nach einem kritischen Blick seiner Tante setzte er hinzu, „Bitte."

„Gut, dann müssen wir wohl. Möchten Sie sich nicht das Finale ansehen, John?"

„Ich kann leider nicht. Ich muss mich erst mal restaurieren und dann habe ich etwas Dringendes zu erledigen."

„Geht es um diesen Fall, von dem Sie mir erzählt haben?"

„Mhm. Ich denke, ich weiß jetzt, was passiert ist. Drücken Sie die Daumen, dass wir auch Beweise dafür finden können."

„Erzählen Sie mir dann, wie es ausgegangen ist?"

„Gern."

Von den Zuschauerrängen über ihnen drang Applaus.

„Wir verpassen gleich das Finale!" Nun zerrten Barry und Neil von beiden Seiten an den Armen ihrer Tante, während Justin seine Fäuste in ihr Kleid krallte und daran zog. Lachend ergab Pauline sich und ließ sich die Treppe hoch ziehen.

„Ich rufe Sie an!", rief John ihr hinterher. Dann machte er sich auf den Weg zu Chief Superintendent Briarson.

Als er sich von Selena seine Sachen geben ließ, traf er auf seinen Cousin.

„Grundgütiger, John, wie siehst du denn aus?" Simon Whittington musterte John naserümpfend.

"Wie ein Wildschwein, ich weiß. Ich säubere mich schnell und ziehe mich um, dann spreche ich mit Briarson."

In dem Moment trat der Chief Superintendent selbst aus der Tür hinter der Empfangstheke.

„Herrgott, da sind Sie ja endlich. Wenn Sie nicht sofort hier hereinkommen, zeige ich Sie wegen Behinderung polizeilicher Ermittlungen an, Mackenzie! Glauben Sie, ich habe nichts Besseres zu tun, als auf Ihre Zeugenaussage zu warten?" Dann registrierte er, wer neben John stand.

„Was wollen Sie hier, Whittington? Dieser Fall fällt in meine Zuständigkeit. Sie haben hier gar nichts zu suchen. Gehen Sie zurück ins Büro oder am besten gleich nach London und halten Sie sich raus aus meiner Arbeit."

Simon schenkte seinem schottischen Kollegen ein dünnes Lächeln.

„Ich habe Grund zur Annahme, dass der Bestechungsversuch des Mannes, den Sie da drinnen wahrscheinlich völlig stümperhaft verhören, im Zusammenhang mit dem Mordfall Grant steht."

„Wie kommen Sie auf so einen himmelschreienden Blödsinn?"

„Durch Informationen, die meine ausgefeilten Ermittlungsmethoden ergeben haben. Wenn Sie wieder einmal eine Fortbildung genehmigt bekommen, können Sie sich ja bei uns im Yard Nachhilfe in Hintergrundnachforschungen geben lassen."

Der Chief Superintendent lief puterrot an. Er öffnete den Mund, aber Simon ließ ihn nicht zu Wort kommen.

„Und jetzt räumen Sie das Feld, Briarson. Ich möchte *meinen Zeugen* vernehmen. Und mein Cousin hier wird mich begleiten, auch wenn sein Erscheinungsbild zu wünschen übrig lässt."

„Ich werde mich über Sie beschweren! Das ist Insubordination! Sie befinden sich hier in *meinem* Revier und noch dazu bin ich der Ranghöhere." Briarson schnappte nach Luft.

„Sehr gern. Gehen Sie zum Commissioner. Sie werden schon sehen, wie weit Sie damit kommen. Und nun halten wir uns nicht länger hier auf. John – wir haben zu tun."

Damit ließ Simon seinen Kollegen einfach stehen. Er ging an ihm vorbei in den Besprechungsraum der Kommandozentrale.

„Schließ die Tür, John. Wir können hier keine unqualifizierten Störungen brauchen."

Drinnen saß heftig schwitzend der dickliche Mann. Er hatte die Hände ineinander verkrampft und starrte auf die Tischplatte vor sich. Bewacht wurde er von einem Uniformierten, der erstaunt aufsah.

„Sir? Was kann ich für Sie tun? Wo ist Chief Superintendent Briarson?"

„Ich übernehme hier.", beschied Whittington ihm. „Was wissen wir bereits über diesen Verdächtigen?"

„Nur seine persönlichen Daten, Sir. Andrew Carr, 54 Jahre, verheiratet, Maschinenbauer bei Cobbley´s. Wohnhaft in Edinburgh. Keine Vorstrafen. Der sagt keinen Pieps."

John stieß Simon an. „Cobbley´s! Das ist die Verbindung."

Simon nickte und setzte ein siegesgewisses Lächeln auf.

„So, Mr. Carr. Dann wollen wir mal. Ich bin Superintendent Whittington von New Scotland Yard."

Wenn Simon erwartet hatte, Carr würde nun vor Ehrfurcht erstarren, hatte er sich getäuscht.

„Wer hat Sie beauftragt, Tim Carlisle zu bestechen?"

Keine Reaktion.

„Sie sollten besser den Mund aufmachen. Es steht Ihnen nämlich noch eine zusätzliche Anklage wegen versuchten Mordes ins Haus."

Nun flackerten Carrs Augen.

„Sie haben doch Rory McAllister mit einer Salmonellenvergiftung außer Gefecht gesetzt, nicht wahr?"

Andrew Carr schwieg. Der Schweiß lief ihm über die Stirn.

„Na gut, dann machen wir es anders: Sie sollten dafür sorgen, dass der amerikanische Sportler gewinnt, nicht wahr? Sie dachten, es reicht, wenn Sie McAllister aus dem Rennen werfen. Als aber wider Erwarten Tim Carlisle herausragende Leistungen zeigte, kamen Sie in Ihrer Verzweiflung auf die Idee, ihm Geld zu bieten, damit er den Weltmeistertitel verfehlt."

Eigensinnig starrte Carr vor sich hin. John bemerkte, dass seine Hände zitterten.

„Nun reden Sie schon, Mann!“, fuhr Simon ihn an. „Wenn Sie jetzt zügig ein Geständnis ablegen, wird sich das günstig auf Ihr Strafmaß auswirken. Und das werden Sie weiß Gott nötig haben, wenn Sie nicht die nächsten zwanzig Jahre im Gefängnis schmoren wollen.“

Carr sah aus, als wäre ihm das gleichgültig.

„Ich muss kurz telefonieren.“, knurrte Simon, sprang auf und ging hinaus.

John stand vom Tisch auf und ging in die Teeküche. Mit einer Flasche Wasser und zwei Gläsern bewaffnet kam er wieder zurück.

„Möchten Sie auch etwas Wasser?“

Carr nickte nach kurzem Zögern. Dann schweifte sein Blick zu dem Regal hinüber, vor dem der Uniformierte saß. Dort lagen neben dem Messer noch eine Brieftasche und ein Medikamentenpäckchen.

„Darf ich das einmal sehen?“ John ging zu dem Beamten hinüber.

„Das sind die Sachen, die er in den Taschen hatte. Wir bringen sie nachher ins Labor. Ich denke, Sie sollten die Finger davon lassen, Sir.“

„Das ist ein Parkinson-Medikament, Constable. Diese Tabletten müssen in ganz bestimmten zeitlichen Abständen eingenommen werden.“ John wandte sich an Andrew Carr.

„Wann ist die nächste Einnahme fällig?“

„Siebzehn Uhr.“, murmelte Carr.

„Es ist schon halb sechs. Constable, kann ich diesem Mann eine seiner Tabletten geben? Er benötigt sie wirklich dringend.“

„Hm. Ich weiß nicht recht.“

„Ohne die Medikation ist dieser Mann nicht vernehmungsfähig, Constable.“

„Bitte.“, krächzte Carr.

„Na gut. Dann machen Sie schon.“

John entnahm eine Tablette und reichte sie Carr zusammen mit dem Wasser. Dann setzte er sich wieder und begann beiläufig zu sprechen.

„Andrew Buchanan kam als Unternehmensberater in Ihre Firma. Bestimmt sollte er ausloten, in welchen Abteilungen Einsparungspotenzial vorhanden war. Damit hat er Ihnen die Pistole auf die Brust gesetzt, nicht wahr? Mit über fünfzig und noch dazu einer chronischen Krankheit wäre es für Sie fast unmöglich gewesen, einen neuen Job zu finden. Ich schätze, er hat Ihnen gedroht, Sie auf die schwarze Liste zu setzen, wenn Sie nicht tun, was er sagt. Er hat Sie erpresst.“

Endlose Momente herrschte Schweigen. Dann sagte Carr mit leiser Stimme, „Er wollte auch meine Frau rauswerfen lassen. Sie arbeitet in der Fertigung. Wir … wären am Ende gewesen.“ Er begann zu weinen. „Es tut mir leid. Ich wollte Sie nicht mit dem Messer bedrohen. Ich hätte Ihnen nichts getan. Und ich wollte auch nicht, dass es Mr. McAllister gleich so schlecht geht.“, schluchzte er.

John beugte sich nach vorn. „Mr. Carr, wenn Sie etwas wieder gut machen wollen, dann sagen Sie gegen Albert Buchanan aus. Er hat nicht nur Sie erpresst, um das Ergebnis der Weltmeisterschaften zu manipulieren. Wir glauben, dass er auch seinen Geschäftspartner umgebracht hat und meine Tante Isabel Mackenzie mit Tabletten vergiftet hat.“

Carr sah ihn erschüttert an.

„Was? Das wusste ich nicht, ehrlich. Buchanan ist ein Mörder?“ Er schüttelte ungläubig den Kopf.

„Mit Ihrer Hilfe können wir ihn zumindest wegen Erpressung und Anstiftung zur Bestechung und Körperverletzung drankriegen.“

„Aber er leugnet bestimmt alles.“

„Es gab doch sicher Telefonate zwischen Ihnen oder irgendwelche anderen Hinweise auf eine Verbindung zwischen Ihnen.“

Carr schüttelte verzweifelt den Kopf.

„Er hat mir seine Anweisungen immer gegeben, wenn er bei uns in der Firma war. Wir haben nie telefoniert und es gibt auch nichts Schriftliches.“

John fuhr sich resigniert durch die Haare.

„Entschuldigen Sie mich einen Moment, Mr. Carr.“ Er stand auf und ging zu der Tür, durch die Simon verschwunden war. Als er sie öffnete, fiel ihm sein Cousin fast entgegen.

Mit einem Räuspern richtete Simon sich wieder auf, bedeutete John, hereinzukommen und schloss die Tür.

Die Kommandozentrale war verwaist. Draußen im Stadion lief soeben die Siegerehrung der Highland Games, anschließend gab es noch eine kurze Abschlusszeremonie.

Simon setzte sich auf einen der verlassenen Schreibtische und lächelte Briarson triumphierend an.

„Ich habe Ihnen ja gesagt, dass John mit seiner Seelenklempner-Taktik den Mann zum Reden bringen würde.“

John starrte seinen Cousin an.

„Du hast mich absichtlich mit Carr allein gelassen?“

„Herrje, was bist du doch immer noch naiv. Natürlich war das Absicht von mir. Das ist ja wohl einer der ältesten Tricks der Welt – guter Cop und böser Cop. Ich habe dir das Feld bereitet, du hast jetzt die Ernte eingefahren."

„Vielleicht würden die Herren geruhen, mich ins Bild zu setzen?" Briarson sah aus, als wäre er kurz vor dem Platzen.

John, der befürchtete, Simon würde die Gelegenheit nutzen, seine Ermittlungserfolge in epischer Breite vor seinem Rivalen auszubreiten, ergriff das Wort.

„Die Unternehmensberatung von Grant und Buchanan stand durch verschiedene Einflussfaktoren kurz vor dem Aus, auch wenn die beiden sich nach außen hin bemühten, ein ganz anderes Bild abzugeben. Rettung versprach der Konzern Van de Beer: Wir gehen davon aus, dass die Firma hier im Raum Edinburgh eine große Investition tätigen will."

„Genauer gesagt wollen sie am Stadtrand eine riesige Fabrik für Erfrischungsgetränke inklusive Abfüllanlage errichten.", ergänzte Simon.

Briarson starrte ihn an. „Woher wissen Sie das?"

Simon zuckte nonchalant mit den Schultern. „Man hat so seine Quellen."

Bevor es wieder zu einem Disput kommen konnte, fuhr John fort. „Irgendwie winkte für Grant und Buchanan dabei ein großes Geschäft, das ihre Firma wohl auf Jahre hinaus saniert hätte.

Van de Beer ist indirekt auch Sponsor des neuen Weltmeisters in den Highland Games, Dan Reid. Horizon Refreshments, die als Förderer auftreten, gehören zum Konzern. Als Weltmeister ist er natürlich eine bestens vermarktbare Werbefigur, vor allem in den USA. Ob Van de Beer nun die Manipulation der Weltmeisterschaft in irgendeiner Weise angestoßen hat oder ob Buchanan dies von sich aus versucht hat, um sich lieb Kind zu machen, wissen wir nicht.

Tatsache ist, dass er Andrew Carr unter Druck gesetzt hat, die beiden gefährlichsten Konkurrenten des Amerikaners sozusagen unschädlich zu machen. So, und an dieser Stelle beginnt die Spekulation: Ich denke, dass Grant nach dem Anschlag auf Rory McAllister die Reißleine ziehen wollte. Grant selbst war ja ein begeisterter Sportler. Der Schritt, McAllister zu vergiften, ging ihm wohl zu weit. Er sagte zu seiner Frau und zu Selena Rawlins, er wollte einen Schlussstrich ziehen – ohne zu erklären, was er damit meinte.

Offensichtlich hat er den Versuch gemacht, sein Leben umzukrempeln. Buchanan sah wohl das größte Geschäft seines Lebens in Gefahr.

An dem Tag, als er starb, kleidete sich Grant in den Tartan, der traditionell der Jagd vorbehalten ist. Ich denke, das können wir als Symbol verstehen. Am Vormittag hatte er um eine dringende Unterredung mit Tante Isabel gebeten. Er wollte wohl die Karten auf den Tisch legen und ihr als der Chefin des Organisationskomitees die Machenschaften seines Kompagnons offen legen – auch wenn er selbst dann mit Sicherheit Konsequenzen zu tragen gehabt hätte.

Allerdings machte er den Fehler, sich zuvor noch einmal mit seinem Geschäftspartner zu treffen. Ich nehme an, dass Buchanan ihn um eine letzte Aussprache gebeten hatte. Dazu hat er Grant zu Hause abgeholt, um in dessen Büro unbemerkt den Abschiedsbrief deponieren zu können. Danach gingen die beiden gemeinsam auf den Arthur´s Seat hinauf. Den Aussichtspunkt, von dem aus man das Gelände überblicken kann, wo das Clanfestival stattfinden würde und über dem weithin sichtbar auch die Fahnen von Van de Beer wehen, konnte er Grant als symbolträchtigen Ort für dieses entscheidende Gespräch verkaufen. Buchanan versuchte an dem Morgen, Grant noch umzustimmen. Als dies misslang, reichte ein kleiner Schubs und Grant war zum Schweigen gebracht."

Nach dieser langen Rede hatte John einen trockenen Hals. Er griff sich eine der herumstehenden Wasserflaschen und trank in tiefen Schlucken.

Briarson, der ihm mit skeptischem Gesichtsausdruck gelauscht hatte, ergriff das Wort. „Wie erklären Sie sich dann den Anschlag auf Ihre Großtante?"

„Meiner Meinung nach wollte Buchanan den Verdacht auf Fiona Grant lenken. Ursprünglich war sein Plan, dass Grants Tod wie Selbstmord aussehen sollte. Damit hätte er auch fast Erfolg gehabt. Nur Tante Isabel erwies sich als Störfaktor. Lauthals verkündete sie, dass sie nicht an Suizid glauben würde. Da sie eine einflussreiche Frau ist, hätte sie sicher nicht locker gelassen und verhindert, dass der Fall zu den Akten gelegt würde. Ein Glücksfall für Buchanan war, dass Simon den eher stümperhaften Versuch Fiona Grants aufdeckte, ihren Mann durch einen Sturz vom Pferd loszuwerden."

Whittington plusterte sich ein wenig auf.

„Da bot sich Fiona natürlich geradezu als neue Verdächtige an. Buchanan schlug Tante Isabel vor, dass man Fiona zu der Sitzung bitten sollte, die am Freitag in der Kommandozentrale stattfand. Ich denke, er wusste von Robert Grant, dass dessen Frau Schmerz- und Beruhigungs-Tabletten einnahm. Er besorgte sich ähnliche Mittel und deponierte das zermahlene Pulver in der weißen Kanne, die bekanntlich nur von Tante Isabel benutzt wurde. Dass im Lauf der Sitzung irgendwann Tee serviert werden würde, davon konnte er so gut wie sicher ausgehen. Seine List ging auf: Tante Isabel war zumindest vorübergehend zum Schweigen gebracht und die Ermittlungen konzentrierten sich nun auf Grants Witwe."

John nahm noch einmal einen Schluck Wasser.

„Ich denke, wenn Buchanan nicht Andrew Carr beauftragt hätte, den Ausgang der Weltmeisterschaften zu manipulieren, wäre ich nicht auf seine Spur gekommen. Aber auch so dürfte es sehr schwierig werden, genügend Beweise zu finden, um ihn vor Gericht verurteilen zu können."

Simon nickte. „Buchanan ist schlau. Der fingierte Abschiedsbrief wurde an Grants Computer im Büro der Unternehmensberatung geschrieben. Dort haben wir die zugehörige Datei gefunden. Und es hat ihn auch an dem Morgen, an dem Grant starb, keiner aus der Nachbarschaft so früh aus dem Haus gehen sehen oder in der Nähe von Grants Haus gesichtet. Wir haben keine Möglichkeit, seine Anwesenheit am Tatort zur Tatzeit nachweisen können. Auch dass er die Medikamente in der Teekanne deponiert hat, lässt sich nicht beweisen."

„Moment.", unterbrach Briarson. „Möglicherweise lässt sich doch rekonstruieren, dass Buchanan am Morgen des Tattages auf dem Arthur´s Seat gewesen sein muss."

„Wie wollen Sie das anstellen?", fragte Simon in ungläubigem Ton.

Nun war es an Briarson, ein überhebliches Lächeln aufzusetzen.

„Mit der Kenntnis der regionalen Geologie und des Wetters hier in Edinburgh. Der Arthur´s Seat ist nicht umsonst bei Geologen aus der ganzen Welt ein begehrtes Forschungsobjekt. Durch seinen vulkanischen Ursprung ist die Zusammensetzung des Bodens dort einzigartig. Es hatte in der Nacht zuvor zum ersten Mal seit fast zwei Wochen hier geregnet. Das heißt, an den Schuhsohlen eines jeden, der kurz nach dem heftigen Regen dort oben auf dem Plateau war, lassen sich charakteristische Spuren nachweisen."

Briarson lächelte zufrieden, wie ein Zauberer, der soeben ein Kaninchen aus dem Hut gezaubert hat.

„Und wenn er nun einfach sagt, er wäre im Verlauf des Donnerstags, also nach der Tat, oben auf dem Arthur´s Seat gewesen? Der Boden war auch in den Vormittagsstunden sicher noch feucht und hätte zu den typischen Anhaftungen am Schuhwerk geführt. Außerdem ist gut möglich, dass Buchanan die Schuhe irgendwo entsorgt hat, clever, wie er ist.“ Simon machte es offensichtlich Freude, Briarsons Ermittlungsansatz in Grund und Boden zu stampfen.

Einige Minuten herrschte Schweigen. John kratzte sich geistesabwesend am Arm. Da bemerkte er, dass die mittlerweile getrocknete Matschkruste allmählich abbröckelte. Er sah an sich hinunter und musste sich das Lachen verbeißen. Zu dritt boten sie wahrscheinlich ein komisches Bild: die Kripobeamten, beide ausgesucht gekleidet und mit sorgfältig gestyltem Haarschnitt und er selbst mit seinen Gummistiefeln, Alans knappen Sporthosen und Dreckkrusten von Kopf bis Fuß.

Aus dem Stadion drang donnernder Applaus zu ihnen herüber. Flüchtig ging John durch den Kopf, dass tausende von Zuschauern nicht einmal hundert Schritte weiter den Abschluss des großen Clantreffens feierten und keine Ahnung hatten, welche Ereignisse sich hinter den Kulissen abspielten.

Er sog scharf die Luft ein. Dann griff er zum Telefon und rief Isabel an. Er wechselte nur wenige Worte mit ihr und legte wieder auf.

„Buchanan hat die Ehrentribüne seit Stunden nicht verlassen. Er weiß noch gar nicht, dass wir seinen Handlanger verhaftet haben. Da Tim Carlisle verloren hat, geht er sicher davon aus, dass Andrew Carr seinen Auftrag erfolgreich erledigt hat. Er wiegt sich absolut in Sicherheit.“

Er tauschte einen Blick mit seinem Cousin.

Simon nickte grimmig.

„Wir müssen ihn aufs Glatteis führen, das ist unsere einzige Chance. Was schlägst du vor?“

Kapitel 19

Aus dem Bankettsaal im ehrwürdigen Edinburgh Grand Hotel drang fröhliches Stimmengewirr. An einem Ende des Saals war eine Leinwand aufgehängt worden. Alan hatte auf Bitten von Tante Isabel zusammen mit dem offiziellen Filmer des Festivals eilends die Highlights der letzten Tage zusammengeschnitten und Renie hatte sie mit Hilfe ihres Freundes Andy mit Musik unterlegt. Nach dem Essen sollte die Filmvorführung starten.

Am anderen Ende des Raumes bog sich das Buffet unter einer überbordenden Masse an Speisen. Über allem lag eine ausgelassene, gelöste Stimmung.

Isabel hielt an der Stirnseite der langen Tafel Hof. Pünktlich um acht klingelte sie mit einer Glocke, die vor ihr auf dem Tisch stand, und erhob sich. Es wurde still.

„Meine lieben Freunde, liebe Familie! Es ist mir eine außerordentliche Freude, diesen Abend mit euch gemeinsam zu genießen. Natürlich sind wir alle etwas geschafft von den Anstrengungen der letzten Tage. Aber ich denke, wir können mit Fug und Recht sagen: Die monatelange, ja teils jahrelange Vorarbeit hat sich gelohnt: Wir haben ein grandioses Fest organisiert, das seinesgleichen sucht.“

Sie wartete lächelnd, bis der stürmische Applaus sich gelegt hatte.

„Jeder und jede einzelne von euch, die im und für das Organisationskomitee gearbeitet haben, und zwar mit Herzblut gearbeitet haben, kann stolz auf sich sein. Als Team haben wir ein fantastisches Programm auf die Beine gestellt und wir haben dieses Festival so gut wie reibungslos über die Bühne gebracht.“

Wieder Applaus.

Nun wurde Isabels Gesicht ernst.

„In dieser Stunde wollen wir jedoch nicht vergessen, dass ein Stuhl in unserer Runde leer bleibt.“ Sie griff nach einem schwarz gerahmten Foto, das einen lächelnden Robert Grant zeigte.

„Robert hat großartige Arbeit für das Gelingen dieses Festivals geleistet. Natürlich hatte er seine Fehler und Macken wie jeder von uns, aber dennoch wird er uns in guter Erinnerung bleiben: für seine ansteckende Fröhlichkeit, für seine Energie, für seinen Ideenreichtum – wo er war, da herrschte Leben.“

Sie räusperte sich und wischte sich eine Träne aus dem Augenwinkel.

„Doch nun lasst uns feiern. Wir wollen heute Abend noch einmal die Gemeinschaft mit den Menschen genießen, mit denen wir in den letzten Monaten den Großteil unserer Zeit verbracht haben. Morgen heißt es für viele von uns Abschied nehmen. Lasst uns nun die Gläser erheben: Auf einen wunderbaren Abend – slainte mhath!“

„Slainte mhath!“

„Und nun lasst uns dieses herrliche Mahl genießen, das uns die Küche kredenzt hat: Das Büffet ist eröffnet!“

Ins einsetzende Stühlerücken und Stimmengemurmel hinein hörte John ein Klingeln, das aus seinem Sporran kam. Maggie, die neben ihm saß, warf ihm einen amüsierten Blick zu.

„Hast du noch immer noch gelernt, wie man das Ding lautlos stellt?“

Verlegen zog John sein Handy heraus.

„Ich hab´s vergessen. Gut, dass es nicht eine Minute früher geläutet hat, das wäre ja peinlich gewesen.“

„Tante Isabel hätte dir wahrscheinlich den Kopf abgerissen.“, kommentierte Tommy fröhlich.

„Ja, ja, schon gut. Michael, was gibt´s?“

Er stand auf und ging mit langen Schritten aus dem Saal.

„John, es tut mir leid, dass ich noch mal stören muss. Aber Bran taucht nicht auf. Dabei ist sonst doch immer der Erste, wenn es ums Fressen geht.“ Aus Michaels Stimme klang Panik. „Die anderen Vögel sind ganz unruhig, weil Bran nicht da ist. Er kann doch nicht abgehauen sein, oder?“

„Nein, Michael. George hat ihm vor zwei Wochen erst den Flügel gestutzt. Damit kann er zwar ein paar Meter fliegen, aber über die Festungsmauern kommt er nicht. Wo hast du bisher nach ihm gesucht?“

„Ich bin schon überall herumgerannt, nirgends eine Spur von ihm. Meinst du, dass ein Tourist ihn irgendwie angelockt und hinausgeschmuggelt hat? Wahnsinnige gibt es ja immer wieder.“

„Das kann ich mir nicht vorstellen. Bran würde es sich nicht gefallen lassen, wenn man ihn in einen Rucksack oder etwas Ähnliches stecken würde. Und dass er sich wehren kann, das wissen wir ja.“ John blickte unwillkürlich auf die Narbe an seiner Hand.

„Du hast Recht. Ich muss immer an das Fleisch denken, das verschwunden ist. Vielleicht hat ihn ja damit jemand in eine Falle gelockt."

John kam eine Idee.

„Was, wenn Bran selbst das Fleisch davongeschleppt hat? Wenn er sich damit den Bauch vollgeschlagen hat, dann ist er jetzt natürlich nicht scharf auf die Abendfütterung."

„Das war aber ein ganz schöner Brocken. Meinst du, er hätte es geschafft, den fortzuzerren?"

„Hm. Ich denke schon. Allerdings wäre er wohl nicht weit damit gekommen." John überlegte fieberhaft.

„Pass auf, Michael: Sieh doch mal hinter diesem Holzstapel nach, der an der Mauer des White Tower lagert. Dort habe ich Bran schon manchmal etwas verstecken sehen."

„Okay. Bin schon unterwegs."

Einige Momente hörte John nur das Geräusch von Michaels eiligen Schritten. Dann ein Ächzen, als sein Kollege sich hinunterbeugte. Gleich darauf ertönte ein vertrautes Keckern. Erleichtert schnaufte John durch.

„Volltreffer, John. Er hockt hier tatsächlich und sieht aus, als würde er gleich platzen. Ein kleiner Fleischrest liegt noch da."

John schüttelte grinsend den Kopf. „Was für ein Vielfraß. Zieh dir am besten die dicken Handschuhe an, Michael, und versuch ihm das restliche Fleisch wegzunehmen. Geh damit zum Rabenhaus. Dann wird er dir mit Sicherheit folgen. Selbst wenn er gerade satt ist, wird er verhindern wollen, dass die anderen etwas davon abbekommen."

Er hörte, wie Michael schluckte. „Muss das sein, John? Er schaut mich schon ganz angriffslustig an."

„Nun komm schon, Michael. Natürlich wird er nach dir picken, aber mit den Handschuhen bist du gut geschützt."

Wenige Minuten später meldete sein Kollege, „Das wäre geschafft. Er ist ganz behäbig hinter mir hergetappt und hat nur pro forma ein paar mal versucht, mich zu zwicken. Danke, John. Mann, ich bin echt froh, dass ihr morgen wieder da seid. Diese Vögel halten einen ja mehr auf Trab als die Touristen."

John zuckte zusammen, als Superintendent Whittington ihn antippte und zischte, „Mach dich vom Acker, John. Es geht gleich los."

„Ich muss Schluss machen, Michael. Wir sehen uns morgen.", sagte er hastig, legte auf und ging zurück in den Bankettsaal.

Drinnen wurde in bester Stimmung getafelt. Er setzte sich auf seinen Platz. In diesem Moment stand Isabel auf. Einen Moment trafen sich ihre Blicke. Isabel nickte unmerklich und ging auf Albert Buchanan zu, der einige Plätze von ihr entfernt saß. Sie beugte sich zum ihm hinab und wisperte ihm etwas ins Ohr. Dann verließ sie den Raum.

Einen Moment später entschuldigte sich Buchanan bei seinem Sitznachbarn und stand ebenfalls auf. Nachdem er durch die Tür verschwunden war, folgte John ihm eilig. Vorsichtig lugte er hinaus. Weder Isabel noch Buchanan waren zu sehen. Ein Polizist, der als Kellner verkleidet mit einem Tablett leerer Gläser draußen stand, signalisierte ihm wortlos, dass die beiden in einem der kleinen Konferenzräume verschwunden waren, die ebenfalls in dieser Etage lagen. John nickte ihm zu und ging in einen weiteren Konferenzraum, in dem Simon Whittington mit Chief Superintendent Briarson saß und angespannt lauschte. Aus einem kleinen Lautsprecher drang Isabels Stimme, übertragen von einem Hightech-Mikrofon, das Briarson aus den USA mitgebracht hatte.

„Hier, sehen Sie selbst, Albert. Das ist Bobbys Vermächtnis. Er muss diesen Brief kurz vor seinem Tod geschrieben haben. Das Schreiben kam wohl am Freitag in unserem Büro an und lag seither dort mit meiner restlichen Post. In dem ganzen Trubel der letzten Tage kam ich nicht dazu, alles durchzusehen. Erst vorhin, als ich nach der Abschlusszeremonie zurück in meine Wohnung kam, fand ich den Brief."

„Warum sollte Robert Ihnen einen Brief schreiben? Heutzutage erledigt man doch fast alles per Telefon oder Email." Buchanan klang skeptisch.

„Beigefügt an das Schreiben waren noch einige Unterlagen. Wahrscheinlich fand Bobby es einfacher, alles zusammen in einen Umschlag zu stecken."

„Unterlagen? Was für Unterlagen"

„Sie sollen die schweren Anschuldigungen untermauern, die er hier erhebt. Ich konnte sie in der Eile nicht sichten. Einstweilen habe ich sie in meinem Tresor deponiert, damit sie nicht aus Versehen in falsche Hände fallen. Aber nun sehen Sie sich diesen Brief an."

„Der soll von Robert sein? Der ist ja mit dem Computer geschrieben."

„Sie wissen doch selbst, dass Bobby mit seinem Gips nicht mit der Hand schreiben konnte, Albert. Genau diesen Umstand haben Sie doch ausgenutzt, als Sie den fingierten Abschiedsbrief verfasst haben, nicht wahr, Sie alter Fuchs? Was für ein glücklicher Zufall für Sie, dass er vom Pferd gestürzt und dadurch gehandicapt war. So konnten Sie Ihr kleines Schauspiel mit dem angeblichen Selbstmord noch leichter inszenieren."

„Ich muss doch sehr bitten. Warum sollte ich Robert umbringen?"

John konnte Buchanan nicht sehen, meinte aber an seiner Stimme zu hören, dass dessen ölige Selbstsicherheit allmählich schwand.

„Ihre trickreichen Machenschaften gingen selbst ihm zu weit. Natürlich ist auch Bobby nicht immer den geraden Weg gegangen. Aber als Sie versuchten, die Weltmeisterschaften zu manipulieren, konnte er das endgültig nicht mehr vor seinem Gewissen verantworten."

„Die Weltmeisterschaften manipulieren? Sagen Sie, ticken Sie noch richtig? Wozu sollte das denn dienen?"

„Der Konzern Van de Beer, in dessen geplanter neuer Betriebsstätte hier Sie sich lukrative Aufträge erhofften, sponsert den Amerikaner Dan Reid. Als Weltmeister hat er für Van de Beer natürlich vor allem in den USA einen weit höheren Marktwert."

Einige Momente herrschte Schweigen.

„Haben Sie irgendwelche Beweise für Ihre haarsträubenden Anschuldigungen?"

„Natürlich, Albert. Sie müssen wissen, dass Tim Carlisle sich mir heute anvertraut hat. Mit seiner Hilfe konnten wir Andrew Carr bei einer fingierten Geldübergabe noch vor Ende der Highland Games festsetzen. Er hat mir umfassend beschrieben, wie Sie ihn unter Druck gesetzt haben und was er in Ihrem Auftrag getan hat. Gott sei Dank konnten wir die Polizei heraushalten. Das hätte ja einen Riesenskandal gegeben. Ich werde keinesfalls zulassen, dass über mein Clantreffen irgendein Schatten fällt." Isabels Stimme wurde schrill.

„Es war mein Verdienst, dieses historische Ereignis auf die Beine zu stellen. Ich habe Jahre darauf hingearbeitet, dass diese Zusammenkunft möglich wurde. Es ist mir zu verdanken, dass die einflussreichsten Clans endlich einmal wieder an einem Tisch saßen. Diese Begegnung soll der Grundstein sein für eine neue nationale Identität der Schotten. Auf diesem Boden wird die Saat der Loslösung von unseren englischen Unterdrückern gedeihen. Nun, da der Anfang gemacht ist, werden wir mit aller Macht dafür kämpfen, dass bei der

Volksabstimmung genügend Kräfte zusammenkommen, um uns in Zukunft wieder eigenständig regieren zu können. Für Schottland!"

Das empfindliche Mikrofon übertrug Isabels tiefes Durchatmen. „Mit Ihren kriminellen Aktivitäten hätten Sie den Erfolg des Festivals um ein Haar gefährdet, Albert. Sie sind ein böser Junge. Auch dass Sie meinen Tee vergiftet haben, finde ich keinen feinen Zug. Sie dürfen mir glauben, Albert, ich habe lange mit mir gehadert, was ich nun mit Ihnen machen soll. Aber auch wenn ich Sie jetzt der Polizei übergebe, wird Bobby nicht mehr lebendig. Und letzten Endes sind wir doch aus ähnlichem Holz geschnitzt: Auch ich bin der Meinung, dass der Zweck so manches Mal durchaus die Mittel heiligt. Ich denke, dass es für uns alle besser ist, wenn wir nicht noch mehr Staub aufwirbeln. Also, kurz gesagt: Ich bin bereit, den Mantel des Schweigens über die ganze Angelegenheit zu breiten. Im Gegenzug werden Sie meine Kampagne für ein eigenständiges Schottland tatkräftig unterstützen. Ich denke, Ihre Kontakte in die Politik wie in die Wirtschaft werden uns sehr nützlich sein. Außerdem werden Sie auch finanziell in der Lage sein, einiges beizutragen, nachdem Van de Beer Ihre Dienste nun mit Sicherheit reich entlohnen wird. Nun, was denken Sie, Albert?"

Wieder Schweigen.

„Sie sind eine durchtriebene Frau, Isabel, meinen Glückwunsch. Ich muss sagen, ich habe Sie unterschätzt. Welche Sicherheit habe ich, dass Sie Ihren Teil der Abmachung halten werden?"

„Sie haben mein Wort. Wir spielen ab jetzt in derselben Mannschaft, Albert."

„Wer weiß sonst noch davon?"

„Mein Großneffe John hat mir bei der Festnahme von Carr geholfen. Aber John ist ein gutgläubiger Esel und außerdem sehr loyal. Der würde alles für mich tun. Um den brauchen Sie sich keine Sorgen machen."

„Besonders helle kam er mir auch nicht vor."

Simon grinste John boshaft an.

„Was ist mit diesem anderen Verwandten von Ihnen, diesem Typen vom Yard? Der hat ganz schön herumgeschnüffelt. Ich habe mich ein wenig erkundigt, der scheint ziemlich gerissen zu sein."

„Ach, Simon ist zufrieden mit Fiona als der Hauptverdächtigen. Außerdem ist er ein karrieregeiler Fatzke. Sobald er zurück in London ist, wird er sich in den nächsten publicityträchtigen Fall stürzen und die Vorfälle hier oben vergessen."

Nun war es an John, zu schmunzeln.

„Allerdings will er morgen früh, bevor er zurückfliegt, noch eine Hausdurchsuchung bei Ihnen machen, wie er mir verraten hat. Offensichtlich hat Fiona bei den Verhören irgendetwas über Sie ausgesagt und Simon will nun überprüfen, ob es Beweise für das gibt, was sie behauptet. Aber er wird doch nichts finden, was Sie überführen könnte, Albert, nicht wahr?"

„Keinesfalls."

„Was ist mit Ihren Schuhen? Scheinbar ist jemand von der Polizei auf die glorreiche Idee gekommen, dass an den Schuhen des Täters charakteristische Anheftungen sein müssen, die nur vom Arthur´s Seat stammen können. Deswegen wurden auch Fionas Schuhe untersucht."

Buchanan gab ein gönnerhaftes Lachen von sich.

„Fiona wäre wahrscheinlich wirklich so blöd, die Schuhe zuhause einfach wieder in den Schrank zu stellen, wenn man bedenkt, wie stümperhaft sie bei ihrem Anschlagsversuch mit dem Sattelgurt vorgegangen ist. Aber ich habe die Schuhe natürlich entsorgt. Irgendein armer Trottel wird sich freuen, bei Oxfam bald ein Paar in bester Qualität für ein paar Pfund zu bekommen."

Die drei Männer im Nebenraum tauschten einen Blick.

„Damit haben wir ihn." Simon und sein schottischer Kollege griffen im selben Moment nach dem Funkgerät. Es gab eine kurze Rangelei, aus der Simon als Sieger hervorging. „Zugriff!"

Eine Minute später fand sich ein völlig überraschter Albert Buchanan von Briarsons effizientem Einsatzkommando überwältigt.

Isabel sank auf einen Stuhl und atmete tief durch. John drängte sich zu ihr durch und drückte ihr einen herzhaften Kuss auf die Wange.

„Du warst beängstigend gut, Tante Isabel. Ich bekam eine richtige Gänsehaut."

„Ich habe mich vor mir selbst gefürchtet. Fast hätte ich mir meine nationalistischen Tiraden selbst abgenommen. Dieser Schwachkopf Buchanan hier hat sie mir auf jeden Fall abgekauft."

Simon klärte seinen Gefangenen gerade genüsslich über seine Rechte auf. Dieser blickte schweigend und hasserfüllt zu Isabel herüber.

John konnte nicht an sich halten, noch eine Spitze loszuwerden. „Tja, Buchanan, nun hat Ihre Menschenkenntnis Sie wohl im Stich gelassen. Sie sind Tante Isabels Vorstellung komplett auf den Leim gegangen."

Seine Großtante griff nach einem computerbedruckten Blatt Papier, das auf dem Tisch lag und zerknüllte es. Dann stand sie auf und warf es mit großer Geste in den Papierkorb. Buchanan fielen fast die Augen heraus.

„Sie haben tatsächlich gedacht, Robert hätte mir vor seinem Tod noch geschrieben, was, Buchanan? Aber nein. Den Brief hat John verfasst." Sie wandte sich an ihren Großneffen.

„Das war eine gute Idee von dir, Junge. Damit haben wir Mr. Buchanan mit seinen eigenen Waffen geschlagen." Sie drehte sich zu Simon und Chief Superintendent Briarson um. „Ich danke Ihnen, meine Herren. Nur durch Ihre Kooperation war es möglich, diesen Mann hier so schnell dingfest zu machen."

Sie trat nahe an Buchanan heran. „Erpressung, Körperverletzung, Mord und was weiß ich noch alles – ich hoffe, Sie schmoren im Gefängnis, bis Sie alt und grau sind."

Abrupt wandte sie sich ab und hakte sich bei John ein.

„Und nun lass uns gehen, mein Junge. Die Nacht ist noch jung und wir haben etwas zu feiern."

Kapitel 20

„Nur wenige Tage nach dem Mord an dem bekannten Geschäftsmann und Politiker Sir Robert Grant gelang es durch eine bisher beispiellose Zusammenarbeit von Scotland Yard und der hiesigen Kriminalpolizei, den Täter festzunehmen.“, las Renie beim späten Frühstück vergnügt aus der Tageszeitung vor. Neben ihr saß Andy, der besitzergreifend einen Arm um sie gelegt hatte. Maggie bemühte sich an diesem Abschiedstag, ein freundliches Gesicht aufzusetzen, was ihr aber nicht ganz gelang.

„Na, außer der Schlagzeile steht ja nicht gerade viel in dem Artikel.“, kommentierte Renie, nachdem sie die Zeilen überflogen hatte.

„Als die Zeitung gestern Abend in Druck ging, lagen auch noch nicht viele Informationen vor. Heute früh wollen Briarson und Simon zusammen eine Pressekonferenz geben. Da wäre ich gern dabei, um zu sehen, wie einer versucht, den anderen auszustechen.“, meinte Isabel, die gekommen war, um sich von ihrer Familie zu verabschieden. Sie sah putzmunter aus, obwohl sie nach einer kurzen Nacht bereits am frühen Morgen zusammen mit John zur Vernehmung bei der Polizei gewesen war.

Simon und seine schottischen Kollegen hatten die ganze Nacht mit Vernehmungen zugebracht. „Ich will die Sache wasserdicht machen, bevor ich zurückfliege.“, hatte er am Vorabend gesagt. „Sonst machen die Kollegen hier am Ende noch irgendwelchen Murks und versauen mir meinen Fall.“

Heute Morgen hatte er John und Isabel hinausgeleitet, nachdem ihre Aussagen aufgenommen worden waren.

„Das war ein gutes Stück Arbeit. Den Rest wird Briarson schon allein hinbekommen. Heute werden noch sämtliche Sammelstellen von Oxfam durchkämmt, um Buchanans Schuhe zu finden. Aber auch so sind wir soweit, dass Anklage erhoben werden kann. Ich fliege mit Patricia gleich nach der Pressekonferenz zurück nach London. Und keine Minute zu früh, sage ich euch. Dieser Landstrich sieht mich so schnell nicht wieder.“ Mit einem Blick auf Isabel hatte er sich weitere Bemerkungen verkniffen und sich verabschiedet.

„Da ist ein Foto von dir, Tante Isabel!“, rief Bella, die Renie über die Schulter sah. „Unter persönlicher Mithilfe der Cheforganisatorin Isabel Mackenzie konnte eine geplante Manipulation der Weltmeisterschaften in den Highland Games in letzter Minute verhindert werden. Als Drahtzieher konnte Albert B., der mutmaßliche Mörder Sir Robert Grants identifiziert werden.“

„Was für eine Ironie des Schicksals, dass Tim Carlisle sich beim vorletzten Wettbewerb verletzte und der Amerikaner tatsächlich Weltmeister wurde.“, kommentierte Alan.

„Die Vertreter von Van de Beer haben natürlich vehement geleugnet, Buchanan angestiftet zu haben, Reids schärfste Konkurrenten auszuschalten. Dan Reid selbst hat wohl tatsächlich nichts davon geahnt. Er hat noch gestern Nacht seinen Manager geschasst und seinen Sponsorenvertrag mit Van de Beer gekündigt.“, berichtete Isabel. „Fiona soll im Lauf des Tages gegen Kaution freigelassen werden. Auf sie kommt natürlich auch noch ein Verfahren zu. Ich werde sie heute Nachmittag sehen, wenn Bobby beigesetzt wird.“

Einen Moment lang sah sie traurig aus. Dann schien sie sich selbst einen Stoß zu geben. „Andrew Carr wird wahrscheinlich mit einer geringen Strafe davon kommen. Er hat ein umfangreiches Geständnis abgelegt und das Gericht wird sicher anerkennen, dass er nur auf Druck von Buchanan gehandelt hat.“

„Seht mal, wen wir da haben!“ Renie hob die Zeitung hoch, in der sie geblättert hatte. „Da, in den Society News – kennt ihr die Dame?“

Davids Augen leuchteten auf. „Das ist ja Kyla. Gib mal her.“ Grinsend las er vor, „Kyla Macpherson, schottischer Folk-Star, im Glasgower Nachtleben. An ihrer Seite wurde ein attraktiver Unbekannter gesichtet, mit dem sie nach Auskunft aus gewöhnlich gut unterrichteten Kreisen in den frühen Morgenstunden in ihrem Hotel verschwand.“

Renie lachte schallend. „Kuck mal, John, der Kerl sieht dir ein bisschen ähnlich: groß, schlank, nicht gerade der Typ Pierce Brosnan – du hast offensichtlich perfekt in ihr Beuteschema gepasst.“

John errötete, murmelte, „Können wir das Thema jetzt mal lassen?“ und erhob sich mit einem lauten Ächzen, um sich noch eine Tasse Tee zu holen. Ihm tat jede Bewegung weh. Der Muskelkater vom Tauziehen gestern schmerzte höllisch und als er die Teetasse vorsichtig balancierte, zitterte sein Arm so sehr, dass er auf dem Rückweg etwas verschüttete.

Als er zurückkam, hatte sich die Unterhaltung wieder dem Ende des Mordfalls zugewandt. John tauchte ein Stück Pancake in einen See aus Ahornsirup. Er freute sich auf die Heimkehr. Auf seine eigenen vier Wände, auf die Raben, auf seinen gewohnten Tagesablauf. Auf etwas Ruhe.

„Wie viele Pancakes hast du nun schon gegessen?“ John zuckte zusammen und erwachte aus seiner Tagträumerei. Aber Maggie hatte gar nicht mit ihm gesprochen, sondern mit ihrer jüngsten Tochter. „Drei Stück, Mummy.“, antwortete Bella. John bemerkte, dass sie unter dem Tisch die Finger kreuzte.

„Wirklich? Ich dachte, es wären mehr gewesen. Jetzt gibt es auf jeden Fall keinen mehr, sonst wird dir auf der Fahrt wieder schlecht.“, sagte Maggie streng.

„Och, Mummy. Bitte, einen möchte ich noch. Mir wird auch bestimmt nicht übel.“

„Ich habe nein gesagt, Bella, und dabei bleibt es. Renie, du bist sicher, dass du nicht mit uns zurückfahren möchtest?“

„Ja, wirklich, Kind. Du solltest mit uns heimkommen. Ich für meinen Teil bin sehr glücklich, nicht länger hier bleiben zu müssen.“, warf Emmeline ein und sah sich missbilligend in der Mensa um. „Diese Herberge war wirklich eine Zumutung. Der Lärm, diese Massenfütterung, die durchgelegenen Betten…“

Isabel lächelte Emmeline heiter an.

„Da sieht man eben, dass wir Schotten doch aus anderem Holz geschnitten sind. Wir sind nicht so verweichlicht wie ihr Engländer, die ihr jahrhundertelang fremde Länder geplündert habt und euch auf Luxus betten konntet.“

John hatte das akute Bedürfnis, sich die Ohren zuzuhalten. Auch seine Geschwister wechselten entnervte Blicke. Bevor der Streit der beiden Frauen wieder einmal eskalieren konnte, ergriff Renie das Wort.

„Naja… also, um ehrlich zu sein: Andy und ich haben gestern darüber nachgedacht, dass wir ja nun beide ein paar Wochen Ferien haben. Wir haben uns überlegt, dass es vielleicht ganz gut wäre, wenn wir die Londoner Clubszene mal abgrasen und dort nach Auftrittsmöglichkeiten Ausschau halten. Also könnten wir mit euch mitfahren und ein paar Tage da bleiben. Allerdings…“

„Ja?“

„Meine Studentenbude in London habe ich gekündigt, da ich ja ab Herbst hier an die Uni gehen will. Also müssten wir bei euch bleiben.“

„Cool, Mann.“ Tommy war sichtlich begeistert. Maggie wechselte einen Blick mit Alan.

„Natürlich könnt ihr bei uns bleiben. Im Auto wird es zwar ein bisschen eng werden, aber das bekommen wir schon hin. Aber müsst ihr nicht noch einiges packen? Wir wollten bald aufbrechen, sonst schaffen wir es heute nicht mehr bis nach London.“

„Wir haben unsere Rucksäcke schon dabei. Für die paar Tage brauchen wir ja nicht viel.“

Maggie starrte ihre Tochter an.

„Du bist also ganz selbstverständlich davon ausgegangen, dass wir ja sagen.“

„Klar, Mum. Oder willst du etwa sagen, dass du meinen Freund nicht unter deinem Dach haben willst?“

Maggie knirschte mit den Zähnen.

„Das wollte ich selbstverständlich nicht sagen, aber -“

„Ihr entschuldigt mich.“ John stand auf und ging aus der Mensa hinaus. Er atmete ein paar Mal tief durch und griff dann nach seinem Handy.

„Pauline? Guten Morgen. John hier. Sagten Sie nicht, Sie wollten heute nach Hause fahren? Denken Sie, Sie könnten vielleicht den Umweg über London machen?“

Eine Stunde später saß John neben Pauline Murray in ihrem kleinen Mini. „Und wieder sind Sie meine Retterin, Pauline. Ich schulde Ihnen was, und nicht nur in finanzieller Hinsicht. Noch eine Minute länger mit der Familie und ich wäre ausgeflippt.“ Er zog seine Brieftasche heraus. „Ich kann endlich meine Schulden bezahlen. Und das Tanken geht auf mich.“

Sie lächelte ihn an. „Ich freue mich, dass wir noch etwas Zeit miteinander verbringen können. Sie müssen mir alles über gestern Abend erzählen.“ Sie schickte sich an, den Wagen anzulassen.

In dem Moment kam Maggie hinter ihnen hergelaufen. Sie war aus dem ebenfalls abfahrbereiten Kleinbus der Hughes´ gesprungen.

„Kann ich mit euch fahren? Wenn ich vierhundert Meilen mit Renie und ihrem Freund in einem Auto sitzen muss, bringe ich sie vielleicht um.“ Sie warf Pauline Murray einen flehentlichen Blick zu. „Ich werde auf ewig in Ihrer Schuld stehen, Ms. Murray. Sie können mich mit John am Tower abladen, von da kann ich mit der U-Bahn nach Hause fahren."

Pauline Murray warf John einen resignierten Blick zu und lächelte dann bemüht. „Natürlich. Springen Sie rein. Ich kann verstehen, wenn man mal etwas Abstand von der Familie braucht."

John seufzte unhörbar. Dann machten sie sich auf die lange Fahrt zurück nach London.

2197542R00126

Printed in Germany
by Amazon Distribution
GmbH, Leipzig